W0357151

Hans Müller-Schlösser

Die Stadt an der Düssel

Hans Müller-Schlösser
(1884–1956) wirkte zeitlebens als bekannter Volksdichter in seiner Heimatstadt Düsseldorf. Zunächst als Lokalreporter für die *Düsseldorfer Neueste Nachrichten* und als Gelegenheitsschauspieler tätig, begann er ab 1905 mit ersten Veröffentlichungen. In seinen Gedichten, Erzählungen und Bühnenstücken fing er die typisch rheinische Heiterkeit und Lebenslust mit Tiefsinn ein. Heute erinnert die *Hans-Müller-Schlösser-Akademie* zur Pflege der Düsseldorfer Mundart an sein Wirken.

Hans Müller-Schlösser

Die Stadt an der Düssel

Droste Verlag

In Anlehnung an die Originaltexte folgt diese Ausgabe der alten Rechtschreibung.

Bibliografische Information der Deutschen Bibliothek
Die Deutsche Bibliothek verzeichnet diese Publikation in der Deutschen Nationalbibliografie; detaillierte bibliografische Daten sind im Internet über http://dnb.ddb.de abrufbar.

4. korrigierte Auflage
© 1937, 1949 Droste Verlag und Druckerei KG, Düsseldorf
© 1977, 2010 Droste Verlag GmbH, Düsseldorf
Gesamtgestaltung: Droste Verlag, Einband unter Verwendung einer Steinzeichnung von Hans Herkendell „Blick über Alt-Düsseldorf" (1918)
Druck und Bindung: CPI – Clausen & Bosse, Leck
ISBN 978-3-7700-1371-5

www.drosteverlag.de

Am Rhein bin ich geboren, in Düsseldorf –
am 14. Juni 1884 auf der Rheinstraße, Nr. 10,
Hinterhaus, zweiter Stock –,
mit Düsselwasser bin ich getauft,
der Rhein tränkt meine Wurzeln,
und ich würde vertrocknen,
wenn ich mich in ein anderes Erdreich verpflanzte.
Dies Buch sei ein kleiner Dank für alles,
was die Heimat mir schenkte.

Hans Müller-Schlösser

Als ich dies Buch schrieb, war Düsseldorf eine Stadt,
um die man ihre Bewohner beneiden konnte:
gemütlich und erinnerungsreich in ihrer Altstadt,
großzügig, allem Fortschrittlichen aufgeschlossen
in ihren neueren Bezirken, heiter, lebensfroh,
genießerisch, elegant, eine Pflegestätte der schönen
Künste, ein, wie Napoleon bei seinem Besuche
im November 1811 gesagt haben soll, petit Paris.
Das ist gewesen.

Düsseldorf ist zerschlagen und zerschunden,
aber sein Lebenswille drängt hervor
aus den Ruinen wie Phönix aus der Asche.
Die Stätten meiner Kindheit und Jugend
sind zerstört und verschüttet,
aber in meiner Erinnerung sehe ich sie wie damals,
und was ich in glücklicheren Zeiten schrieb,
übergebe ich als Gedächtnisblätter meinen Lesern.

März 1949
Hans Müller-Schlösser

Der Düsseldorfer

»Wat mer nit kann ändere, moß mer loße schlendere.« Nach diesem Grundsatze lebt der Düsseldorfer. Ich meine den echten, eingeborenen Düsseldorfer, nicht die »Hergeloofene«, wie man noch um die Mitte des vorigen Jahrhunderts die eingewanderten Bürger, vor allem aber die mit dem im Jahre 1815 gekommenen preußischen Regiment zugezogenen preußischen Beamten und ihre Nachkommen nannte. »Pitter, lot d'r Mot nit senke, lommer noch ene Halwe drenke.« Auch dieses Wort kennzeichnet die beiden hervorstechenden Charaktereigenschaften des Düsseldorfers: Optimismus und Schlendrian. Der Düsseldorfer hat von Hause aus eine heitere Lebensauffassung, er ist vergnügungssüchtig bis zum Leichtsinn, lebt seinen Schlendrian bis zur Faulheit, er läßt sich keine grauen Haare wachsen um den kommenden Tag, er genießt das Heute. »Ist man«, so sagt Josef Georg Lang, der in zwei dicken Bänden seine Reise von Mainz bis Düsseldorf im Jahre 1780 in behäbig-poetischer Art beschreibt, »ist man in den hiesigen gesellschaftlichen Zirkeln etwas genauer bekannt, so glaubet man, man wäre in der oberen Pfalz, und man weiß gar nicht, was man sagen soll, wenn man alsdann überdenkt, daß man noch sieben Stunden weiter als Köln, dem Mittelpunkte des eigentlichen Niederlandes, nahe sey. Lebhaftigkeit, guter, gefälliger Ton im Umgange, Zwanglosigkeit, Vertraulichkeit sind die Hauptkaraktere der Inwohner dieser belebten Stadt.« Und J. F. Wilhelmi, der im Jahre 1828 sein »Panorama von Düsseldorf« herausgegeben hat, gibt den Düsseldorfern ein ähnliches Zeugnis, indem er sagt, daß die vorherrschenden Elemente des Volkscharakters Heiterkeit, Gutmütigkeit und ein reges Gefühl für Anstand seien, das sich selbst in den niederen Kreisen ausspreche. Streit, Zank und alle Ausbrüche roher Wildheit seien hier ungewöhnlich, und der Fremde werde von einer allgemein verbreiteten Höflichkeit und Gefälligkeit angenehm überrascht und er befinde sich bald wie zu Hause. Vergehen und Verbrechen kamen damals äußerst selten vor. Nach Verhältnis seiner Bewohner war in Düsseldorf gegen die anderen Städte der Provinz die geringste Zahl der Angeklagten beim Landgericht. Mord oder auch nur blutige Körperverletzungen waren unbekannt. Höchstens duellierten sich hier und da ein paar Fremde.

Es war das Düsseldorf, wie Heinrich Heine, sein berühmtester Sohn, es gesehen hat, und die Zeit, von der er in seinem Buche »Le Grand« schreibt:

»Damals waren die Fürsten noch keine geplagten Leute wie jetzt, und die Krone war ihnen am Kopfe festgewachsen, und des Nachts zogen sie noch eine Schlafmütze darüber und schliefen ruhig, und ruhig zu ihren Füßen schliefen die Völker, und wenn diese des Morgens erwachten, so sagten sie: »Guten Morgen, Vater!«, und jene antworteten: »Guten Morgen, liebe Kinder!«

Schönes, kleines Düsseldorf der Biedermeierzeit! Die Tage fließen friedlich dahin, heiter, harmonisch. Am runden Tische, Kaffee trinkend, Lieder singend, Pfeifen rauchend, sitzt die gemütliche Geselligkeit; überall Sammlung und Ruhe, wenn auch das Gewitter, das im Jahre 1848/49 die dicke Luft mit Sturm und Blitz reinigte, bereits wetterleuchtete. In Düsseldorf war Ruhe und Frieden. Jeder fand sein Genüge in sich selbst und in dem kleinen Kreise, dem er angehörte. Worin er freilich auch genug haben konnte. Ein Kreis erlesener Künstler und Gelehrter machte damals Düsseldorf zu einem Mittelpunkte geistigen Lebens. Der Landgerichtsrat Immermann, der mehr von der Bühne verstand als ein Schock moderner Theaterdirektoren und Regisseure zusammen, richtete den Düsseldorfern ein Theater ein, um das wir sie heute noch beneiden dürfen. Schadow, der Meister, und ein Kreis hochgebildeter und kunstbegeisterter Menschen verklärten das stille Städtchen mit einem Glanze, der weit über seine Grenzen leuchtete und viele große Geister anzog, die alle in Immermanns und Schadows gastfreiem Hause ein- und ausgingen. Der kleine, liebenswürdige Malerdichter Robert Reinick, der auch Schadows Schüler war, hat in seinen hinterlassenen Briefen von Schadow und Immermann erzählt. In einem Briefe aus dem Jahre 1831 schreibt er:

»Der Anfang meiner Bekanntschaft mit Immermann war in mancher Hinsicht interessant. Man höre: Etwa vierzehn Tage nach Immermanns Rückkehr von Dresden machte ich mich auf nach Derendorf, seinem Wohnort, etwa eine halbe Stunde von Düsseldorf, auf. Es war ein dunkler Abend. Ich watete bis an die Knöchel im Wasser. Mit nassen Füßen langte ich bei ihm an. Er empfing mich freundlichst und ruhte nicht eher, bis ich Socken und Stiefel von ihm angezogen, nachdem ich mich von meiner nassen Fußbekleidung befreit. Es wurde Tee und ein amönes Pfeifchen angefahren, und bald waren wir tief im Gespräch über Volkspoesie. Immermann spricht höchst geistreich, man kann ihm stundenlang zuhören; eine eigene Bestimmtheit im Ausdruck, verbunden mit einem eigenen schwermütigen Ausdruck in seinem interessanten Gesicht, geben seiner Rede einen besonderen Reiz. Der Abend verging höchst angenehm, und in Immermanns Socken und Stiefeln kehrte ich durch Regen und Dunkel zurück.«

Wie die gebildeten Kreise die schöngeistige Geselligkeit bei Wein, Punsch oder Tee zur reinsten Blüte pflegten, so war der kleine Bürger, der Handwerksmeister für das Feiern gemütlicher Feste, bei denen viel selbstgebackener Kuchen gegessen und nachher Lagerbier getrunken und Pfeifen geraucht wurden. Kindtaufen und Namenstage waren die liebsten Anlässe für solche Feste. Pfänderspiele, Lotto, gemeinschaftliche Lieder, in denen Liebe und Freundschaft verherrlicht wurden, waren die Unterhaltung. Einer war immer dabei, der zur Gitarre begleiten konnte. Streit, Zank, Ärger, Grübelei hatten keinen Zutritt in die Gesellschaft; sie störten die Gemütlichkeit, die dem Düsseldorfer Biedermeier über alles ging. Sogar wenn er abends am Biertische politisierte, ließ er es nicht so weit kommen, daß die Gemütlichkeit und seine Ruhe in Gefahr kamen. Die Düsseldorfer, die in noch nicht einem Jahrhundert sechsmal ihre politische Farbe hatten wechseln müssen – unter Karl Theodor waren sie kurpfälzisch, dann kurbayrisch, von 1799 bis 1801 französisch-republikanisch, dann wieder kurbayrisch, 1806 großherzoglich-bergisch, also französisch, und seit 1815 preußisch – kümmerten sich nicht sonderlich um Politik, was man ihnen bei den damaligen Verhältnissen auch nicht verdenken kann, denn die Politik dieser Zeit war in der Hauptsache weiter nichts als eifersüchtige Zänkereien der achtunddreißig Potentaten und Potentätchen, die ihre Existenz dem berüchtigten Wiener Kongreß verdankten.

Wer sich ganz dem gemütlichen Schlendrian hingab, das waren die Düsseldorfer Polizisten. Die polizeiliche Gewalt wurde damals personifiziert von einem Polizeikommissar und sieben Sergeanten, von denen einer lahm war, zwei vorgeschrittene Anlagen zur Fettsucht hatten und zwei bereits so fett waren, daß sie sich nur ganz langsam fortbewegen konnten. In einem Bericht des Oberbürgermeisters Schramm wird ein Polizeisergeant als »ein gemächlicher und in seinem Dienste sehr träger Mann« bezeichnet, ein anderer als »eben nicht gewandt und rege«, ein dritter als »alt und verschlissen«, ein vierter »kann weder lesen noch schreiben und ist daher ein unbrauchbares Subjekt«, ein fünfter ist »wegen Diebstahls in Untersuchung« und die übrigen »haben in ihrem Diensteifer nachgelassen«. Dabei wird der Bericht sicher noch sehr gnädig gewesen sein. Die Polizisten hatten eine durchaus beschauliche Tätigkeit, indem sie sich den Gang des öffentlichen Lebens still beschauten und alles ließen, wie es war. Diese Philosophen wußten, daß Ärger zehrt, und hielten ihn darum von sich. Dadurch wiederum nahmen sie immer mehr zu, und Hand in Hand damit vergrößerte sich ihre Bequemlichkeit. Ihre einzige körperliche Anstrengung war das viele Biertrinken. Heute noch sagt man in Erinnerung an diese braven Polizisten: »Du häs ene Schluck wie ene Polezist« oder »Du häs ne Polizeimage«. Viel Respekt verlangten die Polizisten nicht; der würde auch der Gemütlichkeit geschadet haben. Bloß wenn sie ihren feierlichen Dreispitzhut, den »Bonnepatshot« aufsetzten, dann wollten sie als gestrenge Amtspersonen respektiert werden. Diesen Hut setzten sie bei patriotischen Festen auf, beim Schützenfest und auf Fastnacht, außerdem wenn sie im Namen des Bürgermeisters mit ihrem Bierbasse Verordnungen ausriefen oder verloren gegangene Sachen ausschellten. Das taten sie an allen Straßenecken, und hinter sich zogen sie einen Schwanz Radschläger. Die kleinen Halunken bewarfen den Respektshut mit Steinchen. Dann unterbrach der Polizist seine Vorlesung und drohte mit der Schelle.

Das Gewitter war unterdessen heraufgezogen. Die Schwüle der innerpolitischen Verhältnisse lag drückend auf allem, und schon fegten die ersten Stöße des Gewittersturmes über das Land. Das deutsche Revolutionsgewitter brach herein. In Düsseldorf wäre die Revolution eigentlich eine Posse gewesen, wenn es sich nicht dabei um so verdammt ernste Dinge gehandelt hätte. Der Düsseldorfer Kleinbürger zwar wußte schließlich überhaupt nicht, worum es sich handelte. Er machte die Geschichte einfach mit in dem Bewußtsein, dabei gewesen sein zu müssen, wenn etwas passierte. In dem kleinen Städtchen mit seinen dreißig- oder vierzigtausend Einwohnern geschah ja überhaupt nichts. Ab und zu kam mal ein fliegender Zirkus oder ein Zauberkünstler. Da war aber der Radau, den die Republikaner und Demokraten machten, schon etwas ganz anderes! Da kam Leben in Düsseldorf, von morgens bis abends. Man brauchte gar nicht vor die Haustür zu gehen, man hörte es schon an den schnellen, hastigen Schritten. Zwischen dem Köln-Mindener und dem Bergisch-Märkischen Bahnhof stand ein Gasthof, zum »Kuxhafen«. Da tagten die revolutionären Parteien, da machten sie Spektakel und Radau. Wer seine Galle ausleeren wollte, hatte im »Kuxhafen« genug Gelegenheit. Die Nichtstuer, die im Spektakelmachen ihre Beschäftigung suchten, wurden nicht müde, zuzuhören und dem Redner mit lärmenden Zurufen noch mehr Mut zu machen. Also war die Geschichte im großen und ganzen ziemlich harmlos. Bitterernst wurde sie ja erst in der Nacht vom 9. zum 10. Mai 1849.

Die berühmte Düsseldorfer Bürgerwehr, gegründet zur Aufrechterhaltung der Ordnung, war im Grunde eine Spielerei für die großen Kinder. Die dicken Bierbäuche waren stolz auf ihre Uniform und ließen sich den ganzen Tag von ihrem Besitzer spazieren tragen. Für die Düsseldorfer Handwerksmeister, die jetzt in der Bürgerwehruniform steckten, schien ein ewiger Fastelowend gekommen zu sein. Sie mußten die Wirtschaften revidieren, ob nicht etwas Aufrührerisches darinnen geschah. Und die Wirte rieben sich schmunzelnd die Hände. Und die armen Hausfrauen jammerten über die »verröckte Käls«. Ab und zu wurde vom Kommandeur der Bürgerwehr Generalmarsch geblasen und getrommelt, und da man nun nicht wissen konnte, wann zum Generalmarsch geblasen wurde, blieben die Bürgerwehrleute einfach den ganzen Tag auf dem Sprung, denn, sagten sie sich, gehe ich jetzt nach Hause und ziehe die Uniform aus und das Arbeitsbaselüngke an, dann wird womöglich gerade Generalmarsch geblasen, und ich muß das Arbeitsbaselüngke wieder aus- und die Uniform wieder anziehen. So füllten die Bürgerwehrleute ihre Zeit mit Wirtschaftsrevidieren aus. Einmal wollte der Kommandeur, der Herr Lorenz Cantador, abends spät noch einen Generalmarsch blasen und trommeln lassen. Auf seinem feurigen Rappen, um die Hüfte die schwarz-rot-goldene Schärpe, in der zwei dicke, gefährliche Pistolen staken, schief auf dem Kopfe den großen Hut mit aufgeklappter Krempe und wallenden Federn, den krummen Säbel an der Seite, dessen reiches Gehänge bloß so blitzte und klirrte, so ritt er durch die Straßen und suchte den Trommler und Trompeter. Als er endlich den Trompeter fand, hatte der zwar noch Luft zum Schnarchen, aber nicht mehr zum Blasen, und als er den Trommler fand, konnte der weder den Befehl noch die Trommelstöcke fassen. Und mit dem Generalmarsch war es für diesmal nichts.

Fragt man, warum der Düsseldorfer so geartet ist, so findet man die Antwort neben seiner Abstammung als Niederrhein-Franke in der Geschichte der Stadt Düsseldorf, vor allem in der Geschichte der beiden letzten Jahrhunderte. Düsseldorf war die Residenz der bergischen Herzöge, und von diesen hat ohne Zweifel der Kurfürst Johann Wilhelm, der Jan Wellm (von 1679 bis 1716), den größten Einfluß auf den Charakter und die Lebensart des Volkes gehabt. Dieser kleine Sonnenkönig, der als Landesvater dem Volke in allen Tugenden ein Vorbild sein sollte, machte ihm vor, wie man handeln und leben müßte. Üppige, farbenfreudige Feste sah das Volk so oft, daß sie ihm nichts Neues und schließlich sogar etwas Selbstverständliches waren. Jan Wellm war Düsseldorfs populärster Fürst. Er zechte, rauchte und sang mit seinen Künstlern in der niedrigen, verräucherten »Kanon« in der Zollstraße, er mischte sich auf dem Schützenfeste unter das Volk, er schoß auch oft nach dem Vogel. Wenn auch das Land unter den hohen Steuern seufzte und unter den Kosten des üppigen Hoflebens litt – Jan Wellm hatte schon im Jahre 1709 acht Millionen Reichstaler Schulden! –, in der kleinen Residenz Düsseldorf war immer Kirmes.

Der Humor ist das Hervorstechende des Düsseldorfer Volkscharakters, aber er ist eine Art Bierhumor im Gegensatze zu dem geschriebenen Humor der rheinischen Dichter, deren Humorblümchen mit Rhein- oder Moselwein getränkt werden. Der Düsseldorfer Humor hat Eigenschaften, die auch dem Düsseldorfer Bier eigentümlich sind. Er ist nicht eben sehr geistreich, aber derb, kräftig, von starker, aber eintöniger Farbe, von packender Gegenständlichkeit, Umwege und Abschweifungen vermeidend, geradenwegs aufs Ziel zustampfend wie ein Bauer auf Klumpen. Wer den Düsseldorfer Humor zum ersten Male hört, dem geht es, als wenn er das ihm ungewohnte, stark gehopfte, etwas säuerliche Lagerbier schmeckt oder das derbe Schwarzbrot, das nicht jeder Magen vertragen kann, oder alten Holländer Käse mit Düsseldorfer Mostert. Zwar ist der französische Einfluß heute noch im Düsseldorfer Humor und im Düsseldorfer Volkscharakter zu spüren. Der Düsseldorfer kann leicht »finnig« werden. Der Düsseldorfer »Grielächer« macht gern »finnige« Bemerkungen.

Leichtlebigkeit, Hang zum Vergnügen und zum Lebensgenusse, nicht klein zu kriegender Optimismus wurden so den Düsseldorfern zur zweiten Natur – und so ist es trotz allen Nöten der Zeit bis heute geblieben, und das ist gut so, denn heitere Menschen verbreiten Heiterkeit um sich, sind sich und ihrer Umgebung zur Freude und überall gern gesehene Gäste.

Der Stiftsplatz

Abseits vom Großstadtlärm, versteckt zwischen den alten, braunverwitterten Backsteinhäuschen, liegt der Stiftsplatz, die Keimzelle der Großstadt an der Düssel. Hier macht die Hast des Alltags Halt und wendet sich, hier wohnt die Stille, hier träumt die Erinnerung von dem kleinen ruhigen Düsseldorf vergangener Tage. In den zerzausten Kronen der uralten Linden flüstert der Wind wie vor Hunderten von Jahren. Die alte Lambertuskirche schaut wie eine ehrwürdige Matrone herab auf das Plätzchen, das mit ihr die Geschichte der Stadt erlebt hat. Auf dem grauen Schieferdache der Kirche liegt das gelbe Licht der sinkenden Sonne; lange, zackige Schatten fallen auf die Giebelwände der Häuser an der Ostseite. Ein welkes Blatt schaukelt unhörbar herab und erschreckt mit leisem Rascheln beim Auffallen eine schwarzweiße Katze, die vor der Sakristeitür sitzt und sich die Ohren wäscht. Da kreischt eine Tür; im schwarzen Chorrocke tritt der Küster aus dem Hause, er schaut mit zwinkernden Augen nach dem Himmel und schreitet dann langsam und gemessen über den Platz nach der Sakristeitüre. Die Katze springt zur Seite und läuft mit gehobenem Schwanze in ein Kellerloch. Nicht lange danach läutet es zur Abendandacht. Aus den »Nebenstraßen humpeln alte Frauen über den Platz, in der Hand, mit der sie zugleich das schwarze Umschlagtuch zusammenhalten, ein vergriffenes Gebetbuch; Männer mit gebeugtem Rücken trippeln zur Kirchentüre, hart stößt die Eisenklinge des Stockes gegen die Steinstufen. Durch die geöffnete Kirchentür sieht man in dem feierlichen Düster einige Kerzen am Altare aufblinken, und dann tönt sanftes, verhaltenes Orgelspiel über den Stiftsplatz.

Langsam kommt die Dämmerung und das stille Plätzchen hüllt sich in bläuliche Schatten. Nur in den höchsten Zweigen der Linden zittert noch ein letzter Sonnenstrahl.

Am reizvollsten ist zwar nicht der Stiftsplatz selbst, sondern der Eingang zu ihm von der Krämerstraße her. Das enge Gäßchen, in dem die niedrigen Häuschen aus rohen, verwitterten Ziegelsteinen so nahe an den Kirchturm rücken, daß sich eine Karre noch eben hindurchzwängen kann, bietet zu jeder Tageszeit ein anderes Stimmungsbild. Morgens laufen die Schulkinder lärmend hindurch, machen aber einen raschen Knicks, wenn sie an der Kirchentüre vorbeikommen. Frauen aus der Altstadt, mit blaugedruckten Schürzen und Wolltüchern um die Schultern, laufen, ehe sie zum Markt gehen, schnell erst noch in die Kirche, um ein Vaterunser zu beten, mehr aus Gewohnheit als aus Frömmigkeit. Wenn sie morgens nicht ihr »Köppke Kaffee« und ihr »Vatteronser en de Kerch« haben, fühlen sie sich unbehaglich. Abends, wenn es zum »Engel des Herrn« läutet, huschen die Frauen der Nachbarschaft in ihren zerdrückten Kapotthütchen und schwarzen Mänteln lautlos wie Gespenster über das holperige Pflaster. Manchmal treffen sich zwei von ihnen an der Kirchtüre, und dann geht's los: »Ah, n'Owend, Frau Denges! Hatt Ehr dat als gehöt vom Baas?« – »Enä, wat dann?« – »Dat weßt Ehr nit? Dat verzällen se sich doch öwerall. Also, de hät –« Und dann wird der arme Baas durch die Zähne gezogen, bis nichts Gutes mehr von ihm übrigbleibt. Und vom Baas kommen die zwei auf Knipperlings Schäng, der es gerade so gemacht hatte – und drinnen in der Kirche wird unterdessen Andacht gehalten. »Bitt' für uns – bitt' für uns!« schallt es dumpf und eintönig heraus. Und wenn die Orgel das Lied vor dem Segen spielt, stehen die beiden schwarzen Frauen, die man in Düsseldorf »Quisele« nennt (woher kommt das Wort? Etwa von quae sola?) noch immer vor der Kirchentüre. »Do kammer et doch emol senn, son Schlechtigkeit von dem Käl! Ja, ich sag et immer, die eso fromm vör alle Lütt dont, die döge nix.« Die andere nickt. »Lommer ons noch flock d'r Sege hole.« Damit huschen sie in die Kirche.

Das schönste Bild zeigt der Stiftsplatz an hohen Feiertagen, wenn Prozessionen aus der Kirche ziehen. Die Sonne glitzert auf den Dächern, der Wind streicht durch die Blätter der uralten Bäume und zerrt an den bunten Fahnen. Auf den Fensterbänken haben die Hausbewohner Altärchen aufgebaut. In dem engen Gäßchen drängen sich die weißgekleideten Mädchen und die Chorknaben in roten und blauen Kitteln. Der Kirchenchor in Gehrock und Zylinder steht bereit, und der Dirigent gibt die Stimmen an. Die Geistlichkeit in prächtigen Gewändern tritt aus der Kirche und der Herr Dechant mit der Monstranz, die Meßdiener machen Klingelingeling mit den silbernen Schellen, und die Gläubigen knien nieder und schlagen an die Brust. »Adoro te devote, latens Deitas« singt der Kirchenchor, und blaue Weihrauchwolken ziehen durch das Gäßchen. Vom Turme herab tönen die alten Glocken.

Der Stiftsplatz sieht heute nicht viel anders aus als vor einigen hundert Jahren. Die niedrigen Häuschen, die ihn begrenzen, sind alle schon sehr alt. Man merkt es an den verwitterten Backsteinen, die aber eisenhart geworden sind und wohl noch Hunderte von Jahren zusammenhalten. Bloß die Häuser an der Ostseite nach der Ecke der Altstadt zu sind in den zwanziger Jahren des vorigen Jahrhunderts an Stelle alter Wohnungen von Kanonikern erbaut worden. Seinen Namen verdankt der Stiftsplatz der Erhebung der Dorfpfarrkirche zu einer Kollegiatskirche mit einem Kanonikatsstifte, kurz nachdem Graf Adolf von Berg das Dorf an der Düssel zur Stadt gemacht hatte. Im Anfange gehörten bloß vier Kanoniker zu dem neuen Stifte, aber reiche Schenkungen frommer Bürger ermöglichten es, daß zehn Jahre später schon sechs, im Jahre 1310 acht und im 14. Jahrhundert achtzehn Stiftsherren da waren. Diese hatten alle ihre Wohnungen auf dem Stiftsplatze, auch die Pfarrer, Vikare und Küster wohnten hier. Und so war der Stiftsplatz von jeher die Wohnstätte der Düsseldorfer Geistlichkeit. In früherer Zeit war der Stiftsplatz auch nach der Lambertusstraße hin geschlossen. Hier lagen inmitten blühender Gärten kleine Häuschen, in denen die Kanoniker wohnten. In ihren Mußestunden pflegten die geistlichen Herren ihre Blumen oder wandelten, das Brevier in der Hand, unter den selbstgezogenen Obstbäumen. Später wurde durch die Gärten nach der Liefergasse hin ein schmaler Weg geführt, aus dem dann schließlich die heutige Lambertusstraße entstanden ist.

Ein Teil des Stiftsplatzes, wo jetzt die Linden stehen, war in der ältesten Zeit der Friedhof von Düsseldorf. Es war damals, als Düsseldorf nur aus einigen elenden

Bauernhütten bestand, die sich um ein kleines, der Mutter Gottes geweihtes Kapellchen scharten. Aus diesem Kapellchen ist die heutige »grote Kerk« hervorgegangen. Als das Dörfchen zur Stadt erhoben war, baute man an Stelle der kleinen Muttergotteskapelle eine größere zu Ehren des heiligen Lambertus, Severinus und Anno. Das jetzige Chor der heutigen Lambertuskirche, in dem der Hochaltar steht, war diese Kapelle. Noch heute läßt sich ihre ursprüngliche Gestalt erkennen, man sieht noch die großen, spitz zulaufenden gotischen Fensteröffnungen und die Ansätze der Strebepfeiler, die an der Außenseite die Mauern stützen. Während der Regierung des Herzogs Wilhelm I. (1370 bis 1394), als die Kapelle für Düsseldorf zu eng geworden war, hat man die Seitenschiffe und den großen Rundgang hinter dem Hauptaltar gebaut. Der Friedhof, der um das alte Kapellchen lag, wird in dieser Zeit vermutlich schon verlegt gewesen sein. Als man vor etlichen Jahren für die Kanalisation auf dem Stiftsplatze die Erde aufwarf, fand man eine große Menge von Gebeinen. Es waren die Überreste unserer ältesten Mitbürger, die noch die Erhebung Düsseldorfs zur Stadt miterlebt hatten.

Viele historische Erinnerungen hat der Stiftsplatz nicht. Er ist immer ein friedliches Plätzchen gewesen, das vom Lärm der Geschichte verschont geblieben ist. In dem kleinen Häuschen gegenüber dem Haupteingange der Kirche, der es gewissermaßen eine Verbeugung zu machen scheint – es ist im Laufe der Zeit etwas in sich zusammengesunken und krumm geworden –, wohnten die Küster. Es hat sich auch einmal ein Maler namens Bysling hier eingenistet. Er wohnte auf dem obersten Stock und zahlte – oder blieb schuldig – zwölf Reichstaler Miete fürs ganze Jahr.

Die Häuschen Nummer 3 und 4 nebenan haben für das geistige Leben Düsseldorfs einmal eine sehr hohe Bedeutung gehabt. Hier war nämlich das von Herzog Wilhelm in der Mitte des 16. Jahrhunderts gegründete Gymnasium untergebracht. Es stand unter der Leitung des gelehrten Rektors Monheim, der das Gymnasium unabhängig von Kirche und Gemeinde machte. Der Ruf dieses Mannes, der mit Heresbach, dem Erzieher des Herzogs, und dem damals einige Zeit in Düsseldorf weilenden Melanchthon befreundet war, ging weit über die Grenzen des Herzogtums hinaus und zog viele Schüler herbei. Monheim soll in seiner Glanzzeit an die zweitausend Schüler gehabt haben. Die Kölner Theologen sahen voll Neid und Zorn die Düsseldorfer Schule, die den Ruhm ihrer eigenen Schule verdunkelte, immer mehr wachsen. Um der drohenden Konkurrenz entgegenzutreten, zeigten sie Monheim, der im Jahre 1560 einen mit dem katholischen Dogma nicht völlig übereinstimmenden Katechismus herausgegeben hatte, bei dem Trienter Konzil an. Sie erreichten ihren Zweck auch insofern, als Monheim, ohne zwar seine Lehren zu widerrufen, infolge der fortwährenden Angriffe seiner Gegner aufgerieben, im Jahre 1564 starb. Mit ihm erlosch der Glanz seiner Schule.

Im Hause Nummer 5 wohnten die Vikare, von denen die im Jahre 1335 gegründete Vikarie Sanctae crucis verwaltet wurde. Im Jahre 1666, als die furchtbare Pest in Düsseldorf wütete, starben mehrere Vikare, die sich der Kranken annahmen und sie auf den Straßen auflasen, auch an dieser Krankheit. Fast drei Jahre lang war das kleine Städtchen von der Pest verseucht. Ganze Familien wurden dahingerafft. Welche Zustände in der Krankenpflege damals in der herzoglichen Residenzstadt Düsseldorf herrschten, geht aus einem Brief hervor, den das Stiftskapitel an den Herzog Philipp Wilhelm nach Neuburg schickte, wohin er bei Ausbruch der Seuche sein gesalbtes Haupt in Sicherheit gebracht hatte. Der Brief ist datiert vom 26. Juni 1669, nachdem also die Krankheit schon drei Jahre lang herrschte und immer noch nicht weichen wollte. Der Brief lautet:

»Euer hochfürstlichen Durchlaucht müssen wir gewissenshalber zu erkennen geben, daß wir bei jetziger vermehrt eingerissenen Ansteckung dem Bürgermeister und Magistrat zum öfteren die bevorstehende Gefahr vor Augen gestellt und gebeten haben, eines Medikus, Barbiers oder der Hilfe einiger Religiosen sich zu vergewissern oder den Caplan Johann Weghaus, welcher sich freiwillig erboten habe, die angesteckten Personen zu bedienen, wie sich dieselbe in zehn Häusern erwiesen, durch eine geringe Vergütung willig zu erhalten und wegen Verpflegung der Kranken gute Anstalt zu machen und nötige Fürsorge zu treffen. Da nun bis jetzt nichts geschehen sei, inzwischen bei jetziger großer Hitze die abscheuliche Krankheit dergestalt zugenommen habe, so daß zehn Häuser inficirt seien, auch vor allen dreien, Flinger, Ratinger und Berger Stadtportzen in der Bleiche, bei Bilker Busch oder Pfannenschoppen von einigen Tagen hero viele elendige erkrankte Leute auf den Landstraßen unterm blauen Himmel sich aufhalten, ganz kraftlos vergehen und täglich hinsterben, so gelangt an Ew. Durchlaucht die Bitte, den Magistrat zu veranlassen, daß er nach der einen wie nach der anderen Seite hin helfen möge.«

Darauf kam am 10. Juli der Befehl des Herzogs an den Düsseldorfer Magistrat, unverzüglich das Nötige zu veranlassen, um der Ansteckung Einhalt zu tun.

Die Erinnerung an die Pestzeiten in Düsseldorf – unsere Stadt hat von 1316 bis 1666 in jedem Jahrhundert eine mitzumachen gehabt – bewahrte die im Jahre 1667 am Ende der heutigen Pempelforter Straße erbaute und 1897 niedergelegte Rochuskapelle, die ich als kleiner Junge oft betreten habe, wenn wir einen Ausflug nach Grafenberg machten.

Mit dem Frieden von Luneville im Jahre 1801 hatte das Deutsche Reich das linke Rheinufer an Frankreich abtreten müssen. Im Reichsdeputationshauptschluß vom Jahre 1803 wurde dafür das gesamte Kirchen- und Klostergut den weltlichen Landesfürsten zur Verfügung überlassen. Man nannte das Säkularisation. Man kann es auch anders nennen. Davon wurde mit allen Klöstern der Stadt das Stift betroffen und 1803 aufgelöst. Die Stiftskirche war von da ab wieder Pfarrkirche. Aber das Plätzchen hat seinen alten Namen behalten.

Der alte Schloßturm

Der alte, dicke Turm, der neben dem schiefen Turm der »jrote Kerk« so charakteristisch für die Silhouette der Altstadt ist und so breitspurig und behäbig mitten in der Straße steht, hat viel zu erzählen. Seine Fundamente sind wohl schon über sechshundert Jahre alt und stammen noch aus der Zeit, als Düsseldorf vom Grafen Adolf von Berg zur Stadt erhoben wurde. Die kleine gräfliche Burg lag außerhalb der Ringmauern des Städtchens an derselben Stelle, an der später auch das kurfürstliche Schloß stand. Der nördliche Arm der Düssel floß um die Burg herum und bildete so einen natürlichen Graben: Über diesen Graben führte eine Zugbrücke in die Stadt. Die Burg selbst muß schon im 12. Jahrhundert erbaut worden sein, denn an den Hausteinen des Unterbaues sind Steinmetzzeichen gefunden worden, wie sie um 1150 am Rhein üblich waren. Man darf sich unter dieser Burg nicht eine trutzige Feste vorstellen mit schweren Türmen und Zinnen. Es war ein bescheidenes Schlößchen, ganz nahe am Rhein, mit arg schwachen Mauern, die keiner Kanonenkugel standgehalten hätten. Später wurden die Mauern außen mit Sandsteinquadern verkleidet und innen mit einem Ziegelsteinmauerwerk verstärkt. Die ersten Grafen von Berg waren, wenn sie auch in rasselnden Eisenpanzern gingen, recht bescheidene Leute, die halb so gut lebten wie heute vielleicht ein mittlerer Beamter. Bloß waren sie freie Herren und hatten keinen über sich. Graf Adolf, dessen Macht nach der siegreichen

Schlacht bei Worringen im Jahre 1288 sehr gewachsen war, ließ an dem Schlosse einen Flügel anbauen und einen schweren, runden Turm an der Nordostecke errichten, gerade an dem Ausgange der Krämerstraße. Das war der heutige Turm. Im Jahre 1499 wurde der Turm um ein Stockwerk erhöht und mit einem einfachen Helmdache gedeckt. Das letzte Dach, das im jüngsten Kriege zerstört wurde, soll diesem Helmdache nachgebildet gewesen sein.

Zwölf Jahre später wurde der Flügel des Schlosses zwischen dem runden Turm an der Krämerstraße und dem Rhein durch einen großen Brand zerstört. Der alte Herzog Wilhelm III., der krank im Bette lag, wurde von seinen Dienern aus dem brennenden Schlosse herausgetragen. Auf seinen Wunsch brachte man den todkranken Herzog in das Haus seines Hofkaplans und Scholasters Johann Niedecken, der auf dem Stiftsplatze wohnte. Dort ist er denn auch einige Zeit nach dem Brande, am 6. September 1511, gestorben. Dieses Haus hat noch bis in die achtziger Jahre des vorigen Jahrhunderts dagestanden, und man konnte noch das Zimmer sehen, in dem der Herzog Zuflucht genommen hatte.

Bei diesem Brande war der runde Turm verschont geblieben. Er hat überhaupt bei allen Unglücksfällen ein merkwürdiges Glück gehabt. Bei der Explosion des Pulverturms im Jahre 1634 wurde das Schloß stark beschädigt, aber der Turm blieb unversehrt. Bei der Beschießung der Stadt durch die Hannoveraner am 28. und 29. Juni 1758 brannte das Schloß, aber der Turm blieb vom Feuer verschont. Das Schloß ging bei dem großen Bombardement der Stadt durch die französischen Revolutionstruppen im Oktober 1794 ganz in Flammen auf, aber dem Turm geschah nichts. Als der große Brand in der Nacht zum 19. März 1872 ausbrach und das Schloß, in dem damals die Malerakademie war, mit vielen wertvollen Gemälden und Kupferplatten zerstört wurde und nur einige Mauern als traurige Ruinen stehenblieben, war der Turm das einzige, was noch trotzig dastand. Auf dem Turme liegt, so erzählt man, ein Fluch, daß er ewig dastehen müsse, sich und der Stadt zur Last. Dieser Fluch laste auf ihm seit der Nacht, in der die Markgräfin Jakobe von Baden, die Gemahlin des geisteskranken Johann Wilhelm († 1609) in einem Turmzimmer ermordet wurde. Alte Düsseldorfer können sich noch der Brandnacht erinnern.

In der Nacht des 19. März 1872 saßen Freunde in einer Wirtschaft in der Mühlenstraße zusammen und feierten den Namenstag Josef. Der alte Nachtwächter Daniel Völkenrath war auch dabei. Gegen zehn Uhr stand er auf, nahm seine Laterne, pfiff seinem Spitz, der unter der Bank lag und schlief, und sagte: »Jetz moß ich jonn. Ich moß min Rond maake.« Beinahe zwei Stunden später hörte man auf einmal Völkenraths Horn tuten. Die Namenstagsgesellschaft lief auf die Straße und sah aus den Fenstern des Schlosses schon die Flammen schlagen. Mit den ledernen Brandeimern, die mit der Zeit steif wie Holz geworden und verschrumpft wie ein alter Schuh waren, wurde Wasser aus der damals stellenweise offenen Düssel geschöpft, aber es war nicht möglich zu löschen. Das Schloß brannte vollständig aus. Acht Tage lang glimmten die Balken noch.

Über die Architektur der ältesten Teile des Schlosses läßt sich nichts Genaues sagen, weil wir keine Abbildungen aus diesen vergangenen Zeiten haben. Es ist aber sicher ein ganz einfacher Bau gewesen, dessen einziger Schmuck in dem runden Turm an der Krämerstraße und einem viereckigen am Burgplatze bestand. Erst in dem Werk des Landschreibers Graminaeus über die Hochzeit der Jakobe von Baden im Jahre 1585 finden sich Abbildungen des Schlosses, das damals im Übergangsstile von der Gotik zur Renaissance gebaut war. Südlich vom Schlosse, auf dem teilweise noch unbebauten Marktplatze, lag bis zur Zollstraße die sogenannte »Katsbahn« zur Belustigung der fürstlichen Herrschaften. Das »Katsspiel« war so etwas wie Kricket.

Am Ende des 16. Jahrhunderts war das Schloß in einem recht traurigen Zustande; einzelne Stellen waren baufällig geworden, und durch das Dach kam der Regen. Herzog Johann Wilhelm aber, der Wittmann Jakobes, hatte eine ebenso traurige Kasse. Seine pomphafte Hochzeit hatte soviel Geld gekostet, die junge, lebenslustige Jakobe hatte ein bißchen flott gelebt, außerdem werden wohl auch die Rechnungen der Doktores, die den Verstand des Herzogs mit allerhand Zaubermittelchen wieder in Ordnung bringen wollten, recht gesalzen gewesen sein – kurz, der Herzog hatte kein Geld, um sein Schloß instandsetzen zu lassen. Die Stände, an die er sich wandte, wollten auch nichts bewilligen oder vorschießen, und so mußte der Herzog drei Häuser in der Stadt, die ihm gehörten, für einen Apfel und ein Ei verkaufen, um die Ausbesserungskosten bezahlen zu können.

Seine glänzendste Zeit erlebte der dicke Turm unter der Regierung Jan Wellms. Der lag fast immer mit den Landständen wegen seiner andauernden Geldforderungen im Kriege, und hätte dieser kleine Sonnenkönig länger gelebt und die Mittel gehabt, er hätte Düsseldorf zu einer Stadt gemacht, die man jetzt vielleicht in einem Atem neben Rom, Paris, Athen nennen würde. Jan Wellm hat ja sein Land ausgepreßt wie eine Zitrone, um seiner Prachtliebe zu genügen und seine Residenzstadt womöglich zum Mittelpunkte der Kunst und Schönheit zu machen. Aber damit lassen sich manche Rücksichtslosigkeiten, die er beging, um diesen Zweck zu erreichen, entschuldigen oder gar billigen. Wenn heute nicht mehr viele sichtbare Spuren aus dieser Zeit geblieben sind, so ist das nicht Jan Wellms Schuld. Karl Philipp, sein Bruder und Nachfolger, räumte das Schloß aus, und die Bayern nahmen uns die herrliche Gemäldegalerie weg. Den Renaissancetraum Jan Wellms, das riesige Schloß in der »Neustadt«, verlachten die Landstände, und Jan Wellm mußte sich damit begnügen, vor dem jetzt noch im Stadtmuseum aufbewahrten Plane seines Architekten Alberty in seinem Schönheitsrausch zu schwelgen. Es ist ein Jammer, daß dieses Schloß, dessen Umfang das Gebiet vom Rhein bis zur Bilker Straße umfassen sollte, nicht gebaut worden ist. Düsseldorf würde vom Rheine aus ein ganz anderes Gesicht machen als heute. Jan Wellm, der das neue Schloß in der 1709 angelegten »Neustadt« bauen wollte, weil das alte dem Verfall nahe war, ließ das alte Schloß gründlich ausbessern und vergrößern. Schöne Kolonnaden ließ er im Schloßhofe errichten, die bis zum Brande 1872 dagestanden haben, auch das Galeriegebäude wurde angebaut. Die Innenräume ließ er so kostbar und prachtvoll ausstatten, daß Fremde von weither kamen, um die Pracht anzusehen. Einer dieser Fremden, Blainville mit Namen, der Düsseldorf 1705 zur Fastnachtszeit besuchte, beschrieb einzelne Räume des Schlosses. Die Fußböden waren kostbare Intarsienarbeiten von japanischem Holz mit Blumenwerk aus Elfenbein, Messing, Schildpatt. Wer die Räume betreten wollte, mußte Überschuhe aus Bast anziehen, um die Fußböden nicht zu beschädigen. Die Wände waren mit den schönsten gemalten Tapeten und herrlichsten Malereien geschmückt. Die Tische, die Spiegelrahmen, die Wand-, Arm- und Kronleuchter, der Kamin und alle anderen Geräte waren aus purem Silber. Von außen machte das Düsseldorfer Schloß zur Zeit Jan Wellms einen einfachen, vornehmen Eindruck. Es hatte ein steiles Dach mit vielen zierlichen Schornsteinen. Die Fensterrahmen, das Gesims und die Erker waren aus Hausteinen. Um das ganze Gebäude, außen und im Hofe, liefen über dem Hauptgesimse mit Zinnen versehene Brustwehren.

Als Jan Wellm starb, war die ganze Herrlichkeit wieder zu Ende. Erst Karl Theodor tat mehr für Düsseldorf und das Schloß als sein Vorgänger Karl Philipp. Unter Karl Theodor wurde von seinem tüchtigen Statthalter Goltstein der fiskalische Teil des Hofgartens angelegt, der Jägerhof wurde gebaut, der Marstall, die Residenz in der Mühlenstraße, ein festes Werft. Um die Gemäldegalerie für das öffentliche Wohl nutzbar zu machen, gründete Karl Theodor 1767 die Düsseldorfer Kunstakademie, die aber 1805, als die Galerie nach München »zu ihrem eigenen Schutze« kam, wieder verfiel. Das Schloß ließ Karl Theodor 1755 vom Baumeister Nosthofen umbauen. Es erhielt ein viertes Stockwerk für die Dienerschaft und ein hohes, französisches Dach; die gotischen Architekturformen wurden durch Renaissanceformen ersetzt. In der Bombardementsnacht 1794 sank das schöne Schloß in Trümmer, die über ein Menschenalter von der Zerstörungswut der französischen Freiheitsbringer erzählten.

In den dreißiger Jahren des vorigen Jahrhunderts riß ein Sturm dem runden Turm das Dach ab, nur einzelne Sparren ragten in die Luft. In den Jahren 1845 bis 1848 wurde der Turm ausgebessert und mit einem Renaissanceaufbau versehen, dessen Entwurf vom König Friedrich Wilhelm IV. stammen soll. Übrigens hieß der Turm zu dieser Zeit im Volksmunde der Münzturm. Die Münze aber, die 1848 mit der Berliner Münze vereinigt wurde, war in dem Langhause des alten Schlosses untergebracht. Der Münzdirektor hieß Zabel. Er hatte einen Affen, der Pitter hieß und auf den halbzerstörten Mauern des Schlosses umherlief und allerhand Allotria trieb oder sich mit den Katzen der

Nachbarschaft zankte. Dieser Affe, der auch, weil er der einzige vierbeinige Affe in der Stadt war, »Stadtaap« genannt wurde, war der Freund der Düsseldorfer Jugend. Als die Münzstätte nach Berlin kam und der Münzdirektor Zabel dahin versetzt wurde, ging auch der »Pitter« mit.

Der Marktplatz

Der Marktplatz in Düsseldorf ist nicht so alt wie die Stadt selbst. Als das Dorf an der Düssel vom Grafen Adolf von Berg am 14. August 1288 nach der siegreichen Schlacht bei Worringen zur Stadt erhoben wurde, da hatte es noch keinen Markt und darum auch noch keinen Marktplatz. Zwar erhielt die junge Stadt neben den anderen Privilegien, die mit dem Stadtrechte verbunden waren, das Recht, zweimal im Jahre, am Pfingstfeste und am Lambertustage, einen Jahrmarkt abzuhalten. Die Bauern von Bilk, Pempelfort, Flingern und die Bürger der Stadt, selber noch Bauern, kauften auf diesen Jahrmärkten von Händlern, die durch die Lande zogen, grobe Leinwand, brabantisches Tuch, Schuhe; auch erstand schon manchmal ein junger Bursch ein Bernsteinkettlein für seine Liebste.

Fast ein ganzes Jahrhundert später, im Jahre 1371, erhielt Düsseldorf erst vom Grafen Wilhelm (1360 bis 1408) einen freien Wochenmarkt mit dem Rechte, das

Maß- und Waagegeld zu erheben. Diese Marktgefälle flossen in die städtische Baukasse, denn Graf Wilhelm hatte den Wochenmarkt verliehen ausdrücklich »um sie bessern und zu mehren«. Außerdem war ein solcher Wochenmarkt Bedürfnis geworden, weil die Stadt sich im Süden und Südwesten schon bedeutend ausgedehnt hatte. So war bereits die Kottenstraße, jetzt falsch verhochdeutscht Kurze Straße, entstanden, ferner ein Stück der Bolkerstraße und ein kleiner Teil des Burgplatzes. Diese neuen Straßen bildeten damals die »Neustadt«. Einen Marktplatz kannte man aber in dieser Zeit noch immer nicht, und das Rathaus, oder vielmehr, wie es damals hieß, Bürgerhaus, in dem die Düsseldorfer Schöffen ihre Versammlungen abhielten und zu Gericht saßen, stand etwa da, wo heute das Maria-Theresien-Hospital steht. Das Haus »Zum schwarzen Horn« auf der Ratinger Straße, das jetzt noch das herzogliche Wappen am Giebel trägt, war das zweite Rathaus Düsseldorfs, und zwar bis zum Anfange des 16. Jahrhunderts, wo es an einen Johann von Berck verkauft wurde.

Aus dieser Zeit hören wir auch etwas von einem Marktplatze in Düsseldorf. Zwar stand noch kein Rathaus auf ihm, und nur an der östlichen Seite waren ein paar ärmliche, strohbedeckte Hütten, und zum Rhein hin war der weite Platz vollkommen offen. Man muß sich nicht vorstellen, daß dieser Marktplatz ein schöner, gepflegter oder gar gepflasterter Platz gewesen wäre; es war einfach ein Stück Brachfeld innerhalb der Stadtmauern.

Mittlerweile war das eben erwähnte Schwarze Horn als Bürgerhaus für die wachsende Stadt – sie hatte damals etwa 6000 Einwohner – zu klein geworden, und der Magistrat dachte daran, ein neues, der Stadt würdiges Rathaus auf dem Marktplatze zu erbauen. Aber die Stadt war sehr arm, und die Zeiten waren kriegerisch und schlecht, der Handel stockte, kein Kaufmann traute sich durch das Land, denn allenthalben tobte der schreckliche Religionskrieg; der Bildersturm hatte auf das benachbarte Quartier Geldern übergegriffen. Von den jämmerlichen Zeiten kann man sich eine Vorstellung machen, wenn man hört, daß der Magistrat von Düsseldorf noch nicht einmal die nötigen Ziegelsteine für einen Rathausbau kaufen konnte. Er wandte sich darum an den Herzog Wilhelm III. mit der »ganz untertänigen fleißigen Bitte, derselbe wolle gnädigst geruhen, daß sie einen Ofen Ziegelsteine von der für den herzoglichen Bau gestochenen Erde erhalten möge, da diese Erde für dieses Jahr nicht mehr gebraucht werden solle«. In Jahre 1567 wurde dann der Rathausbau begonnen unter der Leitung des Duisburger Baumeisters Heinrich Tuschmann. Düsseldorf selbst nämlich hatte noch keinen Baumeister, der einen solchen Bau errichten konnte. Der Bau ging nur sehr langsam vorwärts; Hochwasser unterwühlte die Fundamente, Stürme rissen Stücke vom Giebel los, außerdem wurde die Baukasse leer, und der Herzog mußte wieder in die Tasche greifen und helfen. Der Baumeister Tuschmann erhielt für das fix und fertige Werk vierhundert oberländische Gulden, außerdem sollte er ein Malter Roggen und ein Ohm Achthellersbier oder für die Ohm ein halb Malter Malz bekommen! Er durfte sich also nach seinem Geschmacke das beste aussuchen. Um aber das Geld auszahlen zu können, mußte sich die Stadt zum dritten Male an den Herzog wenden, und so wurde denn das Düsseldorfer Rathaus mit Sorgen und Borgen fertig. Man sieht, daß in Düsseldorf der Rathausbau immer eine schwierige Sache gewesen ist.

Das neue Rathaus hatte damals übrigens in einigen Einzelheiten ein anderes Aussehen als heute. Das Portal lag im Turm und ein ziemlich langer Balkon zog sich am ersten Stock entlang. So wenigstens ist das Rathaus dargestellt in den noch erhaltenen Kupferstichen zu der »Fürstlichen Hochzeit«, die der Landschreiber Dietrich Graminaeus über die am 16. Juni 1585 gefeierte Hochzeit der Jakobe von Baden mit dem Jungherzog Johann Wilhelm geschrieben hat. Einige von den zur Feier dieser Hochzeit veranstalteten Turniere wurden auf dem Marktplatze abgehalten. Auf dem Rathausbalkon saß das Hochzeitspaar inmitten der fürstlichen Gäste, auf den Dächern der kleinen Häuschen am Marktplatze saßen die Zaungäste, und da, wo heute der Jan Wellm steht, war eine lange Barriere aus dicken Balken errichtet, an der die Söldner in ihren prächtigen spanischen Kostümen, in Pluderhosen und Brustpanzer mit stumpfen Schwertern fochten.

Die heutige barocke Form verdankt das alte Rathaus einem Umbau im Jahre 1749. Um diese Zeit hat auch der Marktplatz ein vollständig neues, uns vertrauteres Bild erhalten. Anschließend an das alte Rathaus ist die kurfürstliche Kanzlei entstanden, die dann im 18. Jahrhundert und bis zum Jahre 1814 als Tanzlokal diente. Der »Entrepreneur« Joseph Gilles zeigt in den Jülichbergischen wöchentlichen Nachrichten an, daß »am Dienstag, den 4. November 1788, als an dem höchsten Namensfeste des theuersten Chur- und Landesfürsten (es war Karl Theodor) zu mehrerer Verherrlichung dieses Nahmensfestes auf hiesiger alter Canzley als dem nunmehro allergnädigst privilegierten Tanzsaal ein öffentlicher Nachtball gehalten und unter Pauken- und Trompetenschall eröffnet wird«. Das »Entre« kostete für die Person dreißig Stüber, die Tasse Tee ein Stüber. Welch hohen Eintrittspreis das für die damalige Zeit bedeutete, geht daraus hervor, daß man dafür dreißig Tassen Tee bekam. Rechnet man dies auf die heutigen Verhältnisse um, also die Tasse zu fünfzig Pfennig, so ergibt sich ein Eintrittspreis von 15 Mark. Es muß also ein Ball für die Düsseldorfer Honoratioren gewesen sein. In demselben Saale übrigens haben im Jahre 1811 bei der Anwesenheit Napoleons in Düsseldorf die bergischen Fabrikanten eine Ausstellung ihrer Erzeugnisse veranstaltet, von der Napoleon sagte, daß es eine Ausstellung von der Art eines großen Landes sei. Später war das Haus viele Jahre hindurch das Vereinslokal der großen Bürgergesellschaft »Parlament«, die sich später »Rat der Alten« nannte. Heute heißt die Gesellschaft »Verein«. Über der Eingangstür ist noch das kunstvoll in Schmiedeeisen ausgeführte kurfürstliche Wappen zu sehen.

Da, wo jetzt der Rathausneubau als Leichenstein der damaligen Renaissancewut sich erhebt, stand bis 1879 das alte Düsseldorfer Stadttheater. Das Gebäude war unter Jan Wellm in dem damals üblichen antiken Stil als Gießhaus für Grupello errichtet worden. Es sah aus wie ein kleiner griechischer Tempel, dessen Eingang mit vier mächtigen ionischen Säulen verziert war. Einige Treppenstufen führten zum Portal hinauf. Das Standbild Jan Wellms und viele andere Bildwerke des flämischen Meisters Grupello sind in diesem Hause entstanden. Als Theater hatte es nur einen Rang und eine sehr kleine Bühne, die mit schwalchenden Tranlampen erleuchtet wurde. Die großartigen Lichteffekte von heute kannte man noch nicht. Höchstens wurde manchmal als besonderer Effekt oder zur Darstellung eines Brandes ein bengalisches Feuer angebrannt, dessen beizender Qualm dann in den Zuschauerraum hineinzog und sich den Zuschauern auf die Brust legte, so daß der ganze nächste Akt oft verhustet wurde.

Das Eckhaus an der Zollstraße mit den beiden weiblichen Bronzebüsten über dem Portal ist auch von dem Kurfürsten Jan Wellm auf eigenem Grund und Boden und aus eigenen Mitteln erbaut worden. Er schenkte es 1708 seinem »Cabinetsstatuarius« Grupello als Wohnhaus. Von der großen Ballustrade, die dieser Künstler ein paar Jahre später an dem Hause anbrachte, ist heute nichts mehr zu sehen. Zu Jan Wellms Zeiten muß das Haus einen stattlichen Eindruck gemacht haben und vornehm ausgestattet gewesen sein, denn Grupello konnte hier sogar Kaiser Karl VI. empfangen. Der Kurfürst Karl Theodor kaufte es im Jahre 1748 wieder an, und von da ab war es Wohnung seines Gouverneurs Marquis d'lttre, und unter dem Namen Gouvernementshaus ist es bis in unsere Zeit den alten Düsseldorfern bekannt gewesen. Anfangs des 19. Jahrhunderts betrieb im Gouvernementshause ein gewisser Gianelli ein italienisches Kaffeehaus. Im Revolutionsjahre 1849 war hier ein Gasthof unter dem Namen »Mainzer Hof«. Ein Reisender, der am Abend des 9. Mai 1849 mit seiner Reisetasche über den Marktplatz ging, um in den »Mainzer Hof« zu kommen, wurde von Soldaten, die aus den Fenstern des alten Rathauses auf die Bürger feuerten, erschossen.

Vor ein paar Jahren hat die Bürgergesellschaft »Düsseldorfer Jonges« die historische Figur des Gießerjungen, die früher auf dem Dache des Hauses stand, in Bronze erneuern und an dem alten Platz aufstellen lassen. Heute steht die Figur auf einem Sockel an der Ecke des alten Rathauses. Der Sage nach soll dieser Gießerjunge kurz vor dem Gusse des Jan-Wellm-Denkmals bemerkt haben, daß zu wenig Gießmasse im Schmelzofen war. Der Guß des Denkmals wäre mißraten, wenn nicht der Gießerjunge noch schnell eine Schürze voll Metall in den Ofen geworfen hätte. Die Sage berichtet weiter, daß Grupello im ersten Zorne über das eigenmächtige Handeln des Jungen, weil er nicht sogleich die gute Wirkung erkannt habe, den Jungen erschlagen und aus Reue über seine rasche Tat das Standbild auf dem Dache seines Hauses errichtet habe.

Die anderen Häuser an der südlichen und östlichen Seite des Marktplatzes waren bis gegen Ende des letzten Krieges zum größten Teile noch in ihrer alten Gestalt erhalten. Es waren Wohn- und Geschäftshäuser, und da, wo neben der fürchterlichen sogenannten Markthalle die zwei großen häßlichen Steinkästen standen, befand sich früher ein mächtiges Gebäude, in dem unter dem Namen »Zu den drei Reichskronen« ein bekannter Gasthof betrieben wurde. Alte Düsseldorfer können sich noch erinnern, daß in dem stattlichen Hause, das an der Stelle der jetzigen Markthalle stand, das Kaffeehaus von Lacomblet war, wo man bei einer Tasse Kaffee alle Zeitungen und Zeitschriften lesen konnte. Es hieß hier »Zum bayrischen Hof«. Als die Witwe Kegeljan im Jahre 1784 ihren Gasthof »Zum Prinzen von Oranien« auf dem Burgplatz aufgab und sich zur Ruhe setzte, »so haben die Herren, welche bei derselben immer gespeist, sich auf dem Markt bei dem Aubergisten la Comblet zum Bayrischen Hof hinbegeben, wo man alle erforderlichen Bequemlichkeiten antrifft, um Herrschaften, Kaufleute und Reisende gut zu bewirthen.« In den neunziger Jahren des 18. Jahrhunderts, als in Frankreich die Revolution mit der Guillotine die Welt verbessern wollte, war Düsseldorf überfüllt von Emigranten. Alle Gasthöfe und Herbergen waren monatelang besetzt, so daß mancher Emigrant von fürstlichem Geblüt trotz Geld und guten Worten kein Bett bekommen konnte und in seinem Reisewagen übernachten mußte. Von den flüchtenden französischen Emigranten wohnten im Bayrischen Hof am

14. November 1792 Prinz Xaver von Sachsen, am 27. November der Graf und die Gräfin von Artois, am 28. November die Prinzessin von Nassau und der Fürstbischof von Lüttich, am 30. November der Erzbischof von Reims.

Das schöne Haus, worin die Rathaus-Apotheke war, hieß früher »Zum weißen Pferd« und Mitte des 17. Jahrhunderts »Zur goldenen Glocke«. Es wurde 1730 an den Hofapotheker Stephan Schrott verkauft. Seitdem ist es immer Apotheke geblieben, bis es von Fliegerbomben zerstört wurde.

Der jetzige Marktplatz hat außer dem alten Rathause, dem Jan-Wellm-Denkmal und seinem Grundriß nicht mehr viel von seiner früheren Schönheit. Auch das Zolltor, das ihm nach dem Rhein hin durch die dämmerige Zollstraße einen malerischen Abschluß gab, hat man ihm aus Verkehrsrücksichten genommen. Wie der Marktplatz nach dem beabsichtigten Bau des neuen Rathauses aussehen wird, das wollen wir mit Bangen und Hoffen der Zukunft überlassen.

Wind- und Wassermühlen

Näherte man sich vor Jahren den kleinen Städten am Niederrhein, dann winkten einem schon von weitem die langen Arme der Windmühlen entgegen. Sie waren ein charakteristisches Merkmal der niederrheinischen Landschaft. Heute sieht man sie nur noch selten. Die

Großmühlen in den Rheinhäfen sind eine zu große Konkurrenz für die Windmühlen geworden. Außerdem ist auf dem flachen Lande die Elektrizität so stark verbreitet, daß sich heute fast jeder größere Bauer einen mit Elektrizität betriebenen eigenen Mahlgang halten kann. Die meisten Windmühlen stehen infolgedessen still und sind zu Ruinen geworden. Ich erinnere da an die Heerdter Mühle, die auf dem freien Felde zwischen Heerdt und Lörick stand, und deren zerfallene Mauern viel von dem Kriegselend vergangener Zeiten erzählen konnten. Die Wassermühlen in den Bruchlandschaften sind noch seltener geworden. Vor dreißig Jahren war die große, weißgetünchte Windmühle gegenüber von Kaiserswerth, etwa zehn Minuten vor dem Dorfe Lank, noch täglich in Betrieb. Sie steht, zwar ohne Flügel, auf einer kleinen Anhöhe inmitten von Getreidefeldern.

In früheren Jahren hatte auch Düsseldorf seine Wind- und Wassermühlen, die in der sogenannten Zopfzeit, also im 18. Jahrhundert, ihr bestes Geschäft gemacht haben, weil nämlich zu dieser Zeit das meiste Mehl nicht verbacken, sondern verpudert wurde. Die letzte Düsseldorfer Windmühle ist vor hundert Jahren abgerissen worden. Sie stand an der Ecke des Mühlengäßchens und der Ratinger Straße neben dem vom Kurfürsten Johann Wilhelm im Barockstil erbauten Ratinger Tore, das nach dem Luneviller Frieden im Jahre 1801 mit den anderen Festungswerken der Stadt niedergelegt wurde. Die Mühle war sehr groß, und ihre mächtigen Flügel winkten weit hinaus in das Bergische Land. Im Jahre 1811 wurde die Mühle baufällig und auf Abbruch verkauft. Das Haus, das auf ihrem Platze erbaut wurde und das heute noch steht, erhielt den Namen »Zur Windmühle«. Über der Haustüre sieht man noch ein in Stein gemeißeltes Mühlenrelief mit der Inschrift »in der Wintmühlen«.

Die älteste Mühle von Düsseldorf stand auf dem Friedrich-, jetzigen Grabbeplatze, etwa an der Ecke der Neubrückstraße. Die Mühle war so alt wie die Stadt selbst. Sie lag ursprünglich außerhalb des Stadtbereiches und gehörte zu den Besitzungen des Ritters Adolf von Flingern, der hier noch einen Garten und mehrere Wiesen besaß. Durch seine Besitzungen floß die Düssel, an der die Mühle lag. Es war also eine Wassermühle. Die junge Stadt an der Düssel war damals, also gegen Ende des 13. Jahrhunderts, noch recht klein und bescheiden. Sie war lange nicht so groß wie heute Zons. Der älteste Teil unserer Stadt ist heute noch, wenigstens in seiner ersten Anlage, unverändert erhalten, und um eine Vorstellung von dem damaligen Düsseldorf zu bekommen, braucht man nur einen Gang durch die Altstadt zu machen. Das Dorf, das zwischen Gräben lag und nach seiner Erhebung zur Stadt mit Mauern umgeben wurde, befand sich ganz auf der rechten Seite des unteren Düsselarmes und hatte nur drei Straßen, nämlich die Altstadt, die Liefergasse und die Krämerstraße. Am Ende der Liefergasse lag das gräfliche und später herzogliche Lewen- oder Löwenhaus. Es war über der Eingangstüre mit dem bergischen Löwen geschmückt, woher es seinen Namen hatte. Auch die Liefergasse hieß im Volksmunde nie anders als Lewengasse. Den heutigen Namen Liefergasse hat sie aber wohl deswegen erhalten, weil in dem Löwenhause die Naturalabgaben der Bauern abgeliefert wurden. Es war also gewissermaßen das Provianthaus. Von diesem Hause aus ging eine schmale Gasse an der Düssel entlang zum Schlosse, das ganz außerhalb der Stadt lag. Eine Fallbrücke stellte die Verbindung mit ihr her. Die Krämerstraße war nur an der Ostseite bebaut, nach dem Rhein hin war sie durch die Stadtmauer abgeschlossen. Ebenso war es mit der Liefergasse, die auch nur an der Innenseite Häuser hatte. Vom Schlosse aus lief ein Feldweg am linken Ufer der Düssel entlang nach der Mühle des Ritters von Flingern. Aus diesem Feldwege ist die heutige Mühlenstraße entstanden.

Der Friedrich-, jetzige Grabbeplatz oder, wie er vor Jahren hieß, Mühlenplatz, hatte vor zweihundert Jahren ein ganz anderes Bild als heute. Da, wo jetzt die Kunsthalle steht, sah man das Jesuitenseminar, das von dem Stiftskanonikus Peter Laer gegründet worden war. Er schenkte auch 5000 Taler mit der Bestimmung, daß in diesem Hause, das von Jesuiten geleitet wurde, unbemittelte Jünglinge ihre erste wissenschaftliche Ausbildung erhielten. Herzog Wolfgang Wilhelm legte selbst im Jahre 1623 den Grundstein zu diesem Seminar. Rechts und links neben ihm lagen Baracken für die herzoglichen Söldner, gerade keine passende und vorbildliche Nachbarschaft für die Zöglinge.

Bei der Schleifung der Festungswerke wurde auch das altersschwache Seminar niedergerissen. Der Mühlenplatz hieß in der Franzosenzeit Paradeplatz, weil hier die Garnison ihre Paraden abhielt. Zur Zeit der bergischen Herzöge hat der Mühlenplatz glänzende Feste und prunkvolle Turniere gesehen. Im Jahre 1697 veranstaltete die Ritterschaft zur Verherrlichung der Hochzeitsfeier des Prinzen Gaston de Medicis mit der Witwe des verstorbenen Prinzen Philipp Wilhelm, des jüngeren Bruders Jan Wellms, hier noch ein großes Turnier und Ringstechen. Die Pferde für die herzogliche und kurfürstliche Reiterei, die aus dem wilden Gestüt im Duisburger Walde stammten, wurden auf dem Mühlenplatze zugeritten.

Die historische Wassermühle hat bis gegen Ende der achtziger Jahre auf dem Mühlenplatze gestanden. Dann wurde sie mit den anderen schöngiebeligen Backsteinhäusern an der Nordseite abgerissen, um dem heutigen Kunstgewerbemuseum Platz zu machen. Die Mühle war ursprünglich aus Holz gebaut, erst im Jahre 1685, als das vierhundert Jahre alte, morsche Holzgebäude aus den Fugen ging, wurde sie in Stein aufgebaut.

Eine andere Wassermühle stand an der Ecke des Maxplatzes und der Hafenstraße, gegenüber der Franziskaner-, jetzigen Maximiliankirche. Sie wurde von dem Wasser des südlichen Düsselarmes getrieben, der an der Bastion Diamantstein, am jetzigen Speeschen Graben, vorbeifloß und sich an der Stelle der Mariensäule zu einem Teiche staute. Dieser Mühlenteich war nach der Orangeriestraße hin von einem Mäuerchen abgeschlossen. Es ist noch gar nicht lange her, daß der

Mühlenteich überwölbt worden ist. Wenn man an der Mariensäule vorbeigeht, hört man aus einem Kanalschacht herauf ein dumpfes Rauschen. Es ist die Düssel, die man hier in finstere Kanäle eingezwängt hat. Die Mühle an der Ecke der Haienstraße war kurfürstliches Eigentum. Sie lieferte nicht nur das Mehl für die kurfürstliche Hofhaltung, sondern sie trug auch ein hübsches Sümmchen für die kurfürstliche Kasse bei.

Sehr lebhaft erinnere ich mich noch der alten Krautmühle an der heutigen Reichsstraße, die bis 1871 Krautstraße hieß. Durch einen langen Torweg kam man auf ein Plätzchen, das mit niedrigen, gekälkten Bauernhäuschen umstanden war. Das größte von ihnen war die alte Krautmühle oder »Kruhtmöhl«, wie das Volk sagt. Unter Krautmühle ist aber nicht eine Mühle zu verstehen, die Apfel- oder Möhrenkraut machte, sondern es war eine Pulvermühle, die »Kraut und Lot« zu Pulver vermahlte. Sie lag hart an der Düssel. Auf einem mächtigen mit Moos und Algen überzogenen Balkengestell ruhte das große, breite Schaufelrad. Dahinter lag ein kleiner Stauweiher. Ich glaube, daß die Mühle schon damals nicht mehr in Betrieb war, denn ich habe nie gesehen, daß die Schleuse aufgezogen wurde und das Wasser mit Brausen das Rad herumdrehete. Nicht weit von dem Schaufelrade lag angekettet ein alter Nachen. Als Junge bin ich oft hineingesprungen und habe »Schiff« gespielt. Einmal habe ich ein paar Schulkameraden mitgenommen. Es war am Nachmittage, und der Eigentümer des Nachens hielt sein Mittagsschläfchen. Leise und hurtig lösten wir den Nachen von der Kette, sprangen hinein und ließen uns in die Finsternis des gewölbten Kanals treiben, der die Düssel unter den Häusern und Straßen hinweg in den »Lohpohl« am Ständehause leitete. Lohpohl hieß der Teich wahrscheinlich deshalb, weil neben der Krautmühle eine Lohgerberei lag, die ihre Abwässer durch die Düssel in den Teich hineinlaufen ließ. Als wir etwa fünfzig Meter weit in den Kanal hineingetrieben waren, in dem es stockfinster war, weil eine Biegung das Tageslicht abschnitt, bekamen wir es mit der Angst zu tun. Leise gurgelte das Wasser, und ab und zu plumpste etwas von den glitschigen Wänden. Manchmal donnerte es über uns. Es war ein Wagen, der oben über die Straße fuhr. Eiskalt lief es uns über den Rücken, und wir stemmten uns gegen die Wände, um den Nachen wieder zurückzubringen. »Hah!« seufzten wir froh, als wir das Tageslicht wieder erblickten. Aber wir erstarrten vor Schreck, als wir an der Kanalöffnung den Eigentümer des Nachens, einen weißhaarigen Alten, mit seinen Wasserstiefeln in der Düssel stehen sahen. Er schwang drohend einen dicken Spazierstock und rief, daß es donnernd in der Wölbung widerhallte: »Ah, waht, ehr Köschkes, diesmol han ich öch! Maht, dat ehr erus-kommt!« Aber wir blieben drin und trieben den Nachen rasch wieder tiefer in den Kanal hinein. Und so saßen wir zitternd in der Finsternis und sahen, wie sich immer mehr Leute an der Kanalöffnung ansammelten. Der weißhaarige Alte schimpfte und rief etwas von Polizei und Spitzbuben. Aber wir verhielten uns still und warteten, bis einer nach dem andern fortging und sich schließlich der Alte nach einer derben Verwünschung entfernte. Die Dämmerung kam und der Abend, und wir saßen immer noch in dem Loch. Erst als es ganz still geworden war, wagten wir uns leise hinaus, sprangen aus dem Nachen und rannten aus dem Torweg.

In der Zeit, als das schöne Berger Tor niedergerissen wurde, stand am Ende der Bäckerstraße die erste Dampfmühle von Düsseldorf. Alle Fenster waren blind von Mehlstaub, und die ganze Bäckerstraße roch danach; durch ein zerbrochenes Fenster zu ebener Erde konnte man in den Maschinenraum hineinsehen. Wir Knirpse kletterten auf die Fensterbank, machten uns die Kleider weiß und starrten auf das riesenhafte, nimmermüde Schwungrad und auf die hin und her fliegende Kolbenstange, die viel dicker war als mein Kopf. Hinter dem Berger Tore floß durch eine Gosse heißes, dampfendes Wasser aus der Maschine in den Speeschen Graben. An dieser Gosse standen nachmittags, kurz bevor die Schule an der Citadellstraße begann, manchmal an die zwanzig Jungen und wuschen sich eifrig die Hände. Einige hatten sogar schwarze Seife mitgebracht. Der Lehrer untersuchte nämlich jedesmal vor dem Unterricht die Hände, ob sie auch rein waren. Waren sie schmutzig, gab's einen Hieb mit dem Riedstock. Seitdem aber die Jungen die heiße Quelle am Berger Tore entdeckt hatten, konnte der Lehrer nur staunen über die blanken Hände, die sich ihm stolz entgegenstreckten.

Die Schulstraße

Die Schulstraße, wie sie noch im ersten Zehntel dieses Jahrhunderts als ein Stück des alten Düsseldorfs bestand, ist in ihrer früheren Gestalt nicht mehr da, das Gäßchen, das von der Citadellstraße nach der früheren Dammstraße, dem jetzigen Rathausufer, führte. Vor gar nicht langer Zeit sind die kleinen, alten Häuser an der Ecke der Dammstraße niedergerissen worden. Der Volksmund nannte das Eckhaus »de Wanzeborg«. Die Stadtverwaltung hatte die Häuser angekauft; Türen und Fenster waren mit Brettern vernagelt. Die Ecke des Hauses war in Mannshöhe glatt abgeschliffen von den scharf daran vorbeibiegenden Wagen, und mancher Biertrinker, der schief geladen hatte, wird auch wohl zum Abrunden der Ecke beigetragen haben. Über der Haustüre sah man, in Stein gehauen, das Bild eines Esels. Das Haus wird also früher, als die Häuser der Stadt noch keine nüchternen Nummern trugen, sondern, dem phantasievollen Gemüte der damaligen Zeit entsprechend, allerhand eigentümliche Namen hatten, wie »Em Düvke«, »Em goldene Anker«, »Zum gletschige Dörpel«, wohl »Zum Esel« geheißen haben. Mitten in der Haustüre war noch der eiserne, altmodische Klopfer. Er hatte die Form eines sich krümmenden Fisches. Er war verrostet und ging schief im Scharnier.

Wenn man ein paar Schläge mit ihm tat, schallte es unheimlich durch das leere Haus. Es war mit der Zeit eine verwahrloste Ruine geworden. Der geschwungene Backsteingiebel hing nach vorne über. Die Schornsteine standen schief. Der Regen lief durch die verrosteten Dachrinnen und hinterließ auf den gekälkten Wänden lange, schwärzliche Spuren. Die Dächer waren grün von Moos, und aus den Mauerlöchern sproß Unkraut. Wenn man nachts an diesem Hause vorüberging, hörte man manchmal wütendes Fauchen und jämmerliches Schreien in den Zimmern. Es waren die Katzen der Nachbarschaft, die sich hier ihre nächtlichen Feste gaben. Ab und zu fiel ein Dachziegel polternd herunter und klatschte in die murmelnde Düssel, die sich dort zwischen den Häusern nach dem Rhein zwängt. Oft knisterte und krachte es in dem morschen Gemäuer.

An der entgegengesetzten Seite der Schulstraße, am Anfange der Citadellstraße, stand vor zwanzig Jahren noch ein schönes, kleines Backsteinhaus, das in Düsseldorf einzig in seiner Art war.

Die Entstehung der Citadellstraße und auch des kleinen, abgerissenen Häuschens fällt in die zweite Hälfte des 17. Jahrhunderts. Übrigens hieß die Citadellstraße früher einmal St.-Antonius-Straße. Das Eckhäuschen nannte man »Im Schinken«, mundartlich »Em Schenkske«. Immer standen blühende Blumen in den kleinen Fenstern und Tauben flatterten um das Giebelchen. Abends saßen die Bewohner des Hauses vor den Türen auf Holzstühlen oder Fußbänkchen, die Frauen mit dem Strickstrumpf, die Männer mit der langen Pfeife, um sich die Neuigkeiten des Tages zu erzählen. Die irdene Steingutkanne wurde ein paarmal beim Schuhmachers Matthes auf der Citadellstraße mit Bier gefüllt, und während der Mond langsam hinter dem Turme der Franziskaner-, jetzigen Maxkirche, emporstieg, hallte die Gasse wider von dem Gelächter, wenn ein »Mäuzke« erzählt worden war.

Die nördliche Seite der Schulstraße hatte bis zum letzten Kriege noch einen vornehmen Charakter. Das große, stattliche Haus Nummer 4 mit dem schönen Kastanienbaum war das Absteigequartier der Reichsgräflich von Nesselrodeschen Familie zu Ehreshoven. Man nannte darum dieses Haus das Nesselrodesche Palais. Leider ist es bis auf die Umfassungsmauern zerstört. Es war im Innern fast noch genau so wie vor hundert Jahren. Durch hohe Fenster mit grünlichem Glas fiel das Licht auf eine riesige Diele, die mit Steinplatten gepflastert war. Eine breite Treppe mit einem kunstvoll geschwungenen, handgearbeiteten Geländer, das der damalige Handwerksmeister für die Ewigkeit gemacht zu haben scheint, führte zum ersten Stockwerk, wo sich der Festsaal befand. Der prachtvolle alte Parkettboden war bis zuletzt noch vollständig erhalten. Er bestand aus Ebenholz, Eichenholz und Perlmutterplättchen. Diese drei Materialien waren zu originellen Blumenornamenten in der zierlichsten Weise zusammengesetzt. Wohl in keinem Düsseldorfer Hause war ein gleicher oder auch nur ein ähnlicher Parkettboden noch zu finden. Die alte, einfache Stuckdecke war leider, wenn ich nicht irre, tapeziert. Die Tapeten an den Wänden waren alte, handgemalte Empireoriginale. Zwar war viel daran von der unkundlichen Hand irgendeines Anstreichermeisters verdorben worden. Im Unterhause waren noch einige Säle durch dünne Wände in mehrere Zimmer für kleine Familien geteilt worden. Man sah es an den durchschnittenen Mustern der Stuckdecken. Im Jahre 1809 diente das Haus teilweise den Zwecken der Präfektur des Rhein-Departements. Düsseldorf war ja um diese Zeit die Hauptstadt des Großherzogtums Berg unter Napoleons Zepter. In den Freiheitskriegen befand sich in dem Nesselrodeschen Palais das Hauptquartier des dänischen Armeekorps.

Der ganze übrige Teil der Schulstraße nach dem Rhein hin gehörte zum »Bau«. So nannte man in der Altstadt das Gefängnis. Es ist noch gar nicht lange her, da sah man Tag und Nacht einen Wachtposten mit aufgepflanztem Seitengewehr langsam über das holprige Pflaster der Schulstraße schlendern, das einzige Pflaster der Stadt, das, soviel ich weiß, nie erneuert worden ist. An der Dammstraße stand das hölzerne Wachthäuschen, worin wir oft für das patrouillierende »Knüfke« eine Zigarre hinterlegten. Die Wache tat natürlich, als merkte sie nichts davon, weil sie nichts merken durfte, aber nach einiger Zeit verschwand das Knüfke im Wachthäuschen, und wenn es wieder heraustrat, grinste es über das ganze Gesicht, ein Beweis, daß es die Zigarre gefunden hatte. Durch die Gitterfenster in der Schulstraße konnte man sich auch manchmal für Augenblicke mit den Gefangenen unterhalten oder ihnen durch die engen Maschen ein Stück Kautabak oder sonst etwas zustecken. Durch ein eisernes Tor auf der Dammstraße und durch das

Steintor mit den einfachen Renaissanceformen in der Schulstraße konnte man auf den kleinen Gefängnishof gelangen, auf dem früher die Guillotine stand, die damals zum Köpfen der Verbrecher zwischen Köln, Düsseldorf und Berlin hin und her wanderte. Man hat mir erzählt, daß man von den Dächern der Nachbarschaft ein Stückchen Guillotine sehen konnte, und am Hinrichtungsmorgen saßen die Neugierigen schon um fünf Uhr auf den Dächern und starrten mit angenehmem Grauen auf das schreckliche Instrument. Sehen konnten sie weiter nichts als das oberste Gestänge, aber ihre aufgeregte Phantasie malte ihnen das andere mit desto grelleren Farben, zumal sie in der Morgenruhe das Verlesen des Todesurteils, das Beten des Priesters und zuletzt das Fallen des Messers hören konnten. Dazu wimmerte das Totenglöckchen in der Gefängniskapelle.

Das Ratinger Tor

Sehr alt ist das Ratinger Tor in seiner heutigen Gestalt mit den beiden dorischen Tempelbauten nicht, noch keine hundert Jahre. Früher wurde es für die Nacht mit einem eisernen Gitter verschlossen. Tagsüber saßen die Steuerbeamten hinter den Fenstern und gaben acht, daß nichts Versteuerbares in die Stadt geschmuggelt wurde. Damals nämlich wurde noch die berüchtigte Schlacht- und Mahlsteuer erhoben, und die alten Düsseldorfer werden sich noch erinnern, mit welchen Listen die sparsamen Düsseldorfer Hausfrauen außer der steuerfreien Menge Mehl noch einige Tütchen voll hereinschmuggelten. Wenn es auch bloß eine Handvoll Mehl war, es mußte geschmuggelt werden. Die Hausfrauen setzten gewissermaßen ihren Stolz darein, und der Kuchen hätte ihnen nicht geschmeckt, wenn er nicht aus teilweise geschmuggeltem Mehl gebacken worden wäre. Von einem Düsseldorfer Original, dem Wilddieb Muggel, der im Rather und in dem sich bis zum heutigen Martin-Luther-Platz hinziehenden Bilker Busch Rehe und Hasen schoß, wird folgende Geschichte erzählt: Muggel hatte einmal einen Rehbock geschossen und wußte nicht, wie er ihn in die Stadt bringen konnte, um ihn bei seiner Kundschaft, die er sonst mit Hasen versorgte, zu verkaufen. Da hatte er einen Einfall. Vom ersten besten Bauernhof, dessen Bewohner draußen auf dem Felde arbeiteten, packte er den »Spitz« und steckte ihn in einen Sack. Als die Steuerbeamten, die gefürchteten »Duaners«, ihn mit dem schweren Sack auf dem Rücken herankommen sahen, dachten sie: Halt, Muggel, jetzt haben wir dich! Denn er war ihnen als Wilddieb und Schmuggler bekannt, aber sie hatten ihn noch nicht fassen können. Mit einem harmlosen Gesicht wollte Muggel durch den Schlagbaum am Tore. Die Beamten hielten ihn an und fragten, was er da im Sack habe. »Ne Honk«, gab er wahrheitsgetreu zur Antwort. Das glaubten ihm aber die Beamten nicht; sie argwöhnten, es sei irgendein Stück Wild darin, und verlangten, daß Muggel den

Sack öffnete. Das tat er auch, aber mit Absicht so ungeschickt, daß der Hund heraussprang und freudig bellend davonlief. Muggel fluchte und schimpfte über die »Duaners«, weil sie schuld daran wären, daß der Hund entsprungen wäre, und er lief dem Hunde nach. Nach einigen Stunden kam er zurück und hatte den Sack wieder auf dem Rücken. Diesmal war aber der geschossene Rehbock darin. Die Zollbeamten, die glaubten, er habe den Hund wieder, zumal er Anstalten machte, den Sack zu öffnen, ließen ihn ungehindert passieren.

Das Ratinger Tor hat nicht immer an der Stelle gestanden, wo es heute steht. Als Düsseldorf noch ein kleines Landstädtchen war, etwa im dreizehnten Jahrhundert, da lag die alte Kreuzkapelle mit dem berühmten Gnadenbilde »Unserer lieben Frau vom Himmelreich«, das jetzt in einem Altärchen im linken Seitenschiff der Lambertuskirche seinen Platz gefunden hat, vor dem Stadttore. An derselben Stelle stand auch das Hubertushospital oder Gasthaus, das zur Aufnahme der Wallfahrer diente, die aus allen Gegenden, sogar aus der Schweiz, kamen. Das Stadttor hieß damals nach dem Gnadenbilde Liebfrauenpforte. Die Kreuzkapelle ist erst vor etwa hundert Jahren abgerissen worden, da sie angeblich den Verkehr zwischen Ratinger Straße und Altstadt behinderte. Noch in der Mitte des 15. Jahrhunderts galt die heutige Ratinger Straße als Vorstadt vor dem Tore. In der Stiftungsurkunde der Kreuzherren-Niederlassung, deren Kirche, ein zweigiebeliger Backsteinbau, heute noch am Eingange der Ratinger Straße steht, wird diese Niederlassung als »ante portas« bezeichnet, und in einer Urkunde aus dem Jahre 1462 wird ein Haus »zwischen der Liebfrauenpforte und der Ratinger Pforte« näher beschrieben. Diese beiden Tore haben also im 15. Jahrhundert eine Zeitlang zugleich bestanden, die Liebfrauenpforte am Ausgange der alten Stadt und die Ratinger Pforte, wie das Tor damals hieß, am Ausgange der Ratinger Straße. Nach dem Heberegister aus dem Jahre 1424 standen in der »Vürstadt« vor dem Liebfrauentore, also in der Ratinger Straße, fünfundzwanzig zinspflichtige Häuser. Die Parallelstraße der Ratinger Straße, die Ritterstraße, war damals noch unbebaut und nur ein holpriger Weg, der an den Gartenmauern der Häuser in der Altstadt herlief. Man nannte den Weg »achter der Mauer am Pulverturm«. Da nämlich, wo jetzt das Maria-Theresien-Hospital steht, erhob sich ein Pulverturm, der in einer Gewitternacht des Jahres 1634 in die Luft flog. Bei der furchtbaren Explosion, die von einem Blitzstrahl hervorgerufen worden oder, wie manche behaupten, auf ein Verbrechen zurückzuführen sein soll, sind fast alle Häuser der Altstadt zerstört worden. Man erzählt, daß ein Oberst von Knippenberg, der in dem Prozesse gegen die unglückliche Markgräfin Jakobe von Baden, die Gemahlin des blödsinnigen Herzogs Johann Wilhelm (1592 bis 1609), eine schlechte Rolle spielte, den Pulverturm in Brand gesteckt habe, um sich an der Bürgerschaft, die in ihm den Mörder Jakobes sah und ihn als solchen behandelte, zu rächen. Mehrere herrliche gemalte Fenster der Lambertuskirche wurden bei der Pulverexplosion zertrümmert. Die Kirchenwände mit schönen Freskogemälden italienischer Maler, die Herzog Johann, »der Reiche« (1511 bis 1539), zur Ausschmückung der Kirche hatte kommen lassen, barsten von oben bis unten. Bei der Ausbesserung der Wände wurden die Gemälde, die Kunstwerke allerersten Ranges gewesen sein sollen, ohne jedes Verständnis übertüncht. Als vor Jahren die Lambertuskirche neu ausgemalt wurde, entdeckte man unter der abbröckelnden Kalkschicht Reste der Gemälde. Was dann aus ihnen geworden ist, weiß ich nicht. Um diese Zeit stand das Ratinger Tor kurz hinter dem heutigen Mühlengäßchen. Als Erinnerung an das Tor sah man über der Türe des alten Eckhäuschens mit dem spitzen Giebel noch zwei gekreuzte Schlüssel. Vielleicht wohnte hier der Torwächter, der den Schlüssel des Stadttores aufbewahrte. Heinrich im Schlüssel, wie der Mann hieß, verzapfte nebenbei Wein, und er muß ein gutes Geschäft gemacht haben, wenn man bedenkt, daß jeder Wanderer, jeder Fuhrmann und reitende Bote, wenn er staubbedeckt ankam, sich an einem kühlen Becher erquickte, und wenn er auszog, noch rasch einen Schoppen mit auf den Weg nahm.

Wenn es Abend wurde, schloß man die Stadttore. Wer dann noch in die Stadt wollte, dem wurde nicht mehr aufgetan. Er konnte bei Mutter Grün kampieren oder ein Obdach in einem der verstreut liegenden Bauerngehöfte suchen. Zwei Boten des Kollegiatstiftes, die 1592 eine amtliche Urkunde oder, wie es damals hieß, »Brief und Siegel« holen mußten, wurden von der Dunkelheit überrascht und konnten nicht mehr in die Stadt. Dazu kam noch ein Platzregen, der sie bis auf die Haut durchnäßte. Beim Wirte Peter im Bären zu Pempelfort fanden die beiden Obdach, Speise und Trank. Der Wirtsfrau, die keine Bezahlung für die Zeche haben wollte, schenkten die Boten zum Danke einen »Lilienschleier« und der Magd, die ihnen die Schuhe »gewüschet«, einen halben »Königsort« Trinkgeld. So steht es in der Kirchenrechnung von St. Lambertus.

Das alte Tor wurde unter der Regierung des Kurfürsten Johann Wilhelm baufällig, und im Jahre 1684 legte der Kurfürst, der die Stadt mit großartigen, wegen ihrer Kostspieligkeit aber nur zum Teil ausgeführten Befestigungswerken versehen wollte, den Grundstein zu dem neuen Ratinger Tore. Die alte Ratinger Straße muß damals ein schönes, malerisches Bild gezeigt haben. Rechts und links lehnten sich Häuschen mit spitzem Giebel gegen das neue Barocktor, hinter dem die große Stadtmühle emporragte und bedächtig ihre mächtigen Flügel im bergischen Winde drehte. Durch die Öffnung des Tores sah man das hügelige Land.

Nach dem Frieden von Luneville im Jahre 1801 wurde mit den anderen Festungswerken auch das Ratinger Tor geschleift. Den schwarz-marmornen Grundstein des Tores sah man vor Jahren noch im Flur des Hauses Ratinger Straße 43 eingemauert. Seine Inschrift lautete: »SSmus Johan Wilhelmus Com. Palat Dux Bavarie Juliae Cliviae et Montium primum lapidem posuit 16 August 1684.«

Das Berger Tor

Die schönste und vor allem breiteste Straße der Altstadt war die Citadellstraße im Gegensatz zu den engen Gassen und Straßen mit ihren schmalen, höchstens dreistöckigen Häusern, von denen manche so eng waren, daß sich auf jedem Stockwerke bloß zwei Zimmer befanden, eins vorne und eins hinten heraus und zwischen beiden die schmale, gewundene Treppe. Ich glaube, die Leute wohnten deshalb so lange in ein und demselben Hause, weil das Ein- und Ausziehen so umständlich und schwierig war. Die meisten Möbel mußten nämlich an Stricken heraufgezogen und durch die Fenster in die Zimmer hineingehoben werden. Die Citadellstraße, von dem mächtigen Berger Tore im Süden und im Norden von dem Nesselrodeschen Palast als Gegenstück in ihrer ganzen Breite abgeschlossen, ist ein unverfälschter und ziemlich unverstümmelter Rest aus der Kurfürstenzeit. Der dicke Kurfürst Karl Theodor hat das Berger Tor erbaut, als der Alte Fritz im Siebenjährigen Kriege auch den stillen Niederrhein beunruhigte und dadurch den Kurfürsten zwang, seine Residenzstadt Düsseldorf mit stärkeren Befestigungen zu schützen.

In den neunziger Jahren des vorigen Jahrhunderts, als auch Düsseldorf unter der schlimmsten Bauperiode, die es je gegeben bat und in der sich Stil- und Geschmacklosigkeit gegenseitig überboten, zu leiden hatte, ist auch das prachtvolle Berger Tor gefallen. Damals hat die Idee des sogenannten Durchgangsverkehrs und der Altstadtfreilegung unheimlich gespukt. Und was diesem angenommenen und erhofften Verkehre im Wege stand und die vielgepriesene, schnurgerade Fluchtlinie auch nur einen Finger breit unterbrach, mußte weichen. Damals hat man auch die gemütlichen, breit ausladenden Steindürpel vor den Haustüren beseitigt. Ich erinnere mich, daß es in jeder Straße der Altstadt mehrere im Laufe der Zeit tief ausgetretene Dürpel gab, die für uns Jungens liebe Spielplätze waren. Es ließ sich so nett sitzen auf den breiten Stufen, ohne daß wir den Leuten, die ein- und ausgingen, im Wege waren. Wir hatten eigens der Dürpel wegen ein neues Knickerspiel erfunden. Wir ließen die Knicker die Stufen hinunterkullern, und wessen Knicker dem seines Mitspielers am nächsten rollte, der hatte gewonnen.

Im Jahre 1895 ist das Berger Tor abgerissen worden, wie auf einer Bronzetafel am Speeschen Hause zu lesen ist. Aber der gewünschte Durchgangsverkehr hat sich bis heute nicht eingestellt, im Gegenteil. Die Hammer und Volmerswerther Bauern fahren mit ihren Gemüsekarren am Rheinufer vorbei, denn dieser Weg ist näher zum Markt, und wer sonst nach der Altstadt will, geht oder fährt durch die Hohe Straße, Die Berger Allee, die früher viel befahren wurde, weil an ihr mehrere Holz- und Kohlenhandlungen lagen, ist heute so still wie keine Straße der Stadt. Ich habe an einem Vormittage ganze vier Wagen gezählt, die von der Citadellstraße her durch die Berger Allee fuhren, und das waren Geschäftswagen, die in der Berger Allee Kunden bedienten. Mit dem Durchgangsverkehr hat man sich gründlich verkalkuliert, und als Opfer ist das Berger Tor gefallen, obschon es wirklich keinem im Wege stand. Unsere Nachbarstadt Neuß hat sich ihr Obertor erhalten, und zwar an einer Stelle mit zehnmal soviel Verkehr wie an der Citadellstraße. Köln hat noch sein Tor am Eigelstein, in München und in vielen anderen deutschen Städten gibt es noch Tore mitten in den belebtesten Straßen, ohne daß sich der Verkehr von ihnen stören läßt. Bloß in Düsseldorf stieß man sich an den Toren, und gerade des Berger Tores hätte man sich nicht zu schämen brauchen.

Alt ist das Berger Tor in seiner letzten Gestalt nicht geworden, um es genau zu sagen, bloß 144 Jahre. Das Tor, das vorher an seiner Stelle gestanden hat, stammte aus dem Jahre 1620. In dieser Zeit ließ der Pfalzgraf Wolfgang Wilhelm die Festungswerke der Stadt verstärken und vergrößern. Vier neue Bastionen wurden errichtet, nämlich am Eiskeller, am Mühlenplatz (jetzt Grabbeplatz), am Flinger Tor und am Berger Tor. Die Zitadelle am Berger Tore, mit deren Bau man bereits 1552 begonnen hatte, erhielt drei Bastionen, zwei nach der Neustadt hin und eine am damaligen Hafen, gegenüber dem Rheinörtchen. Die Zitadelle war mit der Stadt durch eine Brücke verbunden, die bei der Düsselmühle an der Hafenstraße lag. Wegen der Zitadelle wurden das Flinger und das Berger Tor hinausgeschoben. Das Berger Tor erhielt seinen Platz am Ende der Citadellstraße, die aber erst in der zweiten Hälfte des 17. Jahrhunderts ausgebaut wurde. Die ersten Anbauer waren der Oberst von Norprath und Crispinus Mossillon, denen der Herzog Bauplätze geschenkt hatte. Das ursprüngliche Berger Tor, das bis zum Jahre 1620 an der Ecke der heutigen Hafen- und Akademiestraße stand, ist von historischer Bedeutung.

Am 25. März 1609 starb Herzog Johann Wilhelm, und mit seinem Tode begann der Jülich-Klevische Erbfolgestreit. Am 5. April kam abends zwischen sechs und sieben Uhr der kurfürstlich-brandenburgische Bevollmächtigte Stephan von Hertefeld zum Kolke vor dem Berger Tore angeritten. Er öffnete und schloß das Tor, um damit nach altem Brauche auszudrücken, daß er Besitz von der Stadt genommen habe, und nagelte in aller Heimlichkeit und Eile das brandenburgische Wappen an das Tor. Er war vom Kurfürsten Johann Sigismund von Brandenburg gesandt, der Anspruch auf das reiche jülich-klevische Erbe machte, zwar nicht als einziger, denn der Pfalzgraf Wolfgang Wilhelm von Neuburg und Frankreich, England, Holland, Dänemark stritten sich um das Erbe. Es war damals in Düsseldorf eine tolle Zeit. In den Straßen wimmelte es von Söldnern aus all den Ländern, und ein Kauderwelsch von fremden Sprachen schwirrte durch die Luft. Manche sonderbaren Ausdrücke in der Düsseldorfer Mundart stammen aus dieser Zeit. Schließlich kam zwischen Johann Sigismund und Wolfgang Wilhelm das sogenannte Kondominat zustande, das aber im Jahre 1613 schon nach der historisch gewordenen Ohrfeige, die Johann Sigismund nach einem Streit beim Mittagsmahle dem Neuburger versetzt haben soll, wieder in die Brüche ging.

Das Berger Tor, wie es bis zum Jahre 1895 gestanden hat, ist, wie gesagt, vom Kurfürsten Karl Theodor im Jahre 1751 erbaut worden. Das alte Berger Tor schien ihm nicht stark genug. Darum erbaute er das mächtige neue Tor. Es war ein großer Backsteinbau, der in seinem mittleren Teile nach der Berger Allee hin vorsprang. Die an sich schon breite Durchfahrt erbreiterte sich in der Mitte zu einem runden, kuppelartigen Raume, der so groß war, daß ein Wagen mit Pferd bequem drehen konnte. In den Wänden waren Schießscharten, durch die man auf den Feind, wenn er das Holztor an der Berger Allee aufbrechen wollte, feuern konnte. Aber die Schwalben, die in den Schießscharten nisteten, sind niemals von Musketenschüssen gestört worden. Beim »Räuber und Schanditz« war das Berger Tor die herrlichste Räuberhöhle, besonders in der Dämmerung. Dann war es in dem Torweg so stockfinster, daß man die Hand vor den Augen nicht sehen konnte und daß wir als Räuber oft zu bange waren, hineinzugehen. In den finsteren Ecken des Kuppelraumes versteckten wir Jungens uns und erschreckten die vorübergehenden Bauernfrauen mit Fauchen, Miauen und Brummen, daß der gefüllte Gemüsekorb, den sie auf dem Kopfe trugen, ins Schwanken geriet. »Huh!« schrien sie auf. »Mer soll jo bald vör Gott te bang sin, am helle Dag dörch et Dohr te gonn! Schnobbelsjonge, eenem su te verschrecke! Awaht, ich sag et van üch dem Vatter Ratz!«

»Vatter Ratz«, das war der Torwächter, zugleich der Kerkermeister für die Spitzbuben, denen immer einige

Arrestzellen im Tor freigehalten wurden. Eine schmale Tür in dem Torwege führte zu einer steinernen Wendeltreppe nach den Arrestzellen. Auch in dem Treppenturme waren Schießscharten, durch die ein grünes, zitterndes, von Weinlaub halb verschlucktes Licht fiel. In dem Torwege und besonders auf der steinernen Treppe war es im Sommer immer angenehm kühl, denn die dicken Mauern ließen keine Hitze durch. Sie waren so dick, daß man, wenn man auf der Treppe stand, kaum die Wagen hörte, die durch das Tor polterten. Wenn man vor der schweren, geschwärzten Eichentüre stand, wenn die Schelle mit schrillem Klang durch das Haus schrie und nach einiger Zeit der Vatter Ratz mit schweren Schritten herankam und den dicken Schlüsselbund klirren ließ, dann konnte einem ein recht unangenehmes Gefühl den Nacken hinunterkriechen, und manchem armen Teufel, der hier zum ersten Male drei Tage brummen mußte, mochte das Herz in die Schuhe fallen. Aber es war halb so schlimm. Vatter Ratz war keiner von den finsteren, bösen Kerkermeistern, er gab seinen Gefangenen nachmittags Kaffee, wenn auch dünnen, um die Leute nicht aufzuregen, und fingerdicke Schwarzbrotschnitten dazu. Und damit es ihnen in ihrer Zelleneinsamkeit nicht langweilig wurde, ließ er sie den Hof über dem Tore, der mit Steinplatten bedeckt war, kehren und schrubben. Das Berger Tor war auch der Schuldturm für die Väter, die für ihre Kinder die paar Pfennige Schulgeld nicht bezahlen konnten oder wollten. Für nichtbezahltes Schulgeld gab es jedesmal einen Tag Haft. Da sah man oft kleine Jungen und

Mädchen ihrem Vater das Mittagessen im »Henkelmann« nach dem Berger Tore bringen. Und um ihm auch etwas Herzstärkung zukommen zu lassen, war das eine Gefäß des Henkelmannes mit verbotenem Schnaps gefüllt, auf dem Suppengrün und Petersilie schwamm. So täuschte man dem Vatter Ratz, der das Essen untersuchte, harmlose Suppe vor.

Die Fassade des Tores nach der Citadellstraße hin war mit einem halbrunden Gesims aus Hausteinen abgeschlossen. Über der Einfahrt, deren Schlußstein ein behelmtes Kriegerhaupt bildete, das auf einem Löwenkopfe stand, war die in Haustein gehauene Inschrift: Reaedificatum MDCCLI. Das große Mittelfenster über der Einfahrt war zu beiden Seiten mit prachtvoller Bildhauerarbeit geschmückt. Kriegstrophäen türmten sich in buntem Durcheinander auf, und über dem Fenster sah man zwei Kartuschen mit den Monogrammen CT und EA. Die Kurfürstenkrone bildete den Abschluß. Dieser plastische Schmuck stammte von dem Bildhauer Balthasar Späth. Die Fassade an der Berger Allee hatte zwar nur sehr wenig plastischen Schmuck, sie wirkte aber in ihrer Einfachheit und durch die Verwendung schweren Materials viel imposanter als die andere Fassade. Zwei von Querbändern unterbrochene breite Pilaster aus riesigen Trachytquadern trugen einen schweren Architrav. Über dem dreieckigen Giebel mit einem runden Fenster war ein großes, aus dem Stein herausgehauenes und von einem Löwenkopfe und von Löwenklauen gehaltenes Tuch, auf dem die lateinische Inschrift stand: Ita surrexi pie regnantibus veris patriae parentibus serenissimis Carolo Theodoro et Elisabetha Augusta. Über der Toreinfahrt sah man noch bis zum Abbruche neun dicke, eiserne Klammern, an denen das große bergische Wappen befestigt war. Das Wappen wird wohl in der französischen Zeit abgerissen worden sein.

Eines Tages kamen Arbeiter und hackten auf das ehrwürdige Tor los, das mit der Zeit eine grünliche Patina bekommen hatte wie der Jan Wellm auf dem Markt. Die Arbeiter schwitzten gehörig beim Abbruch, denn die Mauern waren für die Ewigkeit gebaut.

»Wenn die besten Kenner und Vertreter der deutschen Kunstgeschichte sich für die Erhaltung dieses Kunstdenkmals, das die Altvorderen in wahrhaftiger und kulturvoller Einsicht aufbauten, einsetzten, dann mußten die Vertreter der trocknen Verwaltungswissenschaft schweigen und nicht ihr unmaßgebliches Urteil zur Durchführung bringen. Und weil sie es dennoch taten, luden sie eine nicht zu verzeihende Schuld auf sich. Aber es ist geschehen; das Berger Tor, der mächtige Steinzeuge aus Düsseldorfs berühmtem Zeitalter, hat vor dem Willen einiger weichen müssen; es ist ohne Sinn zerstört worden, und daran ist nichts mehr zu ändern. Vierzig Jahre sind darüber vergangen, und die Düsseldorfer Bürger haben das alte Bauwerk nicht aus ihrem Gedächtnis verloren. Immer wieder sprechen sie von ihm, von der bösen Tat der damaligen Stadtväter. Mit der Zertrümmerung des Torgebäudes erschlugen sie auch ein köstliches Altstadtidyll, und heute sehen wir an der Stelle ein langweiliges Straßenbild ohne Raum.«

Alte Pumpen

Ich kenne einen Hauseigentümer aus der Altstadt, der hat auf dem Hofe eine Regentonne aufgestellt, und er verlangt von seinen Hausbewohnern, daß sie ihren Bedarf an Wasch- und Putzwasser aus dieser Regentonne decken. Aber die Regentonne hat an einer unauffindbaren Stelle ein Loch und ist darum immer leer. Der Hauseigentümer schimpft heute noch, daß man ihm damals die schöne Pumpe auf dem Hofe zugeschlossen und später, als er doch noch Wasser aus ihr pumpte, sogar den Schwengel mit der dicken Messingkugel, die mit Blei ausgegossen war, herausgenommen hat. Sein Pumpenwasser sei viel besser, gesünder und schmackhafter gewesen als das neumodische Leitungswasser, das durch Bleiröhren läuft. Er vergißt aber, daß seine alte Pumpe an heißen Sommertagen und bei niedrigem Rheinwasserstand fast gar kein Wasser gab, er sagt auch nichts davon, daß das Pumpenwasser oft unklar und gelblich war, daß es manchmal einen unangenehmen, fauligen Geschmack hatte und daß sogar hie und da Wassertierchen darin herumschwammen. Und wie oft fror im Winter der Schwengel fest und wie oft schimpften die Hausbewohner, daß sie das Wasser eimerweise die vielen Treppen hinaufschleppen mußten. Und darum ging man mit dem Wasser sparsam um. Alle Geschwister wurden samstags in der »Bütt« mit ein und demselben Wasser gewaschen. Welche Farbe das am Schlusse hatte, kann man sich vorstellen. Bei meinen Eltern stand in der Küche der mit Wasser gefüllte Holzeimer auf der Topfbank, und das Wasser zur Gesichts- und Händewaschung am Morgen, zum Kochen und zum Trinken wurde aus dem Eimer gescheppt. In vielen Häusern der Altstadt gab es sogar noch nicht einmal eine Pumpe. Für diese Leute standen die großen Pumpen auf der Straße. Alte Düsseldorfer werden sich ihrer noch erinnern können. Ich selber habe oft als Kind an einer großen, steinernen Pumpe auf der Flinger Straße an der Ecke der Marktstraße Nachlaufen und »Piep« gespielt. Die Pumpe war mit Moos und Algen überzogen, ihr Schwengel war oben rostig und am Handgriff silberglänzend. »Et dicke Karlin« saß jeden Nachmittag an dieser Pumpe mit seinen Obstkörben. Das einzige, das sich an dieser Frau bewegte, das waren die Stricknadeln, die unermüdlich an endlosen, grauen Strümpfen schafften. Wie sie sich hingesetzt hatte, so saß sie. Sogar wenn ein Platzregen kam; sie blieb ruhig sitzen und spannte bloß einen grünlichen Schirm auf. Nur wir Jungen konnten sie aus der Fassung bringen, wenn wir um ihren Stand liefen, an ihre Körbe stießen oder an ihren Stuhl, daß ihre Bändermütze aufs Ohr rutschte. Dann ergriff sie wohl einen faulen Apfel und warf ihn schimpfend nach uns.

Die steinerne Pumpe am alten »Kammißbackes«, dem früheren Polizeigefängnisse an der Bäckerstraße, wirkte bei unseren jugendlichen Spielen häufig mit. Einmal war sie Räuberhöhle, ein andermal ein sicheres Versteck beim »Piepspielen«. Das Dach dieser Pumpe hatte nämlich ein großes Loch, da konnten wir Knirpse bequem durchschlüpfen. Der Beckers Ferdinand war der dickste von uns, und einmal ist er beim hastigen

Klettern an seiner dicksten Stelle in diesem Loche stekkengeblieben. Er schrie vor Angst, bis er blau und rot im Gesicht wurde. Wir aber nahmen Reißaus, weil auf das Geschrei ein Polizist kam. Der zog den trampelnden Ferdinand aus seinem Loche und entließ ihn nach einer gehörigen Tracht Prügel.

Am alten Theater auf dem Marktplatze stand vor der Türe, die zur Bühne führte, eine hölzerne Pumpe. Dahinter hockten die kleinen Vagabunden und schossen mit Erbsen auf die Theaterbesucher.

Die alte Pumpe auf dem Burgplatze ist historisch geworden. Am Morgen nach der Barrikadennacht, am 10. Mai 1849, wusch ein Mädchen aus der Altstadt an dieser Pumpe Gemüse. Es schickte sich gerade an, wieder nach Hause zu gehen, da fiel aus der Nachbarschaft ein Schuß, und das Mädchen sank, von der Kugel ins Herz getroffen, tot zur Erde.

Auf der Flinger Straße standen zwei Pumpen, die eine bald am Ende der Straße auf der rechten Seite, die andere vor der Wirtschaft zum Kurfürsten. Vor noch nicht langer Zeit konnte man auf dem Bürgersteige noch die Pumpensteine sehen mit den tiefen Rinnen für das ablaufende Wasser.

Die meisten Pumpen waren aus Holz gebaut, und in sehr vielen Straßen stand eine solche hölzerne Pumpe. In der Regel waren sie mit grüner Ölfarbe angestrichen. Das Ausflußrohr bestand aus Zinn, selten aus Kupfer. Ihre Architektur war höchst primitiv. Es waren einfache viereckige Häuschen, die nach oben etwas beiliefen. Das Dach war ebenso einfach und ohne Verzierung. Diese Pumpen konnten also dem Straßenbilde nicht als Zierde dienen, sie gaben ihm bloß einen kleinstädtischen Charakter. Die steinernen Pumpen dagegen konnten mit ihrer wuchtigen Masse wirken und mit der schönen Patina, die sie im Laufe der Zeit infolge Verwitterung der Steine und der anhaftenden Algen bekommen hatten.

Noch in den siebziger Jahren standen Pumpen in folgenden Straßen: An der Ecke der Mittel- und Wallstraße befand sich eine aus Holz, ebenso auf der Ritterstraße. Die Citadellstraße wurde von zwei Pumpen mit Wasser versorgt, die eine stand an der Brauerei von Butzon, die andere vor dem Korbgeschäft von Meuter. Vor dem ehemaligen Düsseldorfer Bürgerhause »Im schwarzen Horn« auf der Ratinger Straße war auch eine Pumpe, ich glaube, aus Stein. Am alten Lagerhause am Rheinörtchen vor dem Zollgäßchen stand eine Pumpe, die aber nicht viel benutzt wurde, weil das Wasser wegen der unmittelbaren Nähe des Rheins in der Regel unklar war und schlecht schmeckte.

Nachdem die Straßenpumpen in der alten Stadt jahrhundertelang ihren Dienst nach bestem Können geleistet hatten, wurde ihnen eines schönen Tages ohne viel Worte der Schwengel mit Ketten gefesselt, an denen ein dickes Schloß hing, und später nahm man den Schwengel heraus. Sie standen da wie ein Mann ohne Arme. Kurze Zeit darauf verschwand eine Pumpe nach der andern, die Brunnen wurden zugeschüttet, und als die Wasserleitung kam, da schimpften die Bürger, wie denn immer über alles Neue zunächst geschimpft wird.

Düsseldorfer Kirmes

Es war im Jahre 1435 am 20. Januar, da erneuerte die St.-Sebastianus-Bruderschaft zu Düsseldorf ihre Statuten. Die alten waren gewiß nicht mehr zweckentsprechend für die mittlerweile größer gewordene Stadt. 150 Jahre hatte sie gebraucht, um sich bis zur Flinger und Berger Straße auszubauen. »Neustadt« hieß der auf diese Weise entstandene Stadtteil. Düsseldorf war dazumal ein stilles, mittelalterliches Landstädtchen. Es schlief in den hellen Tag hinein, die Sonne schien in die blinzelnden Fensterchen der kleinen, strohgedeckten Häuser, und wenn am Abend das Ave von der Stiftskirche herunterläutete, gähnten sie müde und kuschelten sich wieder zurecht zum Schlafen. Lebendig wurde es in dem Städtchen nur, wenn sich der Feind vor den Mauern blicken ließ, wenn irgendwo ein Strohdach brannte, denn dabei war das ganze Städtchen in Gefahr, oder wenn am Feste des heiligen Sebastian die Schützenbrüder zum Schießanger vor die Mauern auf das Feld bei Pempelfort zogen, um mit Armbrusten nach dem bunten Vogel zu schießen. Damals wie heute noch schritten die »Flötemännekes« mit den Trommlern vorauf. Magistratsmitglieder in Festkleidern und die Schützen mit ihren Armbrusten und Bolzenköchern folgten. Die Blumenverzierungen auf den Kolben aus Perlmutter, Silber und Gold blinkten und blitzten in der Sonne. Behäbig gingen die Bürger in faltenreichen Tuchschauben hinterdrein, Arm in Arm mit ihren Frauen, deren weite, bunte Röcke sich bauschten und deren weiße Hauben flatterten. Auf dem Schießplatze standen wie heute allerhand Buden mit Schmuckstücken und Flitterkram, mit süßem Kuchen und anderen Eßwaren, Gaukler und Wunderdoktoren produzierten sich auf hohen Brettergerüsten, Fahnen flatterten an bemalten Stangen, die mit grünen Kränzen untereinander verbunden und mit Wappenschildern geschmückt waren. Und während sich die Bürger mit Essen, Trinken und Spielen belustigten, schossen die Schützen mit der Armbrust nach dem hölzernen Vogel. Das war keine Kleinigkeit. Es gehörten ein starker Arm und ein sicheres Auge dazu. Auf sechzig oder achtzig Schritt mußte der Vogel getroffen werden. Die Armbrust durfte nicht mit dem Kolben an die Schulter gelehnt und auch sonst nirgends aufgestützt werden. Es war Vorschrift, frei mit ausgestreckten Armen zu zielen. Breitspurig stand der Schütze da, die Wamsärmel bis über die Ellbogen aufgestreift, daß man die harten, braunen Muskeln sehen konnte.

Mehr als 150 Jahre später. Noch nie ist in Düsseldorf so viel Leben gewesen, wie in den neunziger Jahren des 16. Jahrhunderts. Jakobe, die schöne Markgräfin von Baden, die lebenslustige Gemahlin des blödsinnigen Herzogs Johann Wilhelm, ging im Schützenzuge mit nach dem Schießplatz. Das Volk lief nebenher, die Buben warfen ihre Mützen in die Höhe und schrien: »Jakobäa! Jakobäa!« Sie lächelte und nickte, sah sich nach rechts und links um und lächelte wieder. Die Querpfeifer bliesen, und vor Stolz und

Anstrengung waren ihre Gesichter rot, die Trommler verklopften das Kalbfell, daß die schlanke, schöne Fürstin manchmal mit den Augen zwinkerte. Auf der Schützenwiese schritt sie, geleitet von den vier Meistern der Schützenbruderschaft, durch die Gasse des fröhlichen Volkes. Die Alten zogen ihre Kappen und versicherten sich gegenseitig, daß sie die beste und schönste Fürstin der Welt hätten; die Jungen schauten ihr mit verschleierten Blicken nach und seufzten verstohlen. Der Schießmeister reichte ihr die schönste Armbrust. Jakobe trat an die Schranke, hielt die Waffe gemäß der Vorschrift mit gestreckten Armen und zielte nach dem bunten, hölzernen Papagei. Die Armbrust war schwer. Jakobe hielt sie tapfer, bis ihr die zarten Arme zitterten. Die bunten Steine an ihrer kostbaren Haube funkelten in der Sonne. Das Volk hielt inne mit Lärmen und Rufen. Die am nächsten standen, starrten mit offenem Munde auf den Papagei. Dann ein Knacks, ein Schwirren – und in Splittern sank der Vogel von der Stange. »Vivat der Schützenkönig Jakobäa!« Mützen flogen in die Luft, Arme reckten sich, plumpe Feuerrohre krachten, das Volk schrie und drängte sich heran. Jakobe, rot vor Freude und fröhlich lächelnd, nahm den Ehrenpokal und ließ sich mit dem klappernden Königssilber schmükken. »Vivat Jakobäa!« schrien alle –, bloß eine stand abseits, blaß vor Mißgunst, und biß sich in die schmalen Lippen. Es war die Schwägerin Jakobes, die üble, häßliche Sybilla. In ihren kalten, grauen Augen saß der Haß. – Zwei Jahre nach diesem fröhlichen Schützenfeste lag Jakobe tot in ihrem Bette, erdrosselt von Spießgesellen Sybillas.

Heute noch trägt der Schützenkönig in seinem Schmuck eine runde, silberne Platte mit einer daran hängenden Taube. Auf der Platte ist zu lesen: Jacobe Herzogin zu Gulyh Cleve und Berg Geboren Markgraffin zu Baden.

Ihre schönsten Feste feierte die Düsseldorfer Sebastianus-Schützenbruderschaft im 17. Jahrhundert. Düsseldorf war größer geworden, hatte starke Mauern bekommen, die Stadt hatte dank ihrer Lage und der Neutralität des Herzogs verhältnismäßig wenig unter den Stürmen des Dreißigjährigen Krieges zu leiden gehabt, und die Bürger waren als Bewohner der bergischen Residenz wohlhabend geworden. Das Schützenfest war für sie die Gelegenheit, ihre Däftigkeit und auch ihren Bürgerstolz in der besten Weise zu zeigen. Auf der anderen Seite aber konnten die regierenden Fürsten ihrem Volke nirgends besser ihre Leutseligkeit beweisen als auf der Schützenwiese, ganz abgesehen davon, daß die Fürsten an dem Vogelschießen persönlich ein großes Vergnügen fanden. Als im Jahre 1637, nachdem wegen der Kriegsunruhen ein paar Jahre nicht nach dem Vogel geschossen worden war, der Stadtmagistrat an Stelle der morsch gewordenen Vogelstange »auf dem Platze der Schützenrute an der Viehstraße neben dem Geistenberge« – in der Nähe der Rochuskapelle an der heutigen Pempelforter Straße – eine neue Stange errichten ließ, da schossen der alte Herzog Wolfgang Wilhelm und sein Sohn Philipp

Wilhelm mit nach dem Vogel. Schützenkönig wurde in diesem Jahre Sr. Durchlaucht Trompeter Christianus. »Nach dem alten Brauche«, so erzählen die Akten des Schützenvereins, »wurde er zwischen den zwei Bürgermeistern Harding und Kumpsthoff zur Stadt hereingeführt. Auf Befehl Ihrer Hochfürstlichen Durlaucht ist der König mit fünf anderen Hoftrompetern, welche alle geritten und immerzu geblasen haben, durch die Stadt bis an des Königs Logement begleitet worden, nachher aber der König mit allen Schützen zur Herberge auf der Luft (in der Ratinger Straße) gegangen und daselbst etwa eine Stunde oder vier mit einem guten Trunke Wein sich ergötzt.« Bis zu seinem Tode hat Wolfgang Wilhelm bei jedem Vogelschießen mitgeschossen. In den letzten Jahren seiner Regierung zwar wurden das Land und die Stadt infolge des jülich-klevischen Erbfolgestreites wieder so sehr beunruhigt, daß an fröhliche Schützenfeste nicht zu denken war. Der Sohn Wolfgang Wilhelms, der Herzog und spätere Kurfürst Philipp Wilhelm, war drei- oder viermal mit unter den Vogelschützen. Einmal wurde er König. Er traktierte den Schützen ein großes Faß Rheinwein, das sie auf sein Wohl austranken, und schenkte zum Andenken eine silbervergoldete Platte für das Königssilber.

Düsseldorfer Schützenfest unter Jan Wellm! Von Giebel zu Giebel winden sich grüne Girlanden, und aus den Fenstern flattern bunte Fahnen. Die ganze Stadt ist auf den Beinen nach dem Schießplatze am Geistenberge. In den engen Straßen der Altstadt drängen sich die Bürger in festlichen Tuchfräcken, deren große Messingknöpfe in der Sonne blitzen. Die Vornehmen und die Beamten des Hofes stolzieren in seidenen und sammeten Anzügen und hohen Schnallenschuhen durch das Gewühl. Mit dem goldenen oder silbernen Knauf ihres langen Stockes schaffen sie sich manchmal freien Weg, wenn an den Straßenecken das Gedränge so groß wird, daß Ihrer Gnaden lange Lokkenperücke Puderwölkchen auspufft. Am Tage vorher hat ein tüchtiger Gewitterregen die ungepflasterten Straßen aufgeweicht, und wenn ein klobiger Bürgerschuh tapsig in eine Lache tritt, dann wird mancher weiße Seidenstrumpf schwarz gesprenkelt. In der breiten Ratinger Straße haben sich die Leute zu beiden Seiten aufgestellt, um den Schützenzug vorbeiziehen zu lassen. Vom Rheine her schallen die dumpfen Schläge der großen Trommel und das helle Schmettern der Hörner. Alles drängt und drückt gegen die Häuser, um die Gasse für den Zug freizumachen. Mancher von den feinen Herren trippelt auf den Zehenspitzen, um die Hühneraugen in den engen Hackenschuhen zu schützen. Da biegen die Musikanten schon um das van Douvensche Haus an der Ecke der Krämerstraße. Den Schützenbrüdern voran wird auf einer hohen Stange der dicke, vergoldete Vogel getragen.

In ihrer Mitte flattert die verblaßte Seidenfahne mit dem Bilde des heiligen Sebastian. »Vivat Jan Wellm!« schreit das Volk; die Kleinsten werden in die Höhe gehoben und auf die Schulter gesetzt, damit sie den prächtigen Wagen des Kurfürsten sehen können.

Acht oder zehn Kammerherren in gestickten dunkelroten und grünen Seidenanzügen schreiten mit ernsten, feierlichen Gesichtern vorauf; die goldgestickten Schöße und die prallen Seidenstrümpfe sind mit Kot bespritzt. Kommt eine schlammige Lache, die zu groß ist, um hindurchzutapsen, dann hüpft so ein vornehmer Herr darüber, die eine Hand an der Allongeperükke, die andere am Degengriff. Aber sein Gesicht verliert dabei nichts an Würde und Feierlichkeit. Jan Wellm liebt ein solches Schaugepränge. Er kommt sich dabei vor wie ein altpersischer Satrap, neben dessen Wagen die Großen des Landes wie Wachthunde laufen mußten. Kurz vor der prächtigen offenen Karosse, in der der Kurfürst und seine Gemahlin Maria Loisia sitzen, trippeln zwanzig Pagen einher in bunten Wämsern, bestickt mit den Wappen des Kurfürstenpaares. Die gepanzerte Leibwache schreitet mit geschultertem Gewehr neben der Karosse. Ihre schweren Schritte klatschen auf dem feuchten Boden. Buntgekleidete Heiduken und Schweizer mit glänzenden Hellebarden beschließen den Zug. Der Kurfürst winkt gnädig lächelnd mit seiner fleischigen ringgeschmückten Hand den Leuten zu, die sich die Hälse ausrecken und »Vivat Jan Wellm!« schreien. Dicke Schweißtropfen blinken auf der Stirne des Kurfürsten. Er wischt sich mit dem parfümierten Spitzentuch darüber und lüftet pustend ein wenig die hohe Allongeperücke. Die Kurfürstin sitzt steif neben ihm. Sie fächelt sich lässig mit einem Tüchelchen. Die Augen hat sie müde halb geschlossen, aber trotzdem sieht sie genau, wie Jan Wellm hie und da einem hübschen Bürgermädchen zulächelt, das darauf glühend rot wird und einen tiefen Knicks macht.

Die schönen Zeiten sind vorbei. Der Krieg fegt wieder über das Land. Hannoveraner und Franzosen beschießen die Stadt, die napoleonische Sturmzeit will nichts von den friedlichen Schützen wissen. Die Biedermeier sind zu arm zum Feiern, und immer mehr schläft die Schützenherrlichkeit ein. In den Jahren 1830 bis 1845 lag der Schützenverein in den letzten Zügen. Es wurde zwar immer nach dem Vogel im Hofgarten auf der Schützenwiese geschossen, aber es waren oft bloß sechs oder acht Schützen, die zum Vogelschießen hinauszogen. Der Krieg mit Dänemark und Österreich holte manchen Schützenbruder fort aufs Schlachtfeld. Alte Düsseldorfer erzählten mir, wie im Jahre 1870 die Schützen gerade nach dem Vogel schossen, als die Kriegserklärung an Frankreich bekannt wurde. Mancher Landwehrmann stand vor der Schranke und zielte bedächtig nach dem Königsvogel, da klopfte ihm ein Soldat auf die Schulter. »No lot mich doch en Ruh ziele!« knurrte der Vogelschütze, »wat es denn los?« Schweigend reichte ihm der Soldat den Gestellungsbefehl.

Mit allem Drum und Dran dauert das Düsseldorfer Schützenfest, die Kirmes oder »et Vogelscheeße« 14 Tage. Am Sonntag vor der Kirmes wird der goldene Schützenvogel, »de goldene Mösch«, unter Begleitung der »Flötemännekes« durch die Altstadt getragen. Die folgenden Wochentage dienen den eigentlichen Vorbereitungen zum Feste. Aus meiner Kinderzeit erinnere ich mich noch lebhaft dieser Tage. Mein Vater war in dieser Zeit kribbelig. Er leerte die Sparbüchse, indem er mit Engelsgeduld die Kastenmännches und Markstücke, die eigens für die Kirmes auf die hohe Kante gelegt worden waren, mit einem Messer aus dem Schlitz herausporkelte. »Mötterke«, sagte er bekümmert, »et langt noch nit. Mer mösse noch jet drbei dorm.« Und dann holte »et Mötterke« aus dem Glasschrank die kleine wächserne Muttergottes von Kevelaer, in deren hohlem Fußgestell es metallisch klimperte. »He, Männe, he schenkt dich et Motterjöddeske noch e paar Gröschkes Kermesgeld.« Am Freitagmorgen, kaum daß er das rechte Bein aus dem Bette hatte, sagte mein Vater:

»Trüdeke, wie es et mit min Schötzebox? Verjeß nit, se noch emol dorch de Seefelog zu trecke. Och die wisse, baumwölle Händsche hant noch schwatze Fenger vom vorige Mol. Maak se nett propper. On Scheck och emol nom Seithümer, of hä dat Schloß an de Büchs en Ordnung hat gemaht. On wenn de noch jet em Kopp behalde kanns, dann kick mi schwatz Lake no, of de Knöpp fest draan setze on of sich kee Spennejewebbs zwesche de Maue gesetzt hat. En dem Taljefritz sind noch e paar Zaußflecke von de letzte Kenkdoof, die mösse erusgereewe wede. On halt dr Zylinder öwer dr Schwadern; de Hoore sind draan fuselig gewode.«

Am Freitag und Samstag hängen in der Altstadt überall frischgewaschene weiße Hosen an den hofwärts gelegenen Fenstern heraus, und baumwollene Handschuhe schaukeln im Winde. Der angefeuchtete

Hochzeitsgehrock zischt unter dem Bügeleisen. Die Blätter des grünen Eichenkränzchens vom vorigen Jahre werden geradegebogen, und die rot-weiße seidene Schärpe, deren Farben das letzte Mal im Regen ineinandergelaufen sind, wird gewendet. Den ganzen Samstagnachmittag beschäftigt sich der Vater damit, die rostigen Teile der alten Donnerbüchse mit Schmirgelleinen blankzureiben. Von da ab ist der Pappa für die Familie nicht mehr zu haben. Er gehört nun den Schützen, er ist nur noch Mitglied seiner Kompanie. Abends taucht er unter in den Zapfenstreich. Die Pechfackeln flackern und schwelen um den Jan Wellm.

Mein Vater ging jeden Sonntag in die Elfuhrmesse, aber am Kirmessonntag in das Hochamt, denn um elf Uhr war großer Appell mit Parade in der Jägerhofallee. Vorher aber stand für eine Stunde die ganze Wohnung auf dem Kopf. Der Vater knotterte, weil die weiße Schützenhose beim Waschen eingelaufen war. Die »Ströpp« von seinen Zugstiefeln guckten darunter hervor. Wenn er die Hose aber eine Handbreit herunterließ, hing sie ihm hinten wie ein Sack. Außerdem war sie noch »klamm« vom Waschen. »Dat schadt nix«, sagte meine Mutter, »de Box wöd dich schon drüch an de Fott.«

»Ich sag jo«, schrie mein Vater schließlich mit einem feuerroten Kopfe, als er sah, daß die Uhr schon viertel vor Elf zeigte, »ich sag jo, öch Fraulütt kammer och reen nix aanvertrauel. Alles maht ehr verkeht. Do soll mer jo reen zevill kriege!«

Meine Mutter stand dabei mit einem steifen Gesicht. Solche Szenen waren ihr nichts Neues.

»Nit oprege, Manne, söns geht et gar nit«, wollte sie ihn beruhigen.

»Nit oprege?!« schrie er sie an, und die Augen standen ihm vor dem Kopfe, »Nit oprege?! No kik bloß emol, wie de Knopp he bammelt. An eene Fadem noch. Ich brach bloß »Rechts um« ze maake, on hä springt mich vom Buck. Flock Nold on Zwern her! Dat kömmt äwer dovon, dat alles op de lange Bank geschowe wöd. Dann es natürlich nix parat. Han ich dich nit am Friedag noch daran erennert?! Min Stiwwele! Mi Labberdönche! Mine Krage! Mine Schlips! Hopp, hopp! Zylinder! Wenn ich senn, wie du eso stief do stehs, dann könnt ich platze!«

»Mar langsam!« knurrte meine Mutter, denn es wurde ihr allmählich auch warm, »Ich kann nit flege.«

Endlich, endlich war mein Vater soweit. Meine Mutter musterte ihn noch einmal von oben bis unten, zupfte ihm vom schwarzen Gehrock noch ein Flauschen, zog ihm die rotweiße seidene Schärpe schön um den Bauch und reichte ihm dann die Büchse mit dem Blumensträußchen in der Mündung.

Ein Lärmgemisch, ein Geräuschsalat empfängt dich, wenn du den Kirmesplatz betrittst, und erst allmählich gewöhnst du dich daran, die einzelnen Bestandteile zu unterscheiden. In dem Durcheinander von Drehorgeln, von Karussellglocken, Tröten, Geschrei flattern doch einige Dialogfetzen an dein Ohr.

»Mein Gott, nehmen Se sich doch in acht!« hört man eine Frau schimpfen, »tanzen Se einem nit immer auf dem Fuß herum!«

»Nix für ongot, Madam, et es hee eso wennig Platz, dat mer nit weeß, wohin met de Föß.«

Ein schwer beladener Bierwagen quetscht sich langsam durch die Menge.

»Vorsehen! Vorsehen, Achtung! Ui! Ui!« schreit der Kutscher, und die Räder knirschen durch den Sand.

»Muß denn de Bierwage grad durch dat dickste Gewühl fahre? Dat is doch lebensgefährlich. Ha, dat sind emal rücksichtslose Kerls, die Fuhrleut'! Nu nehmen Se sich doch in acht, Sie ungehobelter Flegel von nem Kerl! Reißt einem de Sache vom Leib!«

Die lockende Stimme eines Schießbudenmädchens zwitschert dazwischen:

»Wünschen der Herr einmal zu schießen? Drei Schuß für zehn Fennije!«

Der Bäckermeister Klömperkamp putzt sich den Schweiß von der Glatze.

»Ich sag dich äwer, Frau, em eeschte Bierzelt, wo e Plätzke es, wöd sich gesetzt. Ich loop in der Hetz keene Schrett wieder. Ich weeß äwer och nit, wat du immer op de Kermes wells. Wat es denn he? Bloß Dreck on Gewöhl on Staub on Krach.«

»Och enä!« entgegnet seine Frau, »och enä, ich wollt op de Kermes? Wie nett! Du bes et doch gewese, de et ze Hus nit mieh ushalde könnt. Ich han jo noch nit emol et Eßgescherr op Sit spöle dörfe, so ielig häs du et gehatt. Han ich nit gesaht, leewer e Mößke Bier ze Hus drinke, äwer enä –«

Ein Photograph tritt dem aufgeregten Ehepaare lächelnd und einladend entgegen:

»Darf ich die Herrschaften photographieren? Sojleich zum Mitnehmen. Reizendes Kirmesandenken!«

»Rrrrrringkampf! Rrrrrringkampf!« schreit ein Mann durch ein Sprachrohr; der Schweiß läuft ihm die Backen herab, und die Augen stehen ihm vor dem Kopfe.

Eine Drehorgel tremoliert fromm: »Großer Gott, wir loben dich.«

Die Sirene der Berg- und Talbahn macht »Wutwutwutwutwut!«

»Pappa, ich bin müd«, quängelt der kleine Männie, »Pappa, heb mich wat auf dr Arm.«

»Bis still, mer sind gleich da.«

»Pappa, ich will mal gucke. Da is wat!«

»Bis still. Dat is nix für dich. Dat is wat für große Leut.«

»Pappa, simmer bald da? Ich muß emal –«

»Waröm kömmste denn grad he op de Kermes domet? Ha, du bes ene lästige Trabant! Bes stell, mer sind jlich do!«

»Pappa, kauf mich ene Luffballong.«

»Nachher, nachher. Da hinte sind viel schöndere.«

»Ich will aber hier de Luffballong!!«

Der Moppe-Schulte steht in seiner Bude und lockt die Käufer mit einem gereimten Angebot:

»Ooooo, wie lecker, lecker, lecker vom Zuckerbäkker! Lecker und gesund, schmilzt im Mund. Was hab' ich denn da für die liebe Großmama? Und hier noch eins dabei, das macht nach Adam Riese zwei. Und hier der Mann aus Pfefferkuchen, seht! der ist für die liebe Tante Gret! Und das hier aus garantiert reiner Naturbutter, das ist für die liebe Mutter. Und dann leg' ich noch eins drauf geschwind für das liebe, liebe, kleine Kind. Und was kostet dann der ganze Quark? Nicht mehr und weniger als eine Mark. Und sollte das aber zu teuer sein, dann steckt's für fünfzig Pfennige ein. Aber wer auch die nicht hat bei sich, dem geb' ich's für Pfennige dreißig. Ooooo, wie lecker, lecker, lecker vom Zuckerbäcker –«

»Wutwutwutwut –!«

»Wollen der Herr nicht mal schießen? Drei Schuß für zehn Fennije!«

»Mama!«

Aber durch den Lärm hindurch hört man mit einem Male den Petersburger Marsch. Der Schützenzug!

Zumdärä, zumdärä, zumdärätätätä –

An der Spitze auf schwerem, langsam schreitendem Roß der Herold, ein Gegenstand ehrfürchtiger Bewunderung in seinem Prunkgewande, in der rechten Hand das rotweiße Banner mit dem Düsseldorfer Löwen.

Zumdärä, zumdärä, zumdärätätätä –

Die alten Grenadierkompanien in Gehrock, weißer Hose und Zylinder.

Die buntgekleideten Pagen mit den blumengeschmückten Füllhörnern.

Die grünen Jäger mit federgeschmückten Hüten, Umlegekragen und den weißgetüpfelten blauen Schleifen darunter.

Zumdärä, zumdärä, zumdärätätätä –

Der Herr Vogelschützenoberst auf tänzelndem Apfelschimmel, Ernst und Würde im schwitzenden Gesicht, die Brust bedeckt mit silbernen und goldenen Orden.

Trupps von Rittern mit den berühmten historischen Fahnen, der blauseidenen mit den eingestickten Wappenschildern, von Jakobe, der Herzogin von Jülich, Kleve und Berg, gestiftet; der Fahne des Kurfürsten Karl Theodor, die er 1785 dem Schützenverein zu seinem 350. Jubiläum schenkte; der weißseidenen Fahne, ein Geschenk des Prinzen Friedrich von Preußen als Protektor des Vereins aus dem Jahre 1847.

Zumdärä, zumdärä, zumdärätätätä –

Und viel Volk, viel Volk.

In meiner Kinderzeit, als die Düsseldorfer Kirmes noch auf der Golzheimer Insel gefeiert wurde, also auf dem Wiesengelände ungefähr in der Gegend zwischen Inselstraße und der heutigen Klever Straße, da war die sogenannte Nachkirmes, der Sonntag nach dem eigentlichen Schützenfest, für die kleinen Leute der Altstadt, die sich die Teilnahme am Vogelschießen nicht leisten konnten, und für uns Kinder das Hauptvergnügen. Die Buden auf dem Kirmesplatze waren am Mittwoch schon abgebrochen. Nur der Schützenplatz selbst mit dem Bier- und Weinzelt, dem Gabentempel und dem Schießstand mit dem Preisvogel und Preisstern waren stehengeblieben. Der Eintritt, der an den Kirmestagen eine Mark kostete, war auf fünfzig Pfennig ermäßigt. Aber die Einlaßwärter drückten schon ein Auge zu, wenn man sie komisch-flehend anschaute, und ließen einen »so« hinein. Oder, wie ich es meist tat, man ging neben einem Schützenbruder durch das Tor und rief mit Nachdruck, damit es der Torwächter hören konnte: »Ho, Pappa, wie schön!« oder sonst etwas, und der Schützenbruder wunderte sich über den plötzlichen Familienzuwachs.

Der ganze Sonntagnachmittag war für die »Volksbelustigungen« bestimmt. Und die waren von einer derartig derben, urwüchsigen Lustigkeit, so voll Volkshumor, daß man sich vergeblich nach den Gründen fragt, die zur Beseitigung dieser echten Volksbelustigungen geführt haben mögen. Vielleicht waren sie gewissen Kreisen nicht mehr »fein« genug. Aber welche Gründe auch zu ihrer Beseitigung wirksam gewesen sind, so möchte ich doch vorschlagen, diese derben Späße wieder treiben zu lassen, denn sie sind ein gut Teil unseres rheinischen Volkstums und müssen erhalten bleiben und gepflegt werden wie die Mundart und die anderen Zeugen einer alten Kultur.

Da war auf dem Schützenplatze eine hohe Stange aufgerichtet, vielleicht fünf oder sechs Meter hoch und so dick wie ein Arm, glattgehobelt und stellenweise mit schwarzer Seife bestrichen und glitschig gemacht. Oben an der Spitze lief durch einen Ring ein Strick. An diesem Strick waren entweder eine Leber- oder Blutwurst oder ein bibernes Hemd, eine wollene Unterhose, graue Socken oder eine lange Pfeife befestigt. Ein Junge aus der Ratinger Straße oder »Rettinger Stroß«, wie man heute noch mit etwas mißachtendem Klang sagt, also ein halbwüchsiger Junge aus der Altstadt, dem das

Hemd aus der zerrissenen Hose hing, kletterte an dieser Stange hinauf und versuchte, mit einem raschen Griff die Wurst oder die Socken oder die Pfeife, oder was es nun war, zu erhaschen. Diese Kostbarkeiten ließ man vor seiner Nase tanzen und zog sie, wenn er danach griff, mit einem Ruck wieder hoch. Das Volk, das sich um die Stange drängte, brüllte dann vor Lachen über das enttäuschte Gesicht, wie es wohl auch Tantalus geschnitten haben mag, wenn die schönen Früchte über seinem Haupte verschwanden, sobald er hungrig danach griff. Der Junge kletterte mit nackten Füßen, weil er so die glitschige Stange besser fassen konnte, aber damit verhütete er doch nicht, daß er ab und zu ein Stück wieder herabrutschte, weil die schwarze Seife ein wirksames Fassen verhinderte. Wenn dann der arme kleine Teufel, in der Sommerhitze schwitzend, vor Ermattung sich an die Stange klammerte wie ein Affe, so war das ein Anblick, für den ich einen Taler geben würde, wenn ich ihn noch einmal genießen könnte. Schließlich zwar, wenn das Volk sich lange genug an den Qualen geweidet hatte, ließ man den Jungen die Wurst, oder was es nun war, doch erschnappen, und er konnte unter dem Jubel des Volkes mit seiner schwerverdienten Beute herabrutschen, um einem anderen Kletterer Platz zu machen.

An einer anderen Stelle des Schützenplatzes war ein Gestell auf vier Pfählen aufgebaut, die mit vier Querbalken oben verbunden waren. In der Mitte zweier gegenüberliegender Querbalken lief auf eisernen Zapfen eine Walze aus Latten, die mit Segeltuch bespannt waren. Die Walze war etwa siebzig Zentimeter im Durchmesser und vielleicht zwei Meter lang. Sie ließ sich ganz leicht drehen, man brauchte sie gewissermaßen bloß mit dem kleinen Finger anzurühren, dann lief sie schon rund. Unter der Walze war sackförmig ein Segeltuch befestigt um aufzufangen, was von der Walze herunterfiel. In die Segeltuchmulde hatte man zu gleichen Teilen Gips und Ruß geschüttet, zu welchem Zwecke, das läßt sich ja wohl leicht erraten. Der Witz bei der Sache war, auf dem Bauche über die Walze zu kriechen, ohne daß sie sich umdrehte. Denn tat sie das, dann warf sie den Reiter ab und schleuderte ihn in das Gemisch von Gips und Ruß.

Ich habe keinen gesehen, der heil hinübergekommen ist. Es gelang zwar den meisten, mit aller Vorsicht Stückchen für Stückchen sich voranzuschieben, bis sie mit ihrer ganzen Länge auf der Walze lagen. Mit den Armen umspannten sie die Walze und mit den Füßen hielten sie sich an dem Querbalken fest, auf dem sie ruhte. Mit gespanntester Aufmerksamkeit lag der »Reiter« so, den stieren Blick auf den jenseitigen Querbalken gerichtet. Nur noch eine Handlänge war er entfernt. Wer es verstand, mit einem Ruck beide Hände auf den Balken zu werfen, der war gerettet. Aber die meisten Jungen waren nicht groß genug. Sie mußten die Füße, mit denen sie ihr Gleichgewicht erhielten, vom Balken loslassen, und sobald sie das taten und sie die geringste Bewegung machten – rumm! kippte die Walze. Festhalten konnten sie sich nicht, dazu war die Walze zu glatt und zu dick. Außerdem hätte es keinen Zweck gehabt, denn es wäre unmöglich gewesen, wieder in die Höhe zu kommen. Wer kippte, verschwand in der Leinwandmulde und erschien wieder in einer schwarzweißen Wolke, halb als Neger, halb als Schneemann. Für denjenigen, der glücklich hinüberkam, war ein Preis von einer baren Mark ausgesetzt, aber ich habe es nicht erlebt, daß sie ein Junge gewonnen hätte. Alle plumpsten in den Sack und bekamen als Schmerzensgeld ein Kastemännchen, also 25 Pfennige.

Dann gab's da noch einen anderen Spaß, bei dem auch die größte Geschicklichkeit nichts nützte. Da mußte man sich auf das Glück verlassen. Es war ein zweibeiniger Galgen errichtet, dessen Querbalken sich in Zapfen um die eigene Achse drehte. In der Mitte dieses Querbalkens stand ein festgeschraubter Eimer, mit Wasser gefüllt. In einem eisernen Schlitz unter dem Eimer war ein Markstück eingeklemmt. Unter diesem Galgen mußte durchgefahren und mit einer Lanze das Markstück heruntergestoßen werden. Da hatten sie eine zweiräderige Karre. Darauf stand ein leeres Bierfaß, und darauf saß der Turnierreiter, nur mit Hemd und Hose bekleidet, und hielt die Lanze stoßbereit. Zwei Kumpane schoben in schnellem Lauf die Karre unter dem Galgen her. Sobald die Lanzenspitze das Markstück berührte – dazu gehörte eine sichere Hand und viel Glück – oder auch nur gegen den Querbalken stieß – schwupp! kippte der Eimer und das Wasser stürzte mit einem Schwall über den kühnen Reiter, und seine Kumpane bekamen auch genug davon ab. Aber das schadete ja nichts, bei der Hitze war im Nu alles wieder trocken, und das Kastemännchen war eine ausreichende Entschädigung.

Der schönste Spaß aber wurde für den Schluß aufgespart. Auf einem zwei Meter hohen Gerüst, wie man es auf Bildern von Brouwer oder van Steen sieht, saßen zwei Burschen mit verbundenen Augen wie arme Sünder, die hingerichtet werden sollen, einander zugekehrt, so daß die Knie sich berührten. Auf dem Schoße hatte jeder eine hölzerne Kumpe, in der Waldbeeren zu Brei zerquetscht waren. Jeder hielt einen hölzernen Löffel in der Hand, und auf ein Kommando mußte einer den andern mit dem Waldbeerenbrei füttern. Wohin der Löffel ging, konnte keiner von beiden sehen, ob in den Mund, gegen die Nase, Stirn oder wohin sonst. Aber nach einigen Minuten sahen beide aus wie mit rotblauer Tinte über und über begossen, und das Volk wälzte sich vor brüllendem Lachen. Jeder der beiden Delinquenten, denn so durfte man sie nennen, bekam eine Mark für den Spaß, und das war nicht zuviel, denn die Waldbeerfarbe ging tagelang, trotz allem Waschen, nicht aus dem Gesicht.

Das letzte Mal sah ich diese Volksbelustigungen auf dem Düsseldorfer Schützenfest vor fünfzig Jahren, seitdem nicht mehr.

Alte Düsseldorfer Bürgergesellschaften

Im Jahre 1844 wurde die Gesellschaft »Verein« gegründet. Wenn wir uns eine Vorstellung machen wollen von dem alten Düsseldorf der damaligen Zeit, brauchen wir bloß daran zu denken, daß in den vierziger Jahren 160 Öllampen, die an Ketten über den Straßenkreuzungen hingen, als eine durchaus angemessene und genügende Beleuchtung der nächtlichen Stadt angesehen wurden. An einigen Häusern der Altstadt sah man noch vor ihrer Zerstörung die Haken, an denen die Ketten befestigt waren, zum Beispiel an dem Eckhause am Marktplatze. Knapp 35.000 Einwohner hatte damals Düsseldorf, die vor Langeweile gestorben wären, wenn sie sich nicht in geselligen Vereinigungen zusammengefunden hätten. Das Theaterchen am Marktplatze spielte im Winter zwar täglich, ab und zu gab es auch Konzerte, aber im Sommer gab es gar nichts zur Unterhaltung oder Zerstreuung, wenn man von einem durchreisenden Zauberkünstler, Bauchredner oder Virtuosen auf der Maultrommel absieht. So ist es erklärlich, daß trotz der Kleinheit der Stadt mehrere gesellige Vereine bestanden, die eine verhältnismäßig große Zahl von Mitgliedern hatten. Das ganze gesellige Leben in Düsseldorf beschränkte sich auf Veranstaltungen dieser Vereine. Wer Erlebnisse und Nachrichten austauschen, mit der Familie ein Fest oder einen Ball besuchen wollte, mußte Mitglied des einen oder andern Vereins sein.

Die älteste dieser Gesellschaften, die bereits im Jahre 1785 gegründet worden war, hieß »Parlament« oder »Ressource der Herren Kaufleute«. Eine andere Gesellschaft nannte sich »Rat der Alten«. Diese war zunächst eine ausgesprochene Lesegesellschaft, die sich in der Weinstube von Wilhelm Breitenstein in der

Zollstraße allabendlich zusammenfand, um die wenigen Zeitungen und Zeitschriften zu lesen, deren Bezug dem einzelnen zu teuer war. Diese Gesellschaft bestand seit 1817. Später hatte sie ihren Versammlungsort in der »Alten Kanzlei« neben dem alten Rathause. Der Eingang ist heute zu einem Fenster vermauert, dessen Oberlicht noch das schmiedeeiserne kurfürstliche Doppelwappen mit dem Kurhute hat. Die Bewirtung des »Rates der Alten« – der Name deutet an, daß seine Mitglieder meist würdige ältere Herren waren – besorgte der »Entrepreneur« Josef Gilles, der zur Fastnachtszeit von der vornehmen Düsseldorfer Gesellschaft gernbesuchte Maskenbälle veranstaltete. Nebenan war in dem ehemaligen Gießhause Meister Grupellos das Theater. Von der Bühne bis in den »Rat der Alten« ging ein Klingelzug, um den gemächlich lesenden und ihr Schüppchen trinkenden deftigen Herren anzuzeigen, daß die Vorstellung zu Ende war. Sie konnten dann ihr Glas austrinken und zum Theaterausgang eilen, um ihre Eheliebsten abzuholen, denn der Heimweg in der Nacht war bei der mangelhaften Beleuchtung und dem schlechten Zustande der Straßen nicht bequem. Die dritte Vereinigung hieß »Kasinogesellschaft«. An den Festlichkeiten dieser Gesellschaft beteiligten sich die Mitglieder der beiden anderen gern und oft: Sie besuchten sich auch gegenseitig in ihren Stammlokalen. Bis sich im Jahre 1844 die drei Gesellschaften zu einer einzigen zusammenfanden, nachdem schon anderthalb Jahre vorher der Gedanke einer Zusammenlegung aufgetaucht und entsprechende Anträge gestellt worden waren. Aber beinahe wäre diese Vereinigung bezeichnenderweise daran gescheitert, daß man sich nicht auf einen Vereinsnamen einigen konnte, wenn nicht Notar Euler den mit größtem Beifall und einem erlösenden Seufzer aufgenommenen Vorschlag gemacht hätte, die neue Gesellschaft einfach »Verein« zu nennen. Am 1. Januar 1844 wurde die Gründung mit einem glänzenden Ball in der alten Kanzlei gefeiert, bei dem keiner der 375 Gründer fehlte. In der Vereinschronik steht: »Zur Charakterisierung der damaligen Zeit soll nicht unerwähnt bleiben, daß die zum Feste notwendigen Gegenstände, besonders das Tafelsilber, von den einzelnen Familien geliehen wurden. Die Ausstattung der Gesellschaftsräume war der Sitte der Zeit entsprechend sehr einfach, sogar dürftig. Die Wände ohne Schmuck, von kaum bestimmbarer Farbe, Tische von angestrichenem Tannen-, Stühle von Birken- und Kirschbaumholz, teilweise mit Binsengeflecht. Die Verzierungen der Kronleuchter bestanden aus Pappendeckel, mit Goldpapier überzogen. Niemand kam in Versuchung, die Illusion als Wahrheit zu nehmen. Kurze, rote Kattungardinen zierten die überaus großen, zugigen Fenster. Der Fußboden war entsetzlich anzuschauen. Im Vorsaal standen die Spiel- und Speisetische, und in einer Ecke paradierte ein Gestell für die Reihen der langen Tabakspfeifen der regelmäßigen Stammgäste. Die Tonpfeifen waren eben überwunden. Zwei große Billards, welche fleißig benutzt wurden, nahmen einen großen Teil des Hauptsaales in Anspruch. Das war die ganze Herrlichkeit, und doch hat die Gesellschaft volle 25 Jahre ihr Heim dort behalten, sich wohl darin gefühlt und dadurch nach unseren heutigen Anschauungen unglaubliche Genügsamkeit bewiesen.

Jeden Morgen fanden sich die »alten Herren« zum Frühschoppen ein, d. h. zu einem »Knickebein«, ebenso regelmäßig abends an den eigentlichen Stammtischen, und zwar am »Kattun-, am Karessier- und am Raisoniertisch« gruppenweise verteilt, hatten die alleswissenden Kannegießer das Wort. In später Stunde vereinigten sich die Seßhafteren am gastlichen Quell, dann durfte auch gesungen werden, es wurde »Poule« oder ein anderes gemeinsames Spielchen gemacht, mitunter sogar »Brrrr«, und dabei manche Flasche »Keßkeswing« (Wein aus Kisten) ausgehext. Zum Beschluß der so vergnüglich verlebten Woche wurde dann samstags regelmäßig eine gemeinsame Abendtafel gerüstet, und zwar aus Fisch und Fleisch, Butter und Käse bestehend, für zehn Silbergroschen. Echte Fröhlichkeit, witzige, spritzige Wortgefechte belebten das Mahl.«

Die Grundlage für die neue Satzung der Gesellschaft »Verein« bildete das alte Statut der »Kaufmannsgesellschaft«, des »Parlaments«, vom 23. August 1828, das ein Spiegelbild der damaligen Zeit ist. »Der Zweck der Gesellschaft«, so heißt es da, »besteht in einer freundschaftlich-geselligen Unterhaltung mit Berücksichtigung der Kostenersparung. Die Aufnahmegebühren betragen 15 Taler Preußisch Kurant –«, also eine kostspielige Sache! – »die jährlichen Beiträge sind am 1. August pränumerando mit 7 Talern Preußisch Kurant zu zahlen.« Es konnten demnach nur »potente« Bürger Mitglieder werden. Generalversammlungen waren am ersten Sonnabend im Januar, April, Juli und Oktober. Einer der »Direktoren« macht den Vortrag, »welcher ruhig angehört werden muß«. Es wird also wohl öfter laut zugegangen sein. »Im Winter wird das Lokal von fünf Uhr abends an geheizt, das Billardzimmer jedoch jeden Vormittag von elf bis ein Uhr.« Das war wohl nötig, denn sehr viele Mitglieder waren Rentner, die tagsüber nichts zu tun hatten und sich die Zeit mit Billardspielen vertrieben.

In solcher Genügsamkeit vergnügten und zerstreuten sich in der Biedermeierzeit Düsseldorfs erste Bürger, Kommerzienräte, Justizräte, Domänenräte, Sanitätsräte, Direktoren und wohlhabende Rentner. Sie lasen alte Zeitungen, rauchten lange Pfeifen und tranken ihr Schöppchen und waren mit sich zufrieden, zwar nicht mit der Zeit, die in den vierziger Jahren von den revolutionären Strömungen beunruhigt und erschüttert wurde.

»Um unter einem gemeinsamen Dache Erholung und Zerstreuung nach den Lasten und Sorgen des Alltags zu suchen und zu finden.« Mit diesem Satze beschließt Franz Liebetanz seine Festschrift, die er anläßlich des fünfundsiebzigjährigen Bestehens der »Gesellschaft zur Ludwigsburg« schrieb. Hinter der bescheidenen Zweckbestimmung ist ein Stück Düsseldorfer Bürgergeschichte verborgen, hundert Jahre behäbigen, gediegenen, in sich gefestigten Bürgerlebens, das sich in den leider nicht vollzählig erhaltenen Protokollbüchern der Gesellschaft in schlichter, gradsinniger, manchmal auch leise komischer Form offenbart. Die Geschichte der Stadt Düsseldorf in den letzten hundert Jahren spiegelt sich in den Protokollbüchern wider, denn die politischen, sozialen, künstlerischen, industriellen – kurz, die sich ändernden Verhältnisse auf jedem Gebiete des öffentlichen Lebens haben naturgemäß die Geschichte und Geschicke der Ludwigsburg bestimmend beeinflußt. Und wenn diese trotz aller Schwierigkeiten und Widerwärtigkeiten heute nach mehr als hundert Jahren noch so frisch und kräftig, kräftiger als je zuvor, besteht, beweist das ihren gesunden Kern und sichert ihr die Existenz für kommende Zeiten.

Wenn auch sichere Nachrichten und Urkunden über die Gründung der Gesellschaft nicht mehr vorhanden sind, auch nichts davon in den städtischen Archiven zu finden ist, so geht doch aus späteren Protokollen unzweifelhaft hervor, daß die Gesellschaft zur Ludwigsburg im Jahre 1833 gegründet worden ist. über die Entstehung des Namens der Gesellschaft sind sich die Geschichtsschreiber heute noch nicht einig, und der Ursprung des Namens wird wohl in ewigem Dunkel bleiben.

Das älteste Dokument im Besitze der Ludwigsburg ist ein gedruckter Aufnahmeschein, womit am 28. Oktober 1843 der Regierungsassistent Becker von seiner Aufnahme als Mitglied benachrichtigt wird. Der

Schein trägt die Unterschrift: »Gesellschaft Ludwigsburg. Die Direktion.« Im Adreßbuch aus dem Jahre 1856 ist die Gesellschaft zur Ludwigsburg auf der Flinger Straße aufgeführt. Das älteste noch vorhandene Protokollbuch beginnt mit einem Protokoll der Generalversammlung vom 24. Juni 1848. In dem Direktorium genannten Vorstande war auch der Revolutionsheld und Hauptmann der Bürgerwehr Lorenz Cantador. Auf dieser Generalversammlung wurde als wichtigster Punkt beraten, »ob der Ökonom das bisher verabreichte sogenannte ächte bairische Bier zu 2,5 Silbergroschen pro Flasche beibehalten oder gutes hiesiges oder inländisches (!) Bier zu einem Silbergroschen drei Pfennigen, wie es in anderen Restaurationen in guter Qualität getrunken wird, liefern soll.« Die jüngeren Mitglieder nämlich verlangten das »ausländische« bairische Bier, wogegen die älteren sich nach wie vor mit dem hiesigen Bier bescheiden wollten. Sieben Tage nach dieser Generalversammlung mußte schon wieder eine Generalversammlung einberufen werden, weil sich der Ökonom dem Beschlusse in der Bierfrage nicht fügen wollte. Schließlich aber wollte er Frieden schließen unter der Bedingung, »einheimisches Bier zu 18 Pfennigen die Flasche« zu liefern. Ein Krieg um drei Pfennige! Sorgen hatten unsere guten Mitbürger damals!

Für die Aufnahme als Mitglied war damals maßgebend, daß man das »Einjährig-Freiwillige« hatte; man mußte also höhere Schulbildung haben. In der damaligen Mitgliederliste fällt auf, daß neben Vertretern des

Handwerkerstandes auch Leute der höchsten Düsseldorfer Gesellschaftsklassen als Mitglieder verzeichnet sind. Man darf daraus wohl schließen, daß es mit dem berüchtigten und oft verulkten Kastengeiste um die Mitte des vorigen Jahrhunderts durchaus nicht so schlimm bestellt war. Das ist so zu erklären, daß damals noch die Bodenständigkeit der Düsseldorfer gefestigter war als in der Zeit des industriellen Aufschwunges. Die Zeit der Eisenbahn und des mit ihr einsetzenden Verkehrs haben das alte Gepräge der Einwohnerschaft völlig verändert.

Am 22. Juli 1850 steht im Protokoll: »Nach heute vorgenommener Ballotage wurden der Kaufmann W. Prebslick, der Kaufmann Quack und Herr Dichter Ferdinand Freiligrath als Mitglieder aufgenommen.« Der Dichter wird als Letzter genannt, dafür erhält er aber das Prädikat »Herr«. Man wußte, was sich für einen Dichter gehört. Am 1. Dezember 1851 wurde der Oberbürgermeister von Karnap aufgenommen und am 10. Juli 1852 Andreas Achenbach.

Bis Ende der sechziger Jahre war die Mitgliederzahl auf etwa siebenhundert gestiegen, und ein beträchtliches Vermögen war vorhanden, so daß um diese Zeit der Ankauf eines Grundstückes erwogen werden konnte. Die Gesellschaft hatte in der ersten Zeit ihres Bestehens keinen ständigen Ort für ihre Zusammenkünfte. Zuerst tagte sie wohl in der Zollstraße, dann im Hansenschen Garten an der Ecke der Goltstein- und Viktoriastraße, dann in Lacomblets Kaffeehaus am Markt, danach im Crumbachschen Garten an der

Steinstraße, wo heute das Gesellschaftshaus steht. Bei Lacomblet war man nicht zufrieden, denn man mußte sich darüber beklagen, »daß die Lichtputzen und die Fidibusse in zu geringer Zahl vorhanden waren«. Wir Menschen von heute können es uns nicht mehr vorstellen, daß Fidibus und Lichtputzen Grund zur Klage gaben, aber anno dazumal machten diese Dinge den behäbigen Bürgern, die in Ruhe ihre Zeitung lesen wollten, so viel Kopfzerbrechen, daß sie lieber den Ort verließen, wo sie sich mit Lichtputzen herumärgern mußten und nicht genug Fidibusse für die Pfeifen zur Verfügung hatten, und sich nach einem anderen Versammlungsort umsahen. So zog die Gesellschaft also nach dem Wirt Hollender an der Ecke der Flinger und Mittelstraße. Sie tagte in den sechziger Jahren auch einmal in dem Nesselrodeschen Palais an der Schulstraße. So irrte sie unstet umher. 1864 mietete sie den ersten Stock des Bruckwilderschen Hauses in der damaligen Kanalstraße an der Ecke der Grabenstraße zum Preise von 525 Talern jährlich, ein hoher Preis für die damaligen Verhältnisse. Anfang des Jahres 1867 beschloß man den Ankauf des Crumbachschen Gartens in der Steinstraße. Der Kaufpreis betrug 15.000 Taler, auszahlbar in »ungeteilten preußischen Talern«. Der Kaufakt ist datiert vom 31. Januar 1868.

Seitdem hat die Ludwigsburg oft schwere Zeiten durchgemacht. Einmal war die Not so groß, daß beschlossen wurde, statt der Gaslampen Petroleum zu brennen und die Zeitungen abzuschaffen. Man war sogar ein andermal nahe daran, Haus und Garten zu verkaufen. Aber trotz allen Schwierigkeiten hat die Ludwigsburg durchgehalten. Die Ludwigsburger, die mit treuer Liebe an der ehrwürdigen Gesellschaft hängen, können zwar nicht mehr ihren Schoppen trinken in dem breiten, behäbigen und gediegen dastehenden Hause, das gewissermaßen ein Symbol ihrer eigenen bürgerlichen Gediegenheit war. Es ist leider auch ein Opfer des Krieges geworden.

Taghell ist die Nacht gelichtet

Das kann man heute mit einiger Berechtigung sagen, denn die moderne Straßenbeleuchtung ist, wenigstens in den Hauptstraßen der Stadt, so, daß man ebenso sicher in der Nacht seines Weges gehen kann wie am Tage. Wir Nutznießer einer ungeahnt vorgeschrittenen Technik nehmen es als etwas Selbstverständliches hin, wenn eine neue Erfindung das bereits Vorhandene um ein Hundertfaches übertrifft. Und nur manchmal, wenn wir im Trubel des Tages uns zu besinnen die Zeit haben, überkommt uns ein Erstaunen, daß einem der Atem wegbleibt. Da möchte man beinahe sagen, ein Glück, daß unsere Großeltern nicht mehr leben, sie würden vor lauter Staunen nicht mehr zur Besinnung kommen und den ganzen Tag mit offenem Munde herumlaufen.

Als in Düsseldorf die ersten Gaslaternen in den Straßen brannten, waren sie Gegenstand der hellsten

Verwunderung, und unsere Eltern und Großeltern, die sonst gewohnt waren, ins Bett zu kriechen, wenn es dunkel wurde, blieben auf und gingen »ein Sträßchen herum«, bloß, um die neumodischen Laternen anzusehen. Der Oberst von Schaumburg spricht in seinem zum Besten des evangelischen Krankenhauses am 5. April 1866 gehaltenen Vortrage von den »durch die von der städtischen Gasanstalt tageshell erleuchteten Straßen«. Es waren Lampen mit einfachem Schlitzbrenner, die ein kümmerliches Licht – im Vergleiche mit heute – verbreiteten. Ich sehe noch die städtischen Lampenanzünder, die abends Lampe für Lampe anzünden mußten. Sie trugen eine lange Stange auf der Schulter. An der Spitze dieser Stange war ein Blechgefäß mit Watte, die mit Spiritus getränkt war. Ein Stückchen Watte ragte heraus und brannte.

Die erste Gasbeleuchtung gab es schon im Jahre 1846. Eine Firma Sinzig & Cie. lieferte sie. In dem am 20. Juni 1846 von dem Oberbürgermeister von Fuchsius abgeschlossenen Vertrage wurde der genannten Firma »die Beleuchtung sämtlicher Straßen und öffentlichen Plätze und Anlagen der Stadt Düsseldorf mittelst Anwendung des Steinkohlengases auf die Dauer von zwanzig Jahren« übertragen.

Die Zahl der mit Gaslicht zu versehenden Straßenlaternen wurde vorläufig auf zweihundert bis dreihundert Stück bestimmt. Die Stadt war verpflichtet, jährlich wenigstens 1500 Stunden für jede Laterne zu verwenden. Weniger als drei Stunden Beleuchtung sollten an einem Tage nicht verlangt werden. Die Stadt zahlte für die erforderlichen zwei- bis dreihundert Flammen und 1500 Beleuchtungsstunden zwei und 22/25 Pfennig. Sollte übrigens während der Dauer des Vertrages eine vollkommenere Steinkohlengasbereitungs- und Reinigungsmethode erfunden werden, so war die Unternehmerin verpflichtet, sich diese Methode für die städtische Gasbeleuchtung anzueignen. Nach Ablauf des zwanzigjährigen Vertrages hat dann die Stadt die Straßenbeleuchtung in eigene Hand genommen.

Diese Straßenbeleuchtung mit Gas war natürlich schon ein bedeutender Fortschritt gegen früher. Wenn bis ins 18. Jahrhundert hinein abends oder nachts jemand durch die Stadt gehen wollte, dann mußte er eine Laterne mitnehmen, denn es war in den Straßen stockfinster. Und ohne Laterne durfte man einen Gang durch die Straßen nicht wagen, sonst mußte man damit rechnen, in Löcher zu fallen und ein Bein zu brechen. Die Straßen hatten noch kein Pflaster. Es war einfach festgefahrene und gestampfte Erde, wie heute noch in den Dorfstraßen. Erst um 1800 herum bekam Düsseldorf ein ordentliches Pflaster.

Die erste organisierte Straßenbeleuchtung verdankte Düsseldorf dem Kurfürsten Jan Wellm, der in allem, was er beschloß und ausführte, einen Hang zum Großartigen offenbarte. Im Jahre 1699 überwies er der Stadt 1500 Reichstaler zur Beschaffung der nötigen Laternen. Kommissare des Kurfürsten und der Stadt schlossen am 1. September 1701 mit dem Unternehmer Johann Sebus einen Vertrag, wonach dieser 383

Laternen mit zweijährigem, sauberem Öl zu versorgen hatte. Das Schloß und die Hofgebäude hatten allein fünfzig Laternen, die vergoldet sein mußten. Von gewöhnlichen Laternen hätte Jan Wellm sich nicht sein Schloß beleuchten lassen. Zur Wartung dieser Laternen waren fünf »Füller« und elf »gute Leut« bestellt. Der Unternehmer Sebus erhielt jährlich 3000 Reichstaler als Entgelt für seine Unkosten. Er hat also wohl ein gutes Geschäft gemacht. Und es ist zu verstehen, daß die Stadt sich wehrte, diese Last auf sich zu nehmen. Der Kurfürst ließ darum die 3000 Reichstaler aus Landesmitteln bezahlen, aus den sogenannten Lizentsteuern. Zwar hatte sich der Magistrat dafür verpflichten müssen, das schlechte Straßenpflaster zu erneuern. Das tat er aber nicht, und darum sollte die Stadt die Kosten tragen. Wenn sich auch der Kurfürst noch einmal bewegen ließ, die Kosten der Straßenbeleuchtung wieder aus Landesmitteln bestreiten zu lassen, weil die Bürgerschaft »unter solchem schweren Last wirt erliggen müssen«, so bürdete er doch im Jahre 1704 die Kosten wegen seiner ständig leeren Kasse der Stadt auf, und so ist es auch bis zum Tode Jan Wellms geblieben. Der Magistrat begründete seine Klagen damit, daß die Laternen überflüssig wären; zum mindesten aber brauchten sie nicht das ganze Jahr hindurch zu brennen, wo doch in Holland und Paris sogar die Straßenlaternen nur vom 15. September bis zum 15. April brannten. Als im Jahre 1716 Jan Wellm starb und eine Schuldenlast von über acht Millionen Reichstalern hinterließ, verlangten die Stadtvertreter, man solle die ebenso »kostbaren« wie gänzlich nutzlosen Laternen abschaffen, denn weder die hohen Ministri noch die Hofbeamten, noch die Bürgerschaft hätten einen Nutzen von der nächtlichen Straßenbeleuchtung, und so wäre es wohl das beste, die Laternen abzunehmen und »verwahrlich« hinzulegen. Und so geschah es auch. Im Winter des Jahres 1720 wurden die 383 Laternen heruntergeholt und im Stadtschobben im »Halben Mond« zu Flingern aufgestapelt. Und die guten Düsseldorfer waren zufrieden, daß sie sich wieder mit dem Kerzenlaternchen den Weg nach Hause suchen mußten, wofern überhaupt einer gezwungen war, zu nachtschlafender Zeit über die Straßen zu gehen, was ohne Not und Zwang kein honetter Bürger tat.

Zwar 17 Jahre später brannten die Laternen doch wieder. Aber die Beleuchtung kostete nicht mehr wie zu Jan Wellms verschwenderischen Zeiten 3000 Reichstaler, sondern nur noch 360 Reichstaler. Demnach wird man die Beleuchtung auf ein Zehntel ihres früheren Glanzes herabgeschraubt haben. Und nicht genug damit: wenn die nächtliche Himmelslaterne brannte, der Mond also schien, wurden die städtischen Laternen nicht angezündet. Welche Wirkung das hatte, sieht man an einem Befehl des Geheimen Rats an den Magistrat vom 5. Dezember 1783: »Da hiesige Straßen bei gewöhnlichem Mondlichte öfter durch trübe regnerische Witterung verdunkelt, die Lampen auch durchgehends um zehn Uhr erloschen sind und daher allerlei Ausgelassenheit entstehet, so befehlen euch gnädigst, auch in jenen Zeiten, wenn das Mondlicht durch dunkle Witterung verfinstert wird, die Stadtlaternen anzuzünden.« Dieser Befehl der Regierung mußte noch öfter wiederholt werden, weil der Magistrat und die Bürgerschaft die »Ausgelassenheit« nicht so tragisch nahmen. Im Jahre 1784 wollte der Geheime Rat gestatten, daß die Laternen gelöscht wurden, »wenn außerordentlich heller Mondschein betroffen wird«, aber die Laternen sollten auch im Sommer in mondlosen Nächten brennen. Die Zahl der Laternen war gegen 1737 auf 263 vermehrt worden. Es waren also, obwohl die Stadt sich vergrößert hatte, immer noch über hundert Laternen weniger als unter Jan Wellm.

Die Unkosten der Beleuchtung stiegen allmählich. So kostete sie im Jahre 1780 450 Reichstaler, 1801 1158 Reichstaler, 1809 2401 Reichstaler oder – denn es war Franzosenzeit – 7746 Francs. Aber auch in dieser Zeit, mehr als hundert Jahre nach Jan Wellm, legte die Stadt für ihre Straßenbeleuchtung nicht soviel aus wie im Jahre 1701.

Noch bis in unsere Zeit hinein wurden die Laternen mit Rüböl gespeist, im Winter mit Leinöl. An den Straßenecken und in der Mitte der Straßen hingen die Laternen an Ketten quer über die Straße. Von einer richtigen Beleuchtung wird wohl kaum die Rede gewesen sein bei so einem trüben, schwalchenden, rötlichen Rübölflämmchen. Aber der nächtliche Wanderer verfehlte jedenfalls die Richtung nicht.

Armenpflege im alten Düsseldorf

Ende des 13. Jahrhunderts, als Düsseldorf nach der Schlacht bei Worringen ein selbständiges Gemeinwesen geworden war, gab es schon so viele bettelnde Arme, daß sich die vom Grafen Adolf von Berg eingesetzten Stiftsherren ihrer erbarmen mußten. Die Kanonici hatten eine besondere Armenstiftung, deren Rente jeden zweiten Freitag auf eine bestimmte Zahl von Armen verteilt wurde. Diese »Freitagsspende«, wie sie hieß, war mit einer besonderen Feierlichkeit verbunden. Die Armen mußten vorher in die Stiftskirche gehen und ein Hochamt anhören, danach erhielten sie die Spende. Außerdem bekamen elf Arme jede Woche ein Brot. Elf arme Leute in einer Stadt sind ja nicht viel, aber dem kleinen Düsseldorf machten sie schon Sorge.

Auf der Neußer Straße steht, wenigstens in seinen Umfassungsmauern, heute noch ein großes, schönes Haus aus dem Anfange des 18. Jahrhunderts, das Hubertusstift, die älteste Wohltätigkeitsanstalt Düsseldorfs. Es hat seinen Namen zur Erinnerung an den glänzenden Sieg, den Herzog Gerhard II. (1437 bis 1475) am 3. November, am Hubertustage, über seinen Gegner Arnold von Egmond bei Linnich davontrug. Ursprünglich hieß das Stift »Gasthaus zum Heiligen Geist«. Es war neben dem Kapellchen mit dem Gnadenbilde »Unser Lieben Frauen vom Himmelreich« zur Aufnahme kranker Wallfahrer erbaut worden und lag außerhalb des Ratinger Tores.

Im 18. Jahrhundert hatte das Hubertusstift in der Neußer Straße als Krankenhaus eine große Bedeutung. Man braucht bloß an die furchtbare Pest zu denken, die im Jahre 1766 Düsseldorf mit einem Leichentuche zudeckte. Auf der Straße fielen die Leute zusammen und starben. Vor der Stadt auf den Feldern lagen viele Leichen unbegraben. Zu dieser Zeit waren die Einkünfte des Hubertusstiftes so groß, daß an die hundert Kranke und Bedürftige in dem Hause verpflegt werden konnten. Als in den Revolutionskriegen das linke Rheinufer an Frankreich fiel, verlor das Stift viele seiner reichen Einkünfte, und nur wenige Kranke konnten noch aufgenommen werden. Eine Zeitlang war das große, stille Haus auch einmal Pflegehaus, bis die neuen großen städtischen Pflegeanstalten an der Himmelgeister Straße erbaut wurden.

In der Zeit vor dem Kriege war das ehrwürdige Haus die letzte Zuflucht alleinstehender armer Witwen und lediger Frauen, die nicht mehr für sich selbst sorgen können. Sie wurden von den Zinsen der Stiftung ernährt und verpflegt. Seit vielleicht dreißig Jahren sind zur Pflege der erkrankten Pfründnerinnen einige barmherzige Christenserinnen, die ihr Mutterhaus in Aachen haben, in das Hubertusstift gezogen. Damals müssen die Einkünfte des Hubertusstiftes sehr gering gewesen sein, denn die armen Nönnchen versuchten mit dem Verkauf von »Hubertusbrötchen« und »Hubertusriemchen« die Einnahmen des Stiftes zu verbessern. Die »Hubertusbrötchen« galten als ein unfehlbares Mittel gegen den Biß toller Hunde. Mir hat einmal ein Nönnchen so ein winziges, steinhartes Hubertusbrötchen aus Weizenmehl geschenkt. Ich war damals ein kleiner Knirps. Die Zähne habe ich mir bald ausgebissen an dem Brötchen. Bei meinem Onkel Pitter, der jedes Jahr nach Kevelaer wallfahrten ging, habe ich einmal am obersten Hosenknopf ein schmales Riemchen gesehen, ein »Hubertusriemchen«, das ebenfalls gegen den Biß tollwütiger Hunde schützen sollte. Man kaufte sie im »Gastes«, wie das Hubertusstift in der Volkssprache hieß, für ein paar Groschen. Die Nönnchen holten sich bei den Düsseldorfer Hutmachern den Abfall vom Hutleder und schnitten daraus schmale Streifchen, die am Feste des heiligen Hubertus, am 3. November, gesegnet wurden. Man band sie gewöhnlich um den obersten Hosenknopf. Wohin die Frauen sie banden, weiß ich nicht. Die Hunde selbst schützte man vor der Tollwut, indem man sie mit dem Schlüssel des heiligen Hubertus brandmarkte.

Die Herzöge von Berg haben oft strenge Verordnungen gegen die Bettelei erlassen, ohne aber zu gleicher Zeit etwas für eine geordnete öffentliche Armenpflege zu tun, die das beste Mittel gegen Bettelei ist. Damals kannte man den Begriff der öffentlichen Armenpflege noch nicht. Das Almosengeben war Privatsache. Herzog Johann III., der Reiche (1511 bis 1539), der an allen Ecken und Kanten knauserte und darum seinem Nachfolger eine gefüllte Kasse hinterlassen konnte, erließ im Jahre 1525 eine sehr strenge Verordnung gegen Müßiggänger, Landstreicher und Bettler. Er gab aber selber keinen Pfennig zur Linderung der

Armut. Die Bettler verwies er einfach aus seinem Lande, weil sie seine Untertanen mit Diebstahl, Mord, Brandstiftung usw. schädigten. Wenn sie von Amtsleuten ergriffen wurden, mußten sie sich zur Arbeit bequemen, waren sie aber zu faul dazu, dann wurden sie mit Ruten aus dem Lande gejagt. Das war sehr einfach, sehr wirksam und vor allem sehr billig, und darauf kam es dem Herzog am meisten an. Sein Sohn und Nachfolger, Herzog Wilhelm III. (1539 bis 1592), verordnete, daß in jeder Stadt und an jedem Feiertage sogenannte Provisoren mit dem Klingelbeutel in den Kirchen rundgehen und für die Armen sammeln sollten. Die Provisoren verteilten auch das Geld unter die Armen. Ebenso schlecht wie sein Vater war auch Herzog Wilhelm auf die Bettler zu sprechen. Das Betteln verbot er auf das strengste. Fremde Bettler duldete er nicht in seinem Lande, nur wenn sie krank waren und nicht weiter konnten, wurden sie verpflegt. Die Klingelbeutelsammlung reichte natürlich nicht aus; darum bekamen viele Arme einen Bettelschein oder eine bleierne Münze, die sie auf der Brust trugen als Ausweis dafür, daß sie betteln durften. Nach Sonnenuntergang aber mußten sie mit dem Betteln aufhören. Diese sonderbare Einrichtung stieß zwar das strenge Bettelverbot wieder um, denn die Ortsvorsteher und Schultheißen von kleinen Ortschaften, deren Einwohner selber kaum das tägliche Brot hatten, gaben einfach den armen Teufeln solche Bettelmünzen. Die Düsseldorfer Armen waren nicht so schlimm dran, weil die gutherzigen und leichtlebigen Bürger nicht mit Almosen kargten. Aber unter

Jan Wellm vergaßen die Bürger bei dem Wohlleben und den vielen Vergnügungen die Armen, so daß schließlich der Kurfürst vom Predigtstuhl herab die Leute zum Almosengeben auffordern lassen mußte. Es wurden auch jeden Freitag von Haus zu Haus in verschlossenen Büchsen Almosen gesammelt. Solche Büchsen ließ er auch in Kirchen, Bier- und Kaffeehäusern aufstellen.

Trotz allen Maßnahmen der kurfürstlichen Regierung und der städtischen Behörden war es auf die Dauer nicht möglich, der herrschenden Armut mit Erfolg zu begegnen und die Zahl der Bettler einzuschränken. Sie wurde sogar immer größer, so daß der Kurfürst Karl Theodor sich veranlaßt sah, strenge Strafen gegen die Bettler anzuordnen, die nicht von ihrem Ortsvorsteher ausdrücklich die Befugnis zum Betteln erhalten hatten. Aber auch diese Verordnung half natürlich nichts. Ende des 18. Jahrhunderts wurde die Bettelei zu einer unausstehlichen Plage. Hungersnot, Krieg, Belagerung und Beschießung der Stadt durch die französischen Revolutionstruppen hatten den Wohlstand vieler Bürger untergraben. Manche, die früher Almosen gegeben hatten, waren selbst zu Bettlern geworden.

In Scharen zogen die Bettler durch die Straßen und lungerten an den Türen der Kirchen und der öffentlichen Gebäude. Man konnte sich schließlich überhaupt nicht mehr vor ihnen retten. Es nützte nicht viel, daß der kurfürstliche Statthalter, Graf von Goltstein, Notstandsarbeiten ausführen ließ. Der sogenannte fiskalische Teil des Hofgartens beispielsweise ist eine solche Notstandsarbeit. Aber alle diese Notstandsarbeiten mußten bei der allgemeinen Notlage wirkungslos bleiben. Hier konnte nur eine Armenpflege helfen, die nach einem einheitlichen Plane vorging. Und so arbeiteten drei um das öffentliche Wohl verdiente Düsseldorfer Bürger, der Appellationsgerichtsrat Lenzen, der Schulrat und Kanonikus Bracht und der Stiftsdechant Lülsdorf, den Plan zu einer neuen Ordnung der gesamten Armenpflege in Düsseldorf aus, die unter dem Namen der »Allgemeinen Armenversorgungsanstalt« vom Kurfürsten Maximilian Josef, dem späteren ersten König von Bayern, mit Urkunde vom 9. September 1800 errichtet wurde. Diese Anstalt sollte gewissermaßen ein Verein von Bürgern zur Ausübung der Armenpflege sein. Der öffentlich rechtliche Charakter aber dieser Anstalt ergab sich aus den Rechten, die sie besaß, und aus den Pflichten, die sie gegen den Landesherrn, unter dessen Oberherrschaft sie stand, zu erfüllen hatte. Die Statuten der Armenversorgungsanstalt, die nach dem Vorbilde der bereits in Hamburg bestehenden aufgebaut war und mit den örtlich bedingten Änderungen in vielen deutschen Städten eingerichtet wurde, waren dem damaligen Düsseldorfer Adreßbuche, das so groß oder vielmehr klein war, daß man es in die Westentasche stecken konnte, angehängt und wurden für 15 Stüber zum Besten der Armenanstalt verkauft.

Die Stadt war nach dem Plane der Anstalt in 15 Bezirke eingeteilt. Die Bewohner jedes Bezirks wählten mehrere Armenaufseher, die wieder zwei Vorsteher bestellten, einen für die Kasse, einen für die Pflege. Die ganze Verwaltungsarbeit geschah ehrenamtlich, und zur Übernahme eines Ehrenamtes waren die Bürger verpflichtet. Wenn sich jemand weigerte, wurde er bestraft. Einem Kaufmanne z. B., der seine Wahl zum Armenpfleger nicht annehmen wollte, drohte die Regierung mit einer Strafe von hundert Dukaten.

Die Armenpfleger hatten die Armen ihres Bezirks zu beaufsichtigen und alle Veränderungen ihrer äußeren Verhältnisse, wie Sterbefälle, Wohnungswechsel usw., zu melden. Sie waren außerdem angewiesen, in sittlicher Beziehung auf die Armen einzuwirken und sie zu Arbeitsamkeit, Sparsamkeit (!) und guten Sitten anzuhalten. Die Organisation der Armenanstalt fußte auf neuzeitlichen Gesichtspunkten, die heute noch ihre Gültigkeit haben.

Die Armenanstalt nahm am 1. Januar 1801 ihre Tätigkeit auf. Sie hat viel Segen gestiftet. Durch sie wurde die öffentliche Armenpflege organisiert und in ein System gebracht, das nicht so sehr »die augenblickliche Not, sondern vorzüglich die Quellen der Armut für die Zukunft verschließen« sollte. Der Grundsatz der Armenanstalt war: »Jeder wahrhaft Hülfsbedürftige (er gehöre zu welcher kirchlichen Konfession er wolle) soll Unterstützung erhalten. Dem ganz unvermögenden, wegen Alters, Krankheit und Gebrechlichkeit zur Arbeit unfähigen Armen hingegen soll alles gereicht werden, was er an Nahrung, Leibesbekleidung und Heilung zu seinem Lebensunterhalte bedarf«. Dem arbeitsfähigen Armen soll »Gelegenheit zu eigenem Verdienst verschafft und ihm nur das zur Unterstützung gereicht werden, was er durch redlichen Arbeitsfleiß zu seinem und der Seinigen Unterhalt nicht selbst verdienen kann.«

Die Armen waren in drei Klassen eingeteilt: in arbeitsfähige, in verschämte und arbeitsunfähige Arme. Die beiden letzten Klassen erhielten Geld und Lebensmittel, den arbeitsfähigen wurde Arbeit verschafft, und sie bekamen als Zugabe nur das, was sie sonst noch zum Lebensunterhalt nötig hatten. Haus- und Arbeitsgerät zur Fortführung oder Einrichtung eines Gewerbebetriebes gab die Anstalt. Die Gegenstände wurden, um ihren Verkauf zu erschweren, gekennzeichnet.

Für arme Familien hatte der Kurfürst einen Teil der alten Reiterkaserne am Rhein als Armenhaus herrichten lassen. Es hatte 88 Zimmer, und jedes kostete jährlich vier Reichstaler Miete. Bis in die sechziger Jahre des vorigen Jahrhunderts hat dieses Armenhaus zum Teil bestanden. Es war meist überfüllt, so daß sich arme Junggesellen zu zweien mit einem Zimmer begnügen mußten. Da kam es natürlich oft zu Streitigkeiten, weil der eine die mit Kreide auf dem Fußboden gezogene Grenze nicht respektierte.

In der Armenanstalt wurden die Armen auch gemeinsam unter Aufsicht eines Vorstehers hauptsächlich mit Spinnen und Stricken beschäftigt. Der Aufseher war meist ein abgedienter kurpfälzischer Soldat, der es in der Behandlung seiner Pfleglinge nicht so zart und genau nahm und oft mit dem Stock regierte. Es drängten sich mit der Zeit so viele Arbeitslose zu der Anstalt, daß sie nicht mehr alle beschäftigt werden konnten. Die Anstalt gab darum Arbeiter an Fabriken und Handwerksmeister ab. Im ersten Jahre ihres Bestehens beschäftigte die Armenanstalt schon 622 Personen, 514 Erwachsene und 108 Kinder, was in dem damaligen kleinen Düsseldorf viel zu bedeuten hatte. Da die meisten arbeitslosen Frauen und Mädchen keine andere Arbeit verstanden als Stricken, so hatte sich sehr bald ein Lager von nicht weniger als 6000 Strümpfen angesammelt, die aber keine Käufer fanden, sondern jahrelang liegen blieben. Es waren nicht die besten Strümpfe, die Bürgersleute mochten sie nicht, sogar die Militärverwaltung konnte sie nicht gebrauchen.

Für arme Kranke sorgte die Anstalt teils wie für Hausarme mit der üblichen Unterstützung, teils mit ärztlicher Behandlung, die besonders verpflichtete Ärzte übernehmen mußten. Die Kranken wurden vorwiegend in ihren Familien verpflegt, nicht in Krankenhäusern, wohin sie nur dann kamen, wenn der Arzt die Pflege in der Familie für bedenklich oder mangelhaft hielt. Die Anstalt stellte auf ihre Kosten auch Wärter und Wärterinnen. Sie lieferte eine besondere Krankenspeise, entweder Suppe und Gemüse oder dasselbe mit Fleisch oder dasselbe mit einer besonders erfrischenden und stärkenden Speise. Die Bezirkspfleger waren verpflichtet, sich durch Besuche davon zu überzeugen, daß jeder Kranke nach Vorschrift behandelt und gepflegt wurde.

Die Fürsorge für Geisteskranke war der damaligen Auffassung entsprechend sehr mangelhaft. Harmlose Irre ließ man einfach laufen, gefährliche sperrte man ein.

Dagegen wurden alte, arbeitsunfähige Männer und Frauen wie Kranke behandelt. Die Anstalt zahlte für sie ein Pflegegeld bis zu 36 Reichstalern jährlich, versorgte sie mit Kleidung und gab ihnen noch ein tägliches Taschengeld von 1,5 Stüber.

Die Fürsorge für verwaiste und verwahrloste Kinder beschränkte sich zunächst auf die Hauspflege. Die Kinder wurden bei guten Leuten in der Stadt oder auf dem Lande gegen ein Pflegegeld von zwanzig Reichstalern jährlich in Pflege gegeben und unausgesetzt bewacht. Wegen der großen Kosten versuchte es die Anstalt mit der Erziehung der Waisen in einem besonderen Erziehungshause, wo sie gemeinschaftlich unterhalten, erzogen und auf einen praktischen Beruf vorbereitet wurden. Die Hauptmahlzeit bestand aus Rumforter Suppe, so genannt nach dem Grafen Rumfort, einem Förderer der Wohlfahrtsbestrebungen in Bayern.

Die Armenanstalt vermittelte auch Arbeit für Kinder. 73 Knaben zum Beispiel beschäftigte der Kommerzienrat Brügelmann und 35 Knaben eine Wollspinnerei. Fünfzig Kinder übernahm der Samtbandwirker Steinküller, und der Stecknadelfabrikant Kaspers beschäftigte acht Knaben im Alter von sechs bis elf Jahren. Sie verdienten in den ersten sechs Wochen nichts und dann für je tausend Nadeln anderthalb Stüber, was am Tage ungefähr 15 Stüber ausmachte, also ganze 75 Pfennige. Die armen Kinder mußten dafür also 10.000 Nadeln anfertigen, in Handarbeit wohlgemerkt! Maschinen zur Anfertigung von Nadeln gab es damals noch nicht.

Ihre Mittel schöpfte die Armenanstalt aus Beiträgen, zu denen jeder Bürger verpflichtet war. Daneben gab es für sie Einnahmen, die ihr aus Verkäufen, Versteigerungen, Festlichkeiten zuflössen. Bei Verkäufen war es Brauch, daß ein Teil der Kaufsumme als »Gottesheller« an die Armenkasse abgeführt wurde. Außerdem waren in den Kirchen und an anderen Stellen »Armenbüchsen« aufgestellt. Von den vorüberfahrenden Schiffen wurde bei Entrichtung des Rheinzolles eine Kleinigkeit für die Armen gezahlt. Auch die Fremden mußten zu den Kosten der Armenpflege beitragen. Was sie früher den Bettlern gaben, mußten sie jetzt in die Armenkasse zahlen. In den Gasthöfen wurde bei den Mahlzeiten gesammelt, und jeder Fremde mußte beim Betreten der Stadt ein »Torsperrgeld« zahlen. Zwei Taler Steuer im Jahre für das Halten von Nachtigallen flossen in die Armenkasse, auch das Maskentragen auf Fastnacht war im Interesse der Armen versteuert. Es gab damals auch schon eine Art Lustbarkeitssteuer. Theater, Konzerte, Schaustellungen mußten Abgaben an die Armenkasse entrichten, und das Theater hatte in der Spielzeit zwei Vorstellungen zum Besten der Armen zu geben. Im Jahre 1805 verordnete Kurfürst Maximilian Josef, daß der sechste Teil aus den Klingelbeuteln der Armenkasse gehörte. Die Stadtverwaltung übertrug der Armenanstalt die ganze Straßenreinigung. Sie zahlte dafür einen jährlichen Pauschalbetrag.

Im Jahre 1806 hatte die Anstalt ein Einkommen von insgesamt 19.056 Reichstalern, das sich aus Stiftungen, Spenden, Einnahmen und Abgaben zusammensetzte. Unterstützt wurden im selben Jahre 484 Personen mit

11988 Reichstalern. Mit Gehältern und Verwaltungskosten erhöhte sich diese Summe auf 13.777 Reichstaler. Das Jahr 1806 war eben besonders günstig. Die Einnahmen waren aber durchaus nicht sicher, weil sie in der Hauptsache von dem Wohltätigkeitssinn der Bürger abhingen. Die Anstalt kam aus dem Geldmangel nie heraus und sie konnte infolgedessen doch nicht leisten, was sie gern leisten mochte und was dauernde Erfolge gezeitigt hätte. Dennoch ist im großen ganzen die Tätigkeit der Düsseldorfer Armenversorgungsanstalt segensreich gewesen.

Die Armenanstalt blieb bis zum Jahre 1850 die Trägerin der Wohlfahrtspflege in Düsseldorf. Am 11. März 1850 ging sie in der Gemeindeverwaltung auf. Sie hatte ein halbes Jahrhundert bestanden und mußte untergehen, weil ihr das Fundament fehlte, das der Armen- und Wohlfahrtspflege nur der Staat mit seinen Machtmitteln geben kann.

Düsseldorfer Originale

Man hört immer von alten Düsseldorfern: Es gibt keine Originale mehr. Gemeint sind damit Menschen, die sich mit ihrer schrullenhaften Lebensauffassung und Lebensführung oder mit körperlichen Sonderbarkeiten auf meist unfreiwillig komische Art auffällig machen. Es ist natürlich nicht richtig, daß es keine Originale mehr gibt, aber sie können in der Großstadt Düsseldorf nicht mehr so hervortreten wie in dem Städtchen der sechziger Jahre, wo jeder den andern kannte und mit »Herr Nachbar« begrüßte. Heute werden sie vom Strome der Großstadt bald an den Strand gespült und sie verdämmern ihr Dasein im Pflegehause. Aber noch in meinen Kinderjahren, also in den neunziger Jahren, liefen die Originale zu Dutzenden in den Straßen herum, sonderbare Herrgottskostgänger, den Kindern zum Spott, der Polizei zur Last, dem deftigen Bürger zum Ärger. In gelehrten Geschichtswerken findet man ihre Namen nicht, obwohl sie zur Stadt gehören und ein Stück von ihr sind, wie beispielsweise der alte Schloßturm oder das Mühlengäßchen oder wie das Düsseldorfer Platt.

Von den Originalen in der zweiten Hälfte des vorigen Jahrhunderts wissen wir deshalb am meisten, weil sie noch in der Erinnerung alter Düsseldorfer fortleben. Aber aus früherer Zeit sind die Nachrichten über Originale sehr dürftig. Man kann sich nur aus gelegentlichen Notizen in Steuerbüchern, Kaufakten und anderen Dokumenten ein ungefähres Bild von ihnen rekonstruieren.

Da war zum Beispiel der *dicke Schlüssel* ein Original. Er war im Anfange des 17. Jahrhunderts zur Regierungszeit des Herzogs Wolfgang Wilhelm (1614 bis 1653) Bürgerwachtmeister. Er wohnte in der Altstadt gegenüber der Lambertuskirche in einem kleinen Häuschen, das mit mehreren anderen Häusern vor dem Pulverturm stand. Als dieser Turm in einer Gewitternacht des Jahres 1634 unter einer furchtbaren Explosion, die bald die halbe Altstadt in Trümmer legte, in die

Luft flog, wurde auch das Häuschen des Bürgerwachtmeisters Schlüssel zerstört. Das war eigentlich ein Glück für den dicken Schlüssel, denn auf diese Art konnte er wenigstens aus seinem Hause herauskommen. Man erzählt nämlich, er sei mit der Zeit so dick geworden, daß er nicht mehr durch die schmale und niedrige Haustür habe kommen können. Da kam ihm die Pulverexplosion, die eine Bresche in die Mauer riß, gerade gelegen. Sie schaffte ihm frische Luft und Bewegungsfreiheit. Als kurz nach dieser Explosion die Karmelitessen nach Düsseldorf kamen, kauften fromme Leute das Trümmerfeld am Pulverturm, um darauf ein Kloster für die Nonnen zu bauen. Zunächst besserte man das Häuschen des dicken Schlüssel notdürftig aus und richtete es zur ersten Wohnung der Karmelitessen ein. Die ersten vier Nonnen hatten nicht viel Platz darin, und wenn der Herzog Wolfgang Wilhelm zu ihnen kam, dann war das Zimmerchen voll. Es war so eng, daß man mit ausgestreckten Armen die Wände berühren konnte, und so niedrig, daß der Herzog seinen spanischen Hut abnehmen mußte, wenn er aufrecht in dem Zimmerchen stehen wollte. Der dicke Schlüssel tat sich von den 325 Reichstalern, für die er sein Häuschen an die Karmelitessen verkauft hatte, einen guten Tag an und ist wahrscheinlich infolgedessen noch dicker geworden.

Die Witfrau Kanz

Gegen Ende des 18. Jahrhunderts wohnte in der Hunsrückenstraße Nummer 22, damals »Zum roten Hahn« genannt, die Witfrau Kanz. Sie hatte von ihrem Ehemanne ein ziemlich bedeutendes Geschäft in Seilerwaren und Ackergeräten geerbt und führte dieses Geschäft mit einer Energie, die manches Bäuerlein aus der Umgegend mit einer gewissen Beklemmung bei ihr eintreten ließ. Die Witfrau Kanz war eine große, grobgeschlachte Frau mit einer Bärenstimme und Händen wie ein Schmied. Dabei war sie kurz angebunden und sprach nur das Allernotwendigste. Nichts konnte sie aus der Ruhe bringen. Nur wenn ein Bauer von dem Preise, beispielsweise einer Schüppe, etwas abhandeln wollte, dann geriet sie aus Rand und Band. Da nahm sie die Schüppe, schleuderte sie in die Ecke und schrie den vor Schreck ganz verbiesterten Bauer an:

»Du, stenkige Bur, wat denks du dich! Von der Sort simmer nit! Wat min War weht es, dat verlang ich och drför, on keene rosige Penning geht vom Pries ab. Jank en Dohr wieder!«

Und in der Art hielt sie sich so lange dran, bis der Bauer froh war, den verlangten Preis auf die Theke legen und mit der Schuppe flüchten zu können. Witfrau Kanz stopfte sich darauf ihren Nasenwärmer, so hieß das Stummelpfeifchen, dessen Rohr vom häufigen Fallen auf den Boden so kurz geworden war, daß der Pfeifenkopf beim Rauchen dicht an der Nase saß, schlürfte hastig ein Gläschen Korn und setzte sich im Hausflur auf ein niedriges Rohrstühlchen, so daß sie die ganze Breite des Flures einnahm, und schmauchte, daß der blaue Qualm in Schwaden aus der Haustüre zog.

Im Rufe des stillen Reichtums stand *et Röske*. Et Röske war ein kleines, zusammengeschrumpftes Weiblein. Sommer und Winter trug sie eine dicke gestrickte Wollmütze, von der man sich schon einige Sagen erzählte, ein Zeichen für ihr Alter. Et Röske war sehr fromm. Jeden Morgen hörte sie eine Messe in der Andreaskirche. Dabei betete sie mit lauter Stimme einen Rosenkranz nach dem andern. Nach jedem zehnten Ave spuckte sie auf die Steinfliesen, denn sie hatte Kautabak unter der Zunge. Mit den Gymnasiasten, die montags und donnerstags in die Schulmesse geführt wurden, lag sie beständig im Streite. »Schnobbelsjonges! Leibecke!« hörte man es oft mitten in der heiligen Handlung rufen.

Wo das *Nüsser Belleke* geblieben ist, weiß ich nicht. Vor einigen Jahren noch trippelte sie durch die Straßen der Altstadt. Sie fiel jedem mit ihrem eigenartigen Kostüm auf. Ein kokettes Röckchen von unbestimmter Farbe ging ihr knapp bis über die Knie, ein ehemals schwarzes, grünlich schimmerndes Tuch mit einigen übriggebliebenen Fransen bedeckte ihre schmalen Schultern, und ihre Füße staken in schweren, groben Halbschuhen. In der rechten Hand trug sie einen Korb, worin sie bei ihren »Kunden« Eßwaren, abgelegte Kleider usw. sammelte; in der linken Hand hatte sie stets einen schwarzen Schirm mit einer großen Holzkrücke. Wie von so vielen armen Teufeln, so wurde auch von ihr gefabelt, sie sei reich und habe in Neuß mehrere Häuser. Sie war aber arm wie Job, und dabei verschenkte sie meist alles, was sie an alten Kleidern sammelte. Das Schlechteste behielt sie für sich. Mit der Zeit fand sie sich nie zurecht. Jeden fragte sie: »Sag,

Jong, wievill Uhr es et? Ich moß noch no Nüß.« Bei mir erkundigte sie sich jedesmal, ob ich kein Zimmer für sie wüßte. Sie wollte nach Düsseldorf ziehen, um da ihre »Renten« zu verzehren.

Der Mehlbüdel

Der Mehlbüdel war ein Original aus der Zeit, als der Köln-Mindener und der Bergisch-Märkische Bahnhof noch am Ausgange der Königsallee standen, als die Graf-Adolf-Straße noch Schienenstrang und ödes Feld war. Dieses Bahnhofs kann ich mich noch dunkel erinnern. Es stand immer eine Droschke davor – ich glaube, es war die einzige damals in Düsseldorf – und wartete auf ankommende Fremde. Aber wer ankam, ging entweder zu Fuß – Düsseldorf war damals noch so klein – oder fuhr höchstens mit der Pferdebahn. Man hatte ja soviel Zeit, und es war so wenig Verkehr, daß mitten auf der Straße die Kinder ungefährdet spielen konnten. Sogar in der Altstadt, auf der Berger Straße beispielsweise, um die Mittagszeit, haben wir als Kinder »Bergmann, Bergmann, wir sind auf deinem Berge« gespielt und haben niemand gestört und brauchten keine Angst zu haben, überfahren zu werden.

In dieser Zeit lebte der Mehlbüdel und trieb sich ständig auf dem Vorplatze des Bahnhofs und an der Ecke der Königsallee herum. Er tat nichts. Wovon er lebte, wußte kein Mensch. In seiner besten Zeit soll er den Bäckern die Säcke mit Mehl in die Backstube getragen haben. Dieser Tätigkeit verdankt er seinen Spitznamen. Wie er mit seinem bürgerlichen Namen hieß, war nicht bekannt. Das ist ja bei allen diesen Menschen so, daß man bloß ihren Spitznamen weiß und ihre äußere komische oder traurige Erscheinung kennt. Sie leben dahin wie ein Unkraut und sterben irgendwo in einer Ecke wie ein herrenloser Hund. Also der Mehlbüdel stand Tag für Tag an der Ecke der Königsallee. Er war ein kleiner, krummbeiniger Kerl. Eine viel zu weite Hose hing ihm in schweren Falten auf zerschlissenen Halbschuhen. Sie war mit einem Bindfaden an Stelle eines Gürtels gehalten. Er trug zwei Westen, zwei Röcke und einen hellgelben Überzieher, Sommer und Winter. Alle Taschen hatte er angefüllt mit allerhand Raritäten, die er in den Straßen sammelte. In der einen Tasche hatte er rostige Nägel und sonstiges Metallzeug, in der anderen Bindfäden, Papier und Pappschächtelchen, in der dritten Lappen und Stoffreste, Stückchen Samt und so was. Wegen der vollgestopften Taschen standen ihm Röcke und Überzieher weit ab vom Körper, und er sah infolgedessen aus wie ein Tönnchen. Eine Tasche aber hatte er der Schnapsbuddel freigehalten. So stand er, eine fettige Schirmmütze auf dem zur Seite geneigten Kopfe und auf ein dünnes Stöckchen gestützt, und schien auf irgendwen und irgendwas zu warten. Wenn ein Zug von Köln oder Elberfeld einlief, kam Leben in seine Gestalt. Er zog eine kleine Spiegelscherbe hervor und ein Stückchen Kamm, klemmte die Mütze zwischen die Knie, spuckte auf den Kamm und glättete seinen dünnen Scheitel. Die Mütze behielt er dann in der Hand, damit die angekommenen Fremden sogleich beim ersten Schritt in die Stadt einen angenehmen Anblick hätten.

Der Mehlbüdel war ein Philosoph und als solcher der Schule der Kyniker beizurechnen, denn er war die fleischgewordene Lehre der Bedürfnislosigkeit und Selbstgenügsamkeit. Er befand sich in der Einfachheit des Naturzustandes und verachtete, was andere für wünschenswert hielten. Eine Ausnahme freilich gestattete er sich bloß in bezug auf ein Schlückchen Schnaps und auf seinen Scheitel, der, mit Spucke angefeuchtet, einen fragwürdigen Glanz hatte.

Von Haus zu Haus

Er nannte sich selber das letzte Düsseldorfer Original. Vor einigen Jahren noch lief er in den Straßen herum, ging in die Wirtschaften und verkaufte Postkarten mit seiner Photographie. Er muß erst in den letzten Jahren gestorben sein. Man erzählte von ihm, daß er in seiner guten Zeit Beamter bei der städtischen Verwaltung war. Er soll aber einmal lange Finger gemacht oder irgendwelche Gelder veruntreut haben. Dadurch verscherzte er sich sein Amt und mußte von da ab, da es ihm bei der Engherzigkeit seiner Mitbürger nicht möglich war, eine andere Stelle zu bekommen, sich auf das Hausiererhandwerk verlegen. Ob es nun in seiner Natur begründet war, oder ob ihn seine Schlauheit dazu trieb, er wurde im Laufe der Zeit zu einem »Original«. Er ließ sich das Haar lang wachsen, bis es ihm in wippenden grauen Locken auf Schultern und Rücken fiel. Diese Lockenpracht bedeckte er mit einem schwarzen, großkrempigen Hut. Der graue Backenbart und der wie in zwei Fragezeichen über die Lippen fallende Schnauzbart hätten in Verbindung mit den Locken seinem Angesichte etwas Ehrwürdiges, beinahe Patriarchenhaftes gegeben, wenn nicht der listige verschlagene Ausdruck seiner Augen dieses Bild wieder verwischt hätte. Eine Nickelbrille, an mehreren Stellen mit schwarzem Garn geflickt, saß auf der dicken, langen Nase. Wenn man ihn so sah mit diesem Kopfe, den ehrwürdigen Locken, dem Bart, der Brille, in seinem langen, schwarzen Rock, und wie er, auf einen alten Schirm gestützt, vornübergebeugt und mit krummen Knien eilig durch die Straßen stapfte, hätte man ihn für einen Gelehrten, für einen Professor aus den Fliegenden Blättern halten können. Er sprach stets mit angenehmer, leiser einschmeichelnder Stimme, hatte eine gute Aussprache und konnte sich geläufig und gewandt ausdrücken. Er war nie betrunken oder auch nur angeheitert, wenigstens habe ich ihn immer nüchtern gesehen. In den Wirtschaften trat er rasch und leise von Tisch zu Tisch und bot Postkarten mit seinem Bilde, dem »letzten Düsseldorfer Original«, an oder »geistreiche« Vexierspiele »nur für bessere Herren«.

Im Gegensatze zu den anderen Originalen war Von Haus zu Haus durchaus kein geistig beschränkter Mensch, er war im Gegenteil ein heller Kopf, man konnte sich mit ihm gut unterhalten über wissenschaftliche und gesellschaftliche Fragen. Von Haus zu Haus nämlich besuchte alle Versammlungen und wissenschaftliche Vorträge und ließ seinen Gehirnskasten anfüllen mit aller Bildung, oder was sich so nennt. Ob er aber alle diese Vorträge aus Wissensdrang besuchte, hat er nicht verraten. Es kann ebensogut der Fall sein, daß er regelmäßig in die Versammlungen ging, weil er in den Sälen zwei Stunden lang und länger schön warm sitzen konnte. Ich komme zu dieser Vermutung, weil er einmal, als ein wissenschaftlicher Vortrag bereits nach einer Stunde zu Ende war, zu mir beim Hinausgehen kopfschüttelnd sagte:

»Viel zu kurz, viel zu oberflächlich, nicht eingehend genug, zu populär, keine Tiefe. Schade! Da wäre ich besser in den Oberbilker Bürgerverein gegangen. Da stand ein Referat über die Erhöhung der Kanalbetriebsgebühren zur Diskussion. Sowas ist vor vier Stunden nicht zu Ende Ich kenne das! Guten Abend, mein Herr! Möchten Sie mir übrigens zum Abschied nicht mein Bild abkaufen? Nur zehn Pfennige für das letzte Düsseldorfer Original.«

Et Blömke

Et Blömke traf man meist auf dem Karlplatze. Er war ein ganz kleines, mageres Männlein, und seine äußere Erscheinung sah ungefähr so aus: Er trug einen langen, braunen Lodenmantel. Darunterher guckte aber noch etwas Blaues hervor; es wird wohl noch ein zweiter Überzieher gewesen sein. Entweder trug et Blömke nach dem Satze des Philosophen Bias als weiser Mann alles Seinige bei sich, oder er wollte seiner hageren Figur mehr gewichtige Breite geben. Es konnte auch beides der Fall sein. Auf dem struppigen, rostfarbenen

Haar, das noch Spuren eines ehemaligen Scheitels erkennen ließ, trug er einen braunen, sogenannten Schnitthut, dessen vordere Krempe ins Gesicht hing. Et Blömke hatte ein rotes Gesicht, so daß man nicht erkennen konnte, wo der struppige rote Bart anfing. Ein dünnes Spazierstöckchen hielt er mit der linken Hand gegen die Schulter gepreßt wie einen gezogenen Säbel. In Schulterhöhe war an diesem Stöckchen ein Bindfaden gebunden, der ein Zigarrenkistchen festhielt, damit es nicht von der Schulter herabfiel. Was et Blömke in diesem Zigarrenkistchen mit herumtrug, war ein Geheimnis, das er um so ängstlicher hütete, je mehr man ihn danach fragte. Auf die über die Schulter hinausragende Spitze des Spazierstöckchens hängte et Blömke manchmal, wenn es ihm zu warm wurde, den Hut. Et Blömke verdankte seinen zierlichen Spitznamen den Blumensträußchen, womit er sich wie zu einem ständigen Feste schmückte. Meist waren es bescheidene Feld- oder Wiesenblumen, zum Beispiel Butterblumen. Im Knopfloch trug er ein Sträußchen, aus dem verschwitzten Hutrande ragte ein Sträußchen hervor, und in der rechten Hand trug er einen großen Strauß, und schließlich war die alte, verschlissene, lederne Damentasche, die am rechten Arme hing, mit Feldblumen gefüllt. Et Blömke konnte sich so schlecht von den Blumen trennen, daß er sie auch noch mit sich herumtrug, wenn sie längst verwelkt waren. Schlummerte in dieser armseligen Kreatur noch ein Rest von Schönheitsempfinden? Oder waren seine Gefühle noch nicht so verdorrt, daß er sich noch an bescheidenen Feldblumen erfreuen konnte? Oder kam ihm beim Anblicke der Blumen vielleicht eine Ahnung, daß er selber ein Stück Natur war, wenn auch ein ziemlich verkümmertes?

Et Blömke ging immer starren Auges und steifen Schrittes geradeaus, schaute weder rechts noch links, wich keinem aus, weder Menschen noch Fahrzeugen, und wenn es auch ein riesiges Lastauto war. Es mußte vor ihm anhalten und warten, bis es dem Blömke gefällig war, kehrtzumachen. So ging er steifen Schrittes durch das Marktgewühl. Seine Miene war tiefernst, beinahe böse, so daß ihm die Leute, wenn sie ihn von weitem sahen, schon auswichen wie einer Gespenstererscheinung.

Aber ein heftiges Leben kam in die steife Gestalt, wenn et Blömke sich mit einigen Schnäpschen begossen hatte. Dann blieb er plötzlich stehen und hielt wirre Reden gegen die Regierung. Er sah die herrlichen Zeiten mit der Wiederkehr eines Kaisers kommen. Alle müßten wieder Soldat werden. Und wenn man dann so klug sein würde, ihn zum Unteroffizier zu machen, dann wollte er schon zeigen, was für Kräfte noch in der deutschen Nation steckten. Wenn er diese Rede, deren Wortlaut fast immer der gleiche war, gehalten hatte, ging er starren Auges und steifen Schrittes weiter.

Pitter, der Sänger vom Rhein

Während der Besetzung Düsseldorfs durch die Franzosen nach dem vorigen Kriege und auch noch einige Jahre später erfreute er die Spaziergänger auf der Königsallee mit seinem Gesang. Text und Melodie erfand er selber. Der Text wechselte je nach dem Gegenstande oder Ereignisse, das er besang, oder je nachdem wie er gelaunt oder gestimmt war. Die Melodie blieb immer die gleiche. Sie hielt sich erst eine Weile auf demselben Ton, ging aber am Schlusse schmetternd in die Höhe und endete mit einem sanft tremolierenden und verklingenden Ton. In seinem Text spielte der Rheinstrom immer eine hervorragende Rolle. Mit dem »Rheinstrom« stieg seine Melodie in die schmetternde Höhe.

Er soll Bauhandwerker gewesen sein, aber vor Jahren, hieß es, war ihm einmal bei der Arbeit ein Brett auf den Kopf gefallen. Und das Brett soll ihm etliche Ziegel in seinem Gehirndache entzweigeschlagen haben. Er hatte, wie man in Düsseldorf sagt, »ne Schlag met de Wichsbösch gekritt«. Er war ein großer, kräftiger Kerl mit Händen, aus denen ein gewöhnlicher Mensch sich bequem zwei hätte machen können. Sein Gesicht hatte den gutmütigen Ausdruck eines mit sich und der Welt zufriedenen Geschöpfes. Die kleinen Augen blinzelten immer fröhlich in die Welt, und der Mund war zu einem breiten Grinsen verzogen. So ging er langsam, die Hände auf dem Rücken und die eine Schulter hängen lassend, durch die Straßen. Ab und zu blieb er stehen und schmetterte sein Lied mit einer hellen, durchdringenden Stimme, daß man es straßenweit durch allen Verkehrslärm hindurch hören konnte. In Stimmung brachte er sich vorher mit etlichen Kornschnäpsen. Er war infolgedessen stets in einem kleinen Dusel. Zur Zeit der Besetzung Düsseldorfs war er gewissermaßen der lebendige Ausdruck des Volksempfindens. Mit Vorliebe und Vorbedacht stellte er sich vor das Jägerhofschlößchen oder vor das große Haus an der Ecke der Jägerhofstraße, wo der französische kommandierende General wohnte, und sang: »Was haben die Franzosen am Rheinstrom zu tun?« Die Vorübergehenden lachten, und die französischen Posten, die nix Deutsch verstanden, schmunzelten, ohne zu wissen, warum.

Vom Jägerhof ging er langsam, Schritt für Schritt, die Hände auf dem Rücken, nach der Königsallee. Denselben Weg machte er dann zurück und verschwand in der Gegend der Rochuskirche. Er muß wohl in Derendorf gewohnt haben. Als die Franzosen abgezogen waren, gab er seinem Lied einen anderen Text. Er wurde jetzt mehr lokalpolitischen Inhalts. Zum Beispiel hörte ich ihn einmal singen: »Was hat das Wohnungsamt immer noch in Düsseldorf am Rheinstrom zu tun?«

Jetzt hat er schon längst seine letzte Fanfare vom Rheinstrom geschmettert. Düsseldorf hat ein Original weniger. Der Pitter hat sich zu den alten Originalen versammelt. Was für einen Stoßseufzer mag er denen vorschmettern?

Der hölzerne Deuwel

Er verdankte den Namen seinem Stelzbein. Der Name Teufel wird im Volke nicht so sehr im Sinne des Bösen gebraucht, sondern mehr zur Bezeichnung eines gutmütigen »armen Teufels«. Der »hölzerne Deuwel« hatte gar nichts Teuflisches an sich.

An einem Riemen trug er die Drehorgel, die vor Alter mehrere Töne verloren hatte, so daß, wenn er »Großer Gott, wir loben dich« spielte, es beinahe wie eine Blasphemie klang. Auf seiner langen Nase hatte er eine blaue Brille und auf dem kahlen Schädel eine Kappe, deren Schirm ihm bis über die Nase hing. Er behauptete, er habe den Feldzug nach Rußland mitgemacht, und beim Übergange über die Beresina habe er dem Kaiser Napoleon den berühmten Hut, der ihm bei dem fürchterlichen Gedränge auf die Erde gefallen war, aufgehoben, wofür sich Napoleon bedankt habe mit »Merci, mon camarade!« Kurz darauf sei er selber auf der Brücke, die mit fortgeworfenen Waffen und allerhand Gerät bedeckt war, gestolpert, und eine Kanone habe ihm das linke Bein abgefahren. Während er diese Geschichte erzählte, spielte er auf seiner Drehorgel das damals so beliebte Lied »Denkst du daran, mein tapferer Lagienka?« Auf seinem verblichenen und geflickten Uniformrocke trug er eine blindgewordene Medaille aus Messingblech, von der er behauptete, es sei eine Denkmünze zur Erinnerung an den Übergang über die Beresina.

Meine Eltern haben den hölzernen Deuwel noch gekannt. Er war Düsseldorfs Straßenmusikant. Jeden Morgen zog er durch die Straßen der Altstadt und spielte neben dem »tapferen Lagienka« die Arie »Weiber, euch setzt die Zeit ein Ziel« aus der damals überall gespielten Oper »Das Geheimnis« von Solié. Verklungen und vergessen sind die Melodien, die unsere Eltern und Großeltern in Rührung und Begeisterung versetzten, und ich würde wohl niemals etwas von dem französischen Komponisten Solié und seiner Oper »Das Geheimnis« gehört haben, wenn der hölzerne Deuwel nicht so oft die Arie geleiert hätte, deren Melodie mein Vater behalten hatte. Er pfiff sie noch oft als alter Mann, und dann trällerte er vergnügt vor sich »Weiber, euch setzt die Zeit ein Ziel«. Aber danach seufzte er: »Ja, ja, ons all setzt de Ziet e Ziel. De eene froher, de angere später, mer kriege all dr Deckel op de Nas.«

Der hölzerne Deuwel hatte so schlechte Augen, daß er allmählich gar nichts mehr sehen konnte, und das bißchen Licht, das seine Augen noch aufnehmen konnten, verschluckte die blaue Brille, so daß er öfter gegen Menschen und Häuser lief. Er behauptete, die blendende Sonne auf den Schneefeldern Rußlands habe ihm die Sehkraft verdorben. Sein Regiment habe zwar aus Frankreich einen ganzen Wagen Schneebrillen mitgeführt, aber auf dem Rückzuge hätten die Kosaken den Wagen geplündert und sich die Schneebrillen, eine an die andere geknüpft, als Ketten um den Hals gehängt. Die Kosaken seien ganz versessen auf die Schneebrillen gewesen und hätten sich gefreut wie Kinder, wenn sie die ganze Welt durch die Brillen plötzlich blau sahen.

Der hölzerne Deuwel konnte diese Geschichte so anschaulich erzählen, daß man ihm glaubte. Dabei war alles erfunden und pure Phantasie. Denn er hätte den russischen Feldzug als Säugling mitmachen müssen. Aber er hatte sich in die Vorstellung, dies alles miterlebt zu haben, so hineingesteigert, daß er es schließlich selbst glaubte. Und in dem Glauben, ein Soldat der »Grande armee« gewesen zu sein, ist der hölzerne Deuwel gestorben.

Der schäle Ludewig

Im Historischen Museum hängt ein Ölbild von ihm. Danach muß er ein ganz kurioser Kerl gewesen sein. Er trug einen alten, grauen, hohen Biedermeierzylinder und einen blauen Frack, eine braune Hose, die in Harmonikafalten auf die Schuhe fiel, von denen einer groß genug für seine beiden Füße gewesen wäre. Ein rotes Halstuch fiel in zwei Zipfeln auf die Weste. So stand er täglich, seine langen Hände über dem Bauch gekreuzt, vor dem Breidenbacher Hof und wartete auf irgendeine Gelegenheitsarbeit. Stundenlang stand er so mit schiefgeneigtem Kopfe und sah aus wie eine buntkostümierte Puppe. Er war scheel, aber so scheel, daß, wenn er noch ein wenig scheeler gewesen wäre, er wieder richtig dreingeschaut hätte. Und dies ungeheure Schielen wurde noch unterstrichen von einem ständigen stupiden Grinsen.

Es ging vom schälen Ludewig die Sage, daß sein Vater ein vornehmer Herr gewesen sei und seine Mutter ein Malermodellchen. Wenn das sich so verhielt, dann verdankte er sicher seiner Mutter die Vorliebe für bunte Farben. Wenn man ihn fragte: »Ludewig, wor di Vatter och schäl?« dann antwortete er mit ärgerlichem Staunen: »Wieso? Ben ich denn schäl?« Es versteht sich, daß die Düsseldorfer Schautemänner ihm bei jeder Gelegenheit diese Frage stellten, um bei seiner Antwort in ein gröhlendes Gelächter auszubrechen.

Der schäle Ludewig behauptete, er sei zu allem zu gebrauchen, vor keiner Arbeit mache er sich bange, nichts sei ihm zuviel. Aber wenn man ihm einen Auftrag geben wollte, dann fand er meist immer eine Ausrede. Zum Beispiel: Holzhacken.

»Tja, Holzhacke? Leewe Mann, dat deht ich jo för mi Lewe jän. Schon als klee Kenk es Holzhacke en Liebhaberei för mich gewese. Äwer kickt ens, leewe Mann, do ben ich doch ze bang, dat ich mich mine jode Aanzog verrongeneer. Wenn Ehr äwer e anger Stock Arbet för mich hat – ich ben för alles zu bruche.«

Oder wenn man ihn bat, er möchte kommen und die verstopfte Dachrinne auskehren, dann sagte er:

»Tja, leev Frau, de Kall kehre? Hm, dat es jo eigentlich bloß ene Aantaß för mich. Dat et nit dr Möh weht. Äwer bowe om Dach? Leev Frauke, nehmt et mich nit för öwel – wenn ich de Jöß kehre sollt, jetz op de Stell! Äwer de Kall bowe om Dach? Hau, nee, ich wed eso rasch schwindelig. On wat wör mich dat jet, wenn ich eraffeel on d'r Hals breche deht! Nee, Frauke, die Verantwortung könnt Ehr nit op Öch nehme. Lommer et leewer sin loße.«

Oder wenn er einem Reisenden den Koffer tragen sollte, dann wiegte er sich mit schmerzverzogenem Gesicht hin und her und sagte weinerlich:

»Leewe Moßjö, Koffer drage? No sid mich nit bös, wenn ich nee sag. Mi Vatter selig wor onglöcklijerwies ene feine Här, on dem han ich et zu verdanke, dat ich eso fein geknöcht ben. Fönf Minute de Koffer op de Scholder, on ich wör wondgeschurt bis op de Knoche. Also nix för onjot, Moßjö, ich ben söns zu alle Deenste parat.«

Auf diese Art drückte er sich an jeder Arbeit vorbei, und es hat ihn auch noch niemand etwas anders tun sehen, als am Breidenbacher Hof stehen und auf eine Gelegenheitsarbeit warten. Freilich war ihm die Gelegenheit zur Arbeit niemals passend. Da er aber doch wie jeder Sterbliche essen und trinken mußte, so entstand das Gerücht, daß er einen vornehmen Herrn zum Vater hätte, der ihn heimlich unterstützte. Vielleicht war es wirklich so, denn vom himmlischen Tau konnte er schließlich nicht leben.

Der Schmitze Andrees

Er war Anstreicher und Dekorationsmaler und tüchtig in seinem Fache. Aber er trank während der Arbeit zuviel Ingwer und spanischen Bittern, so daß er oft die Farben nicht mehr unterscheiden konnte und schwarz malte, was weiß werden sollte. Er war ein springlebendiger Kerl, hatte buschiges, blondes Haar, das zwar schon ganz grau war, als ich ihn kennenlernte, und einen Schnurrbart, dessen gewichste Spitzen über beide Seiten des Gesichts hinausragten. Unter einem Umlegekragen trug er eine blaue, flatternde Seidenschleife. So sah er aus wie das Urbild des »Düsseldorfer Mölers«. Aber er hatte O-Beine, und das war der Kummer seines Lebens. Sonst war er ein Optimist, den nichts aus seiner heiteren Laune bringen konnte. Auch als ihm schließlich die Kundschaft wegblieb, weil sie sich nicht über seine Unzuverlässigkeit und seinen ständigen Schnapsdusel ärgern wollte, verlor er seinen heitern Sinn nicht, der viel mehr auf Eulenspiegeleien aus war als auf anständige Anstreicherarbeit. So ging es rasch mit ihm bergab, und schließlich war er zum »Original« geworden. Was er noch verdiente, setzte er in Schnaps um, und da er so nichts mehr übrig behielt, um die Materialhändler zu bezahlen, wäre es mit seiner Anstreicherei zu Ende gewesen, wenn ihm nicht sein erfinderischer Witz immer einen Ausweg gezeigt hätte. Als ihm die Materialisten – so nannte man früher die Drogisten – kein Leinöl mehr auf Pump gaben, ging er einfach zum nächsten Spezereihändler und pumpte sich bei dem eine Kanne Rüböl.

Seine letzte größere Arbeit war die Ausmalung einer kleinen Dorfkirche in der Nachbarschaft von Düsseldorf. Er verstand es nämlich sehr gut, den geistlichen Herren mit dem frömmsten Gesicht Brei ums Maul zu schmieren, und er hatte dem Herrn Pfarrer in die Hand versprochen, daß er die Kirche in ein Schmuckkästchen verwandeln wollte. Das Gesims mußte er neu in Ölfarbe streichen. Die Farbe ist heute noch nicht trocken, denn der Schmitze Andrees hatte sie mit Rüböl angerührt. Die Kirchendecke malte er himmelblau, und damit die Bauern glaubten, das Firmament spanne sich über ihre Andacht, heftete er an diese blaue Decke goldene große und kleine Sterne. Da er aber das dazu nötige echte Plattgold nirgends mehr auf Kredit bekam, kaufte er sich in einer Papierhandlung gewöhnliches Goldpapier. Daraus schnitt er die Sterne und klebte sie mit Mehlpapp an die blaue Decke. Das wäre alles sehr schön gewesen, wenn es ein Effekt nur für einige Tage hätte sein sollen, aber es sollte doch sozusagen für die Ewigkeit sein. Das taten die angeklebten Sterne nicht mit. Während des Gottesdienstes, wenn die Orgel brauste und aus den Bauernkehlen der Lobgesang dröhnte, löste sich infolge der Lufterschütterung ein goldener Stern nach dem andern und flatterte mitten unter die erstaunte Gemeinde.

Das letzte Mal sah ich ihn in einer kleinen Wirtschaft der Altstadt. Er war angetrunken; ein Wohltäter hatte ihm traktiert. Er stand am Tische, fuchtelte mit gespreizten Händen in der Luft herum, sein immer noch steifgewichster Schnurrbart wippte auf und ab, seine Nase und Backen glühten, die grauen Augen funkelten.

»Ja«, rief er, »woher kömmt et denn, frog ich, dat mer keen Kuns mieh hant, die d'r gewöhnliche Mann verstonn kann? Weil se nix könne! We kann denn hüt noch marmereere on masere on laseere?

Ich könnt sibbenondreißig Sorte Marmor mole, on dat wor eso gemolt, sag ich Och, dat et sich sogar kalt wie richtige Marmor aangeföllt hat. On wenn ich Holz gemasert han, dann wor dat eso echt, dat de gemennt häs, du kanns dat Holz rüche. We kann dat noch? Ich han et gekonnt! On wenn ich emol onger de Ehd ben on et gövt wat ze marmoreere oder ze masere, dann heescht et: Och, hädde mer noch d'r Schmitze Andrees!«

Broder Lorenz
Broder Lorenz war Straßensänger und Akrobat dazu. In seinem langen Mantel und mit seiner Ziehharmonika, die nur drei richtige Töne hatte, ging er durch die Straßen und sang nur ein einziges Lied. Es hatte den Vorzug der Kürze und lautete: »Broder Lorenz, levs du noch?« Wenn er gute Laune hatte, produzierte er sich dazu als Akrobat. Da ließ er sich hinfallen, trampelte mit den Beinen, wobei seine Ziehharmonika mit ihren drei Tönen Begleitmusik machte.

Noch eine ganze Reihe Originale sehe ich vor mir aufmarschieren. Da kommt der *Professor Lewerwoosch,* dessen Lieblingsspeise gewöhnliche Leberwurst war, von der er immer ein Stück, in fettiges Zeitungspapier eingewickelt, in der Rockschoßtasche trug, oft platt gedrückt, weil er sich draufsetzte. Er erteilte der Düsseldorfer Jugend französischen Sprachunterricht. Es war zwar ein seltsames Französisch, denn er sprach es westfälisch aus.

Ich habe auch noch den *iesere Wellem* gekannt, der Sommer und Winter an den Straßenecken stand und aufgelesene Zigarrenstummel rauchte, wobei er abwechselnd das rechte und das linke Bein hob.

Vom *Pieferöhr* erinnere ich mich, daß, wenn er über die Straße ging, das zerkaute Mundstück seiner Pfeife aus seiner Rockschoßtasche hervorguckte. Die Kinder liefen ihm nach und verstopften ihm das Pfeifenrohr mit dünnen Hölzchen, so daß er sich die Lunge aus dem Leibe sog, wenn er rauchen wollte.

Da war noch *et Zenze Möhrke.* Man nannte den

kleinen Kerl Möhrke, weil er vor Dreck so schwarz war wie ein Mohr und sich nur dann wusch, wenn er vor Schmutz nicht mehr aus den Augen sehen konnte.

Der *Knoche-Bätes* war Knochen- und Lumpensammler. Seine Wohnung hatte er auf der früheren Golzheimer Insel, wo in eine sogenannte Kulle die Düsseldorfer ihre Abfälle hineinwarfen, vor allem das alte Stroh aus den Bettstrohsäcken. Der Knoche-Bätes kroch unter dieses Stroh und schlief auch im schärfsten Winter warm. Die unzähligen Flöhe störten ihn nicht. Bloß einmal wurde es ihm doch zu warm unter dem Stroh, als nämlich die Jungen es zu einem Feuerchen angezündet hatten, ohne zu wissen, daß der Knoche-Bätes darunter lag und schlief.

In den vierziger Jahren des vorigen Jahrhunderts hieß ein Original *Jöck de Neun.* Das war ein alter Mann, der auf der Ritterstraße mehrere Häuser besaß, die er von seinen Ersparnissen gekauft hatte. Er ging auf Kirmessen, stellte ein Tischchen auf und ließ die Leute auf Karten setzen. Er hatte ein Kartenglücksspiel, bei dem die Neun eine große Rolle spielte. Die Neun konnte man besonders kaufen. Hatte er noch eine Neun in der Hand, so rief er: »We well noch die Neun? Wem jöckt die Neun?« Daher sein Spitzname.

Et Männeke lief vor vielleicht zwanzig Jahren herum, die Kinder hinter ihm drein. Er sah selbst aus wie ein Kind mit einem alten Kopf. Die Kleinen zerrten ihn am Überzieher und riefen: »Männeke! Männeke!« Dann fing er an zu weinen, daß ihm das Wasser aus Augen und Nase lief.

Von den übrigen weiß ich bloß die Namen. Aber vielleicht kann mir einer meiner Leser etwas erzählen vom *Wullemann Woosch*, vom *Schneiderlein*, vom *Seef, gev mich ene Butz*, vom *Wauwau*, vom *Haleluja*, vom *schönen Franziska*, vom *rode Funk*, vom *Berliner*, vom *Polwerkopp*. Sie sind alle mit dem alten, gemütlichen Düsseldorf dahingegangen, nur die Düsseldorfer Radschläger nicht, die man auch zu den Düsseldorfer Originalen rechnen muß. Wie alt ihr Spottname ist, beweist die Sage, daß die Düsseldorfer Jungen den Grafen Adolf von Berg nach der siegreichen Schlacht bei Worringen am 14. August 1288 mit Radschlagen in dem damaligen Dörfchen an der Düssel empfangen haben sollen.

Von Beurtschiffern und Sackträgern

»We weeß, wie et op de End ussüht, wenn ons kee Knöckske mieh wieh deht«, pflegte mein Vater öfter zu sagen. Er hatte noch das kleine Düsseldorf der vierziger Jahre gekannt, als die Pumpen noch auf den Straßen standen und die Stadttore abends um zehn Uhr im Sommer und um neun im Winter geschlossen wurden. Er blieb immer in maßlosem Staunen vor einer Dampfmaschine stehen, und als – ich glaube, es war im Jahre 1901 – bei der ersten großen Wettfahrt Paris–Berlin das erste Rennauto von Heerdt aus nach Düsseldorf kam und als ein plumpes, graues Etwas an uns vorbeiknallte, konnte er in der ersten halben Stunde kein Wort sprechen, so ergriffen war er. Nachher murmelte er vor sich hin: »Der menschliche Geist!«

Umgekehrt wäre es für uns, die wir uns über nichts mehr wundern, sehr schwer, uns zurückzuversetzen in die Zeiten, als das Pferd noch das schnellste Beförderungsmittel war, in die Zeiten, da eine Fahrt beispielsweise mit einem Beurtschiff von Düsseldorf nach Köln noch zweieinhalb Tage dauerte, vorausgesetzt, daß das Schiff jeden Tag zwölf Stunden unterwegs war. Im Winter dauerte die Fahrt bedeutend länger. Im Historischen Museum steht das Modell eines alten rheinischen Beurtschiff es, wie es in früheren Jahrhunderten den Personen- und Warenverkehr auf dem Rhein vermittelte. Solche Beurtschiffe wurden von sechs bis zwanzig Pferden, je nach Größe und Ladung, stromaufwärts »getreidelt«. Die Pferde, geführt von den Treidelknechten, gingen dabei in langsamem Schritt über den eigens am Ufer angelegten Treidelpfad. Ein solcher Treidelpfad hat sich noch am Rhein zwischen Kaiserswerth und Wittlaer erhalten. An der alten Stadtmauer von Kaiserswerth, an der Südecke der Stadt, sieht man heute noch die tiefen Rillen im Eckstein, die von den vorbeischeuernden Zugseilen hineingeschnitten worden sind. Die Beurtschiffahrt war nach einem besonderen Reglement geordnet. Dieses Reglement vom 1. Oktober 1703 hat – mit einigen für das Verständnis notwendigen Abschweifungen – folgenden Wortlaut:

»Erstlich soll keiner von den zwölfen, von einem ehrsamen, hochweisen Rat angeordneten Beurtfahrern einer dem andern seine Fahrt oder Bürt benehmen, viel weniger einiges Gut oder Waren heimlicherweise abhändig machen und in sein Haus oder anderswohin so lange bis zu seiner Bürt oder Fahrt einstellen lassen, sondern ein jeder seines Tages Bürt abwarten, auch auf die bestimmte Zeit und Stunde, nämlich von Ostern bis Michaelis um elf Uhr, bei Winterszeit aber um zehn Uhr, sobald die Stunde geschlagen und die Glocke geläutet hat, unverzüglich abfahren, der Nächstfolgende alsdann sein Schiff an dessen Platz stellen. Der Übertreter aber soll mit sechs Goldgulden bestraft werden.

Zweitens sollen dieselben sich mit einem guten, bedeckten Nachen, Bänken und dazugehörigem Geschirr jederzeit versehen, damit die Reisenden im Trocknen mögen akkomodiert werden und jede Person für zwölf Albus bei Vermeidung einer Strafe von zwei Goldgulden abfahren, damit auf den Abend bei guter Zeit die reisenden Leute (Ungewitters oder anderer Ungelegenheit halber) in die Stadt kommen können, und, falls einige kauf- oder wegfertige Leute sich bei ihnen angeben würden, so allein von ihnen fortgeholfen oder gefahren sein wollten, sollen sie dieselben ungesäumt verhülflich sein.

Drittens: Sollte sich zutragen, daß einer wegen Leibesschwachheit oder anderer Ursachen, wann die Bürt oder Fahrt an ihn kommen würde, selbiger aber in eigener Person nicht tun könne, so soll ein solcher einen anderen, der in der Fahrt der Nächstfolgende ist, nicht aber einen fremden und unqualifizierten dazu auffordern unter Straf von vier Goldgulden.

Viertens: Sollen die in der Düsseldorfer Fahrt begriffenen zwölf Schiffleute alle Jahre durch den Gaffeldiener in dero Schiffmengerzunft ex commissione zeitlicher Herren Wahlherren und Bannerherren auf eine gewisse Zeit zitiert und eingeladen werden und vermöge der von einem ehrsamen und hochweisen Rat in Gnaden mitgeteilter Ordnung zu losen, auf daß ein jeder seine Bürt wisse.

Approbatum in senatu, den 1. octobris 1703.«

Der Kurfürst Philipp Wilhelm richtete vor 1676 eine Schiffsverbindung von Düsseldorf nach Amsterdam ein, die von sechs Schiffen betrieben wurde. Um diesen Schiffern das nötige Frachtgut zu verschaffen, untersagte der Kurfürst einfach den Kaufleuten in Solingen und Elberfeld bei strenger Strafe, ihre Waren nach Duisburg oder Wesel selbst zu verfrachten. Aber trotz dieser harten Maßregel konnte sich die Verbindung nicht halten, weil sie von den Duisburger Beurtschiffern, die schon lange zwischen Duisburg und Nimwegen den Rhein befahren, mit allen Mitteln der Konkurrenz bekämpft wurde.

Johann Wilhelm erteilte 1695 dem Arnd Ingenohl und Heinrich Schakel die Konzession für ein Marktschiff nach Nimwegen, das jeden Donnerstag abgehen sollte. Seit 1706 fuhr ein »Meßschiff« nach Frankfurt, das, wie sein Name sagt, Kaufleute und Waren aus dem Bergischen zu den Frankfurter Messen im März und

August beförderte. Diese Konzession besaßen von 1720 bis 1820 die Düsseldorfer Familien van Deill, Croeff und Heubes. Die Familie Heubes hatte die Konzession über hundert Jahre. Das Löschen der Beurt- und Meßschiffe besorgten die Sackträger, die Päckelchesträger und die Kohlenschürger. Sackträger waren in zunftähnlichen Verbänden organisiert, die ihre Zahl beschränkten und keine Vermehrung duldeten. Es gab eine besondere Gruppe der Sackträger für die Altstadt und für die Neustadt. Starb ein Sackträger, so mußte der neue der Witwe seines Vorgängers ein Drittel seines Verdienstes abgeben. Meist heiratete er dann die Witwe, weil er sich so billiger stand.

Die Sackträger waren berüchtigt wegen ihrer Grobheit und Streitlust. Ein Bericht aus der damaligen Zeit beklagt sich über ihre »unausstehliche Grobheit und fortwährendes Schelten«.

Wie in jeder mittelalterlichen Stadt, so gab es auch in dem kleinen Düsseldorf eine Reihe Zünfte. Von der Zunft der Tuchweber erhalten wir schon Kunde aus der Zeit des Herzogs Gerhard, der 1449 zwei Walkmühlen an die Stadt verpachtete. Die Wollenweber und Gewandschneider bildeten in späterer Zeit die bedeutendste Zunft der Stadt. Im Jahre 1473 erhielt die Schuhmacherzunft ihre Ordnung. Die Privilegien der Schreiner und Schneider stammen aus dem Jahre 1561, und im Jahre 1622 wird die Zunft der Bäcker vom Bürgermeister, den Schöffen und dem Rat der Stadt bestätigt. Im Jahre 1632 zählte man in Düsseldorf etwa 120 Handwerker. Die im Jahre 1706 herausgegebene Polizei- und Taxordnung erstreckte sich auch auf eine Neuordnung und Neubestätigung der Zünfte. Es wird den Kauf- und Handwerksleuten vorgeworfen, daß sie ihre »War und verfertigte Arbeit oder Lohn nach eigenem Wohlgefallen und Belieben taxieret und fast tagtäglich zu nicht geringem Beschwer des allgemeinen Wesens gesteigert« hätten. In den Jahren 1707 bis 1709 wurden die Privilegien der Bäcker, Wollengewandschneider und Tuchweber, Schuhmacher, Schneider, Leinenweber, Maurer, Steinmacher, Leiendecker, Pliesterer und Weißbinder, Schreiner, Zimmerleute, Gold- und Silberschmiede von Jan Wellm bestätigt. 1714 bildeten die ursprünglich zu der Bäckerzunft gehörigen Brauer eine besondere Zunft. Im Jahre 1769 kam eine Chirurgenzunft auf und eine Schmiedezunft, die aber Huf-, Waffen-, Messer-, Büchsenschmiede, Schwertfeger, Sporenmacher und Kesselschmiede in sich einschloß. Kurfürst Maximilian Josef errichtete 1799 noch eine Zunft der Faßbinder. Eine besondere Zunft der Düsseldorfer Sackträger gab es zwar nicht, aber in den Jahren 1799 bis 1804 kamen Verordnungen heraus, die einen Lohntarif für die Karrenbinder, Salz-, Brot- und Packträger zum Gegenstande hatten. In diesen Verordnungen wurden hauptsächlich die Packträger ermahnt, sich gebührlich gegen das Publikum zu benehmen.

Die Sackträger, von denen ich die letzten noch gekannt habe, bildeten eine besondere Gesellschaftsklasse für sich und waren stolz darauf. Sie wollten respektiert sein und duldeten keine Mißachtung. Ein schiefer

Blick genügte, und sie lösten den Leibriemen, um damit loszuschlagen. Es waren große, starke Kerle. Sie wiegten sich in den Hüften, wenn sie über die Straße gingen. Das kam von dem wippenden Gangbord, das von dem Werft auf das Schiff führte. Um auf diesem federnden Brett das Gleichgewicht beim schnellen Darüberlaufen zu behalten, mußten sie sich in den Hüften wiegen. Ich habe als Junge stundenlang am Rhein gestanden und zugesehen, wie die Sackträger Zement, Reis, Kaffee, Salz aus dem Schiff an Land trugen. Es ging unglaublich schnell. Mit einem Ruck warf der Sackträger einen zentnerschweren Sack auf die Schulter, kletterte die Leiter aus dem Schiffsbauch herauf und lief über das Gangbord, einer hinter dem andern. Zwei Bretter lagen zwischen Schiff und Werft, das eine zum Hin-, das andere zum Herlaufen. Täglich arbeiteten die Sackträger zehn Stunden. Im Winter, wenn es nichts zu löschen gab, betätigten sich die Sackträger als »Deuklub«. Bei niedrigem Wasserstande nämlich lag die Mitte der Schiffbrücke ganz tief, die beiden Enden aber gingen steil zum Ufer hinauf. Und so konnten die Pferde die Wagen und Karren nicht allein ziehen. Da »deuten« dann die Sackträger hinten nach. Dafür bekamen sie ein paar Groschen. Der Befehlshaber dieses Deuklubs war der dicke Limbach. In einem hölzernen Häuschen am Zolltore saß der Brükkengeldempfänger und nahm die zwei Pfennige Brükkengeld entgegen. Manches Pfennigstück fiel vom Zahlbrett herunter und verschwand durch die Ritzen im Fußboden. Das wußten die Mitglieder des Deuklubs, und als im Jahre 1898, nachdem die feste Rheinbrücke am 20. November dem Verkehr übergeben worden war, die alte Brücke weggefahren wurde und mit ihr das Häuschen des Brückengeldempfängers, da nahm sich jeder Sackträger vor, die Pfennigstücke in dem Schmutz zwischen den Steinen auszugraben. Jeder hütete sein Geheimnis und sagte dem andern nichts von seiner Absicht. Am andern Morgen in der Frühe, als es noch dämmerte, schlich aus dem Zolltore der erste Sackträger und wollte auf die Stelle zugehen, wo das Häuschen gestanden hatte, da bog um die Ecke des Rheinörtchens der zweite, und der dritte schlenderte langsam vom Schloßturme her. Und schließlich waren alle Mitglieder des Deuklubs und Schatzgräber beisammen. Sie grinsten sich an, spuckten in den Rhein, und dann verzog sich wieder still einer nach dem andern. Am anderen Morgen aber trafen sie sich wieder, aber eine Stunde früher; es war noch ganz düster. Da lachten sie und beschlossen, den Schatz redlich zu teilen. Sie fingen mit den Fingern an zu kratzen, und sie kratzten so lange, bis die Steine wackelten, aber auch nicht einen einzigen Pfennig fanden sie. »Do es schon esone Spetzbov dogewese!« schimpften sie. Am Tage vorher nämlich hatte ein Junge ein Pfennigstück da gefunden und bald auch ein zweites. Er hatte seine Spielkameraden herbeigerufen, und so war der Schatz schon gehoben worden.

Der letzte Sackträger, der Moppe Dores, genannt Eisenstark, lief in meiner Kinderzeit als Eckensteher umher. Meist hatte er zu viel getrunken. Er war, wie sein Spitzname sagt, in seiner besten Zeit der stärkste seiner Zunftgenossen. Einen Rest seiner ehemaligen Kraft habe ich einmal am eigenen Leibe verspürt. Mit einem Schulkameraden hänselte ich ihn, bis er sich plötzlich umdrehte und mich, der ich nicht so rasch weglaufen konnte, packte und wie einen Sack in die Höhe warf und wieder auffing, und das so ein paarmal machte, während ich vor Angst brüllte.

Die Residenz

Nur alte Düsseldorfer wissen, wo die Residenz in der Mühlenstraße gewesen ist. Für andere Leute hieß das Gebäude, von dem hier die Rede ist, Regierungspräsidialgebäude. Im September 1910 war großer Umzug der Regierungsaktenbündel und -tintenfässer. Die weite Flucht der Zimmer war verödet, und die Schritte hallten auf dem knarrenden Parkettboden. Der Regierungspräsident hatte eine königliche Wohnung, wenn sie auch für unseren heutigen Geschmack vielleicht bescheiden zu nennen war. Unter unserem kleinen Sonnenkönig Jan Wellm wäre die »Residenz« ja auch wohl pompöser ausgefallen, aber sie ist unter der Regierung des Kurfürsten Karl Theodor (1742 bis 1799) von seinem sparsamen Statthalter, dem um Düsseldorf so verdienstvollen Grafen von Goltstein, erbaut worden. An Stelle des Präsidialgebäudes und des großen Gartens standen früher mehrere Stadthäuser, die im Jahre 1748 zur Anlage des kurfürstlichen Marstalls abgerissen wurden. Neben dem alten Marstall lag das kurfürstliche Opernhaus. Im Jahre 1766 wurden sämtliche zwischen Mühlen- und Neubrückstraße stehenden Häuser zur Erweiterung des Marstalls, zur Erbauung und zur Anlage des großen Gartens niedergerissen. Dieser Garten stieß im Norden bis an das damalige Kloster der Coelestinerinnen in der Ratinger Straße.

Die Residenz hat die bewegteste Zeit der Düsseldorfer Geschichte erlebt. Ein Vierteljahrhundert nach ihrer Erbauung kam der lärmende Schwarm der französischen Revolutionshelden, um auch unserer Gegend Freiheit, Gleichheit und Brüderlichkeit mit Gewalt beizubringen. Am 3. Oktober des Jahres 1794 rückte das Revolutionsheer, das die Österreicher aus ihren Stellungen an der Roer verdrängt und ihnen keine Zeit zur Deckung des linken Rheinufers gelassen hatte, in die Nähe von Neuß vor und ließ das linke Ufer durch eine Vorhut widerstandslos besetzen. Als am Tage darauf die Österreicher sich besannen, da war es natürlich zu spät. Aber sie feuerten trotzdem zwei oder drei tapfere Schüsse auf den Feind ab, töteten dabei einen Kapitän und verwundeten mehrere Soldaten. Die Franzosen jedoch nahmen ihnen das sehr übel, und die unschuldige Stadt Düsseldorf mußte es schwer büßen. General Bernadotte, der spätere König von Schweden, ließ auf »de angere Sit« Geschütze gegen die Stadt auffahren. In der Nacht vom 5. zum 6. Oktober, abends elf Uhr, wurde das Bombardement eröffnet. Es dauerte nicht lange, und das alte Schloß, der kurfürstliche Marstall in der Mühlenstraße, das Kloster der Coelestinerinnen und ein paar Dutzend Privathäuser standen in Flammen. Die Kanonenkugeln und Brandgeschosse fielen so dicht, daß die armen Düsseldorfer sich in den Kellern verkriechen oder mit ihren Siebensachen nach Derendorf oder Pempelfort laufen mußten. Keiner dachte an Löschen, und so verbrannten im kurfürstlichen Schlosse alle kurz vorher angeschafften kostbaren Möbelstücke und viele herrliche Gemälde. Der Verlust an Möbeln und Gemälden wurde auf etwa 280.000 Taler geschätzt, und beinahe wäre sogar auch die herrliche Gemäldegalerie Jan Wellms untergegangen. Im letzten Augenblicke, die ersten Brandgeschosse zündeten schon im Schlosse, fuhren die Karren mit den Gemälden aus der Stadt. Die tapferen Kurpfälzer jedoch und die Österreicher stürzten sich, ohne der niederfallenden Geschosse zu achten, wieder in die Stadt, um zu – plündern! Sie erbrachen die Landrentmeisterei im Schlosse und die Oberkellerei in der Liefergasse und stahlen an Geld, was sie fanden. Es war nicht viel, kaum 3000 Taler. Aber im Schloßkeller lagen 63 Ohm Wein, und während oben im Schlosse die Flammen prasselten und die Balken niederstürzten, zerschlugen unten im Keller Pfälzer und Österreicher die Böden an den Fässern, und was sie nicht mehr in den Schlund schütten konnten, ließen sie in den Keller laufen. Bis an die Knöchel wateten sie darin herum.

Bei der großen Beschießung der Stadt war allein das damalige Präsidialgebäude unbeschädigt geblieben, und jetzt kamen für das ehrwürdige Haus glanzvolle Zeiten, aus denen auch noch sein Name »Residenz« stammt. Im Jahre 1799 starb der Kurfürst Karl Theodor, nachdem er 57 Jahre lang sein rundes Bäuchlein auf dem Throne gepflegt hatte. Sein Nachfolger wurde, weil Karl Theodor keine legitimen Kinder hatte, Maximilian Josef aus der Linie Pfalz-Zweibrücken. Als seinen Statthalter schickte er seinen Vetter, den Herzog Wilhelm in Bayern, nach Düsseldorf, und so erhielt die alte Residenz nach beinahe hundert Jahren endlich wieder einen Hof. Herzog Wilhelm nämlich residierte hauptsächlich in dem beim Bombardement verschont gebliebenen »Corps de Logis«, wie damals das Präsidialgebäude genannt wurde. Der Hof war zwar bescheiden, und der Statthalter Herzog Wilhelm machte sich mehr mit seiner persönlichen Liebenswürdigkeit und Biederkeit beim Volke beliebt als mit herrschermäßigem Auftreten. Aber die Düsseldorfer hatten doch wenigstens wieder einen Hof in ihren Mauern.

Ein paar Jahre später, und der Prunk des ersten französischen Kaiserreichs bestrahlte die Residenz. Kaiser Napoleon hatte im Jahre 1806 den Kurfürsten Maximilian Josef zum Danke für geleistete Kriegsdienste zum König von Bayern erhoben, ihm dafür aber das Herzogtum Berg abgenommen. Dieses machte Napoleon mit Kleve zum Großherzogtum Berg und ernannte seinen Schwager Joachim Murat zum Großherzog. Die Düsseldorfer mußten die bayrischen Fahnen, die sie gerade zur Feier der Erhöhung ihres Landesherrn hinausgehängt hatten, wieder hereinziehen und dafür mit französischen ihre Häuser schmücken. Am 24. März 1806 verkündete eine Artilleriesalve den Bewohnern von Düsseldorf den feierlichen Einzug ihres neuen Landesherrn. Er kam im Wagen am alten Berger Tore an, wo der Magistrat ihm die Schlüssel der Stadt und einen guten Trunk überreichte. Die Glocken aller Kirchen läuteten dazu, und die Geistlichkeit im vollen Ornat hatte sich in der Citadellstraße aufgestellt. Der Zug ging nach der »Residenz«, an deren Tor der neue Großherzog von den Landständen und den Zivilbehörden empfangen wurde.

Im großen Saale der Residenz entwickelte Joachim Murat mit der Schnelligkeit, die man bei dem verwegenen Reiter gewöhnt war, sein ganzes Regierungsprogramm, das den Düsseldorfern sehr imponierte. Aber Murat hat es nie ausführen können, weil ihn Napoleon zwei Jahre später auf den Königsthron von Neapel und Sizilien setzte, ob er wollte oder nicht. Die kurze Regierungszeit Joachim Murats war für Düsseldorf und die »Residenz« eine Periode des Glanzes. Murat war für Prunk und Pracht, und die Düsseldorfer sahen ihn an jedem Sonn- und Feiertage mit einem Straußenfederbarett, kostbarer Spitzenkrause und einem von Gold und Steinen blitzenden Kostüm nach der Jesuitenkirche zur Messe gehen.

Der neue Herrscher des Großherzogtums Berg, der fünf Jahre alte Prinz Louis Napoleon, der älteste Sohn des Königs Ludwig von Holland, der Bruder des nachmaligen Kaisers Napoleon III., hat sein Land, erst recht seine Hauptstadt, nie gesehen. In der Residenz auf der Mühlenstraße wohnte der kaiserliche Kommissär Graf Beugnot, der sich über den schlechten Zustand seiner Wohnung oft beklagt hat. Sie genügte nach seiner Meinung nicht einmal den bescheidenen Ansprüchen einer Bürgerwohnung. Überall seien Öfen gewesen, die den Kopf erhitzten, ohne wirklich das Zimmer zu wärmen, Fensterscheiben, die kaum das Licht durchließen, große, schlechtverbundene Türen, die der Kälte Zutritt gewährten, verfallene Plafonds und Parketts und alte, verschlissene Möbel. Die Residenz war jedenfalls nicht würdig, den großen Kaiser bei seinem Besuch in Düsseldorf zu beherbergen. Napoleon residierte im Jägerhof, der aber auch noch nicht seinen Ansprüchen genügte. Als Düsseldorf preußisch geworden war, wurde die Residenz zur Wohnung des Regierungspräsidenten bestimmt, was sie seitdem und bis zu ihrem Abbruch geblieben ist.

Die weiten Räume der Residenz im ersten und zweiten Stock standen nach dem Auszuge der Regierung leer. Durch die hohen Fenster mit den zurückgeklappten Läden schien die Sonne und spiegelte sich in den blanken Parkettböden. Die Zimmer an sich boten nichts Besonderes. Man hatte aber das Bewußtsein, durch historische Räume zu wandern. Im westlichen Flügel lag vor dem Hauptsaale ein Zimmer, in dem Kaiser Wilhelm I. mehrere Tage gewohnt haben soll. Eine Holztreppe mit schwerem Säulengeländer und eine breite Steintreppe in dem großen, lichterfüllten Treppenhause verbanden die Stockwerke miteinander. Oben am Giebel konnte man noch die Jahreszahl 1766 lesen. Zwei Pferde galoppierten über geballte Wolken, aus den Monogrammen entzifferte man C. T. und A. E., das heißt Karl Theodor und Elisabeth Augusta. Über dem Tor hing ein Löwenfell mit Tatzen. Darüber stand der Kurfürstenhut. Der Giebel befindet sich heute im Hofe des Amtsgerichts.

Der Garten hatte einige stimmungsvolle Eckchen und verschwiegene Wege. Eine kleine Fontäne glitzerte in der Sonne, und unter den Füßen raschelte das gelbe Laub der hohen Buchen. Eine Spielwiese war von mächtigen alten Linden, Ahornbäumen und Pappeln umschlossen. Etliche verkrüppelte Obstbäume standen dazwischen und drei oder vier Rosenstöcke. In der Mitte des Gartens war eine Grotte gebaut, die eine Steintreppe zur Düssel hinab versteckte. Über die hohen, geschwärzten Mauern schallte das Geräusch von der Neubrück-, Ratinger Straße und Liefergasse herüber. Die hellen, gekälkten Giebel und die roten Ziegeldächer der Altstadthäuser lugten durch das Laub der Bäume. Da, wo früher ein Ziergarten die Blumen zum Schmücken der Festtafel hervorbrachte, wucherte mannshohes Unkraut, und die Mauer bildete hier eine Ecke, die düster im Schatten lag. Die Anhöhe an der Ecke der Mühlen- und Neubrückstraße, wo die sechs Linden in die Straße hineinragten, hatte in der Revolutionsnacht vom 9. zum 10. Mai 1849 den schlimmsten Straßenkampf gesehen. Hier lagen nämlich die »Zarucks« und bestrichen den Grabbeplatz und die benachbarten Straßen. »Zarucks« nannte der Düsseldorfer Volkshumor die Polacken, die hier dienten und so wenig Deutsch verstanden, daß sie nicht »Zurück!« schreien konnten, ehe sie auf die Bürger schossen, sondern »Zaruck!«

Der Düsseldorfer Mostert

Mostert, richtigen echten Mostert gibt es nur in Düsseldorf. Seit Jahrhunderten ist er berühmt. Er hat den Namen der Stadt an der Düssel in Länder getragen, wohin er sonst nie gedrungen wäre. Sogar in China kann man Düsseldorfer Mostert in den bekannten grauen Steintöpfchen mit dem blauen Anker kaufen.

Der älteste Fabrikant wohnte vor etwa 170 Jahren auf der Ritterstraße in der »Stadt Venlo«, in dem im Jahre 1758 bei dem Bombardement der Stadt durch die Hannoveraner beschädigten, jetzt mit Nr. 30 bezeichneten Hause. Der Bürger Gottfried Esser verfertigte dort im Jahre 1773 »einen solchen Senf, nach hiesiger Landessprache Mostert genannt, welcher von vielen nicht allein gerühmt, sondern auch an weit entlegene Orte versendet wird, die Maß zu zwanzig Stüber«. Früher wird wohl in Düsseldorf kein guter Senf fabriziert worden sein, denn der Kurfürst Jan Wellm bezog seinen Senf aus Krems in Österreich. Nach dem wenige Jahre später eingetretenen Tode des Gottfried Esser, als das Haus 1777 an die Eheleute Karl Hedderich und Anna Margaretha Jobs verkauft wurde, mußte die Mostertfabrik ihren Sitz wechseln. Die Witwe Esser verkaufte den Mostert 1777 in der Neustraße im »Goldenen Römer«, jetzt Eckhaus Nr. 57, und etwas später in der Mertensgasse. Im September 1781, nach dem Tode der Witwe Esser, kam die »berühmte Senffabrik« erblich an den im alten Schlosse wohnenden Kastellan Bergrath, »welcher selbige nunmehro fortführt«, so zeigt er in den »Wöchentlichen Nachrichten« an. »Mit ächter und vorzüglicher guter Ware wird jedermann bei geneigtem Zuspruch in billigstem Preis versehen. Es ist aber durch Botten, welche bei ihm Senf zu nehmen die Order hatten, Unterschleif geschehen, indem sie solchen anderwärts genommen, welches Kenner jedoch leicht bemerken können. Um aber in Zukunft solches zu verhüten, wird jedem auswendigen, der in Quantität bei ihm höhlet, ein gedruckte Adreß von ihme mitgegeben werden, er empfehle sich dahero nochmalen bestens und verspricht accurate Bedienung.« Im März 1786 hatte er einer in Köln aufblühenden Konkurrenz entgegenzutreten. Er mußte mit Befremden im Kölnischen Staatsbooth lesen, »daß in der Schildergasse gegen die Kreuzgasse wahrer Düsseldorfer Mostert die Maß zu 16, 20 und 24 Stüber zu haben seye. Dieser Erdichtung thut derselbe hiermit widersprechen und Jedermann bekannt machen, daß er nirgend eine Niederlage habe, sondern bei ihm selbst hier im Churfürstlichen Schloß, gleich am Eingang wohnend, ächt und jederzeit die Maaß zu 24 Stüber zu bekommen wäre, wobei er auch Nachricht gibt, woran der ächte ohnverfälschte Düsseldorfer Mostert zu erkennen ist.« Der Mostert war also in zehn Jahren schon um vier Stüber aufgeschlagen. Ein Jahr nachher, im Januar 1787, verlegte Johann Cornelius Bergrath die Fabrik aus dem Schlosse nach der Andreasstraße in die »Stadt Cöln« in das Höffgenssche Haus, gegenüber der Jesuitenkirche. 1799 starb Johann Cornelius Bergrath, und sein Sohn Adam Bernard Bergrath übernahm im Jahre 1800 den Verkauf des »schon seit Jahren im In- und Auslande berühmt gewordenen echten Senf«. Er wohnte auf dem Burgplatze Nr. 3 wo er auch alle Sorten Siegellack und Oblaten, ferner brabäntische und inländische Spitzen, alle Arten Zeichen-, Schreibpapier und Schreibfedern verkaufte. Auch Bilderbogen, bemalt und unbemalt, waren auf dem Burgplatz bei Bergrath zu haben, der wegen seines verdrießlichen Gesichtes bekannt war, wenn die Kinder bei der Auswahl der Bilder mit Rücksicht auf ihre Pfennige zu große Sorgfalt anwendeten. Im Jahre 1817 zog Bergrath nach Burgplatz Nr. 15 in den »Zuckerhut« um. Seine Fabrik betrieb er nicht mit Pferde-, sondern mit Hundekräften. Später war es ein Esel, der das Göpelwerk trieb.

Um das Jahr 1850 war die Mostertfabrik von Bergrath auf der Flinger Straße 38 im »Goldenen Ring«, Ende der achtziger Jahre, nachdem sie in den Besitz von H. Ditges übergegangen war, auf der Schadowstraße 30.

Neben der Bergrathschen bestand seit 1826 noch eine andere Mostertfabrik in der Flinger Straße 59 »Zum Rosenbaum«. Sie gehörte einem H. Schiffer, der sie 1859 nach der Neustraße 22 verlegte. Diese Fabrik erbte Ludwig Mackenstein, der sie 1912 durch Verkauf in die Firma A. B. Bergrath aufgehen ließ. Unter der alten Firma A. B. Bergrath sei. Witwe, die heute noch besteht, war die Mostertmühle auf der Hunsrückenstraße 30 »Im goldenen Karpfen«.

Im Jahre 1920 verlegte der aus Metz stammende Otto Frenzel seine 1903 gegründete Senffabrik nach Düsseldorf, Himmelgeister Straße. Er brachte einen hellen, scharfen Senf auf den Markt, den sogenannten Löwensenf, der für die Düsseldorfer, die bisher nur ihren alten Mostert kannten, etwas Neues war. Sie gewöhnten sich aber bald an ihn und schätzen ihn ebenso wie ihren sozusagen historischen Mostert. Die Senffabrik von Frenzel ist heute die größte in Düsseldorf.

Es gibt heute in Düsseldorf eine ganze Reihe von Mostertfabriken. Wer aber den besten fabriziert, das kann man natürlich nicht sagen, weil es eben Geschmacksache ist. Die eine Fabrik nimmt zu seiner Bereitung scharfen, die andere milden Essig. Der alte, gute Düsseldorfer Mostert ist jedenfalls beißend scharf, hat einen wirklichen Wohlgeschmack und eine schöne braune Farbe. Sie entsteht durch Vermahlen holländischer Senfsaat mit der Schale. Wenn man zuviel nimmt, steigt er in die Nase, preßt einem Tränen aus den Augen und benimmt einem für Augenblicke den Atem.

In der Hauptsache wird Senfmehl und Essig zur Mostertbereitung genommen. Es kommen noch einige andere Gewürze dazu, aber die Fabriken wahren ängstlich ihr Geheimnis. Die eine setzt Zwiebel, Knoblauch, Nelkenpfeffer zu, die andere Kardamomen, Zimt, eine dritte Estragon, Zucker, Majoran, Ingwer, Fenchel.

Als kleiner Junge bin ich einmal in der Fabrik von Ditges auf der Schadowstraße gewesen. Ich erinnere mich noch, eine ganze Reihe von Holzbottichen gesehen zu haben, in denen der Senfbrei gemengt wurde. Aus einem Bottich lief der Brei in den andern Mahlgang und wurde auf diesem Wege immer feiner; ich glaube, es waren zwölf Bottiche oder Senfmühlen, wie man sie nennt. In der ganzen Fabrik roch es säuerlich, und die Schärfe des fertigen Mosterts stieg einem in die Nase.

Was sagt der Düsseldorfer Mostert von sich selbst?

Ich ben et, de Düsseldorf berühmt gemaht hät. Kölle hät sine Dom, Esse sine Krupp, äwer Düsseldorf hät sine Mostert. Wo gekocht Renkfleesch gegesse wöd, do ben ich bei, on wat wör Stockfesch ohne Mostertszauß oder ene halwe Hahn ohne e Klätschke Mostert? We mich nit kennt on mich frißt löffelwies wie Äzezupp, dem vergeht dr Odem. Ich ben nix för zarte Gemöter. We mich nit verdrage kann, de moß sich nit wondere, dat' em de Oge öwergont, wenn ich 'em op de Zong koom. Mer süht et manch eenem nit aan, wat en 'em es. Dröm moß mer mich met Vörsicht on Verstand geneeße.

Winter in der Altstadt

Wenn man den alten Leuten glauben will, lag in früheren Jahrzehnten der Schnee monatelang in den Straßen. Die Jugend vergnügte sich auf der Landskrone und auf dem Lohpohl mit langen Schleifbahnen. Lohpohl ist der Teich hinter dem Schwanenspiegel. Lohpohl heißt oder hieß er, weil er die Abwässer der Lohgerberei in der Reichsstraße aufnahm. Ich selber habe mit meinen Schulkameraden solche Schleifbahnen in den »Gössen« gemacht, die damals jede Straße einsäumten. Man konnte zum Beispiel die abschüssige Mittelstraße, ohne viel Anlauf zu nehmen, bis in die Kapuzinergasse in der Göß hinabgleiten. Angst vor der Straßenbahn oder vor Autos brauchte man damals nicht zu haben. Und kamen sogenannte Bolderwagen oder Geschäftskarren um die Ecke, dann hatte man immer noch viel Zeit auszuweichen, denn die Wagen fuhren nicht schnell. Was ging denn damals überhaupt schnell? Man nahm sich für alles Zeit, denn von diesem heute anscheinend so raren Artikel hatte man damals genug.

Früher fror es meist schon um Allerheiligen herum so stark, daß die Leute die Gräber ihrer Verstorbenen nicht in Ordnung bringen konnten, weil die Erde steinhart gefroren war. Wir heutigen Großstädter sehen den Schnee meist bloß in der Luft, weil er gleich zu Matsch wird, sobald er das Pflaster oder den Asphalt berührt. Wir kennen am Niederrhein bald keinen richtigen Winter mehr. Wenn wir Eis und Schnee sehen und alle Freuden des Winters kosten wollen, müssen wir mindestens in die Hocheifel oder ins Sauerland fahren. Da hatten es die alten Düsseldorfer bequemer und billiger. Pünktlich auf den Tag stellte sich der Winter ein und brachte gleich so viel Eis und Schnee mit, wie man haben wollte. In meiner Kinderzeit war es gar nichts Auffälliges, daß der Rhein auf einer Strecke vom Heerdter Loch bis zur Annebill zugefroren war. Es war natürlich keine glatte, spiegelnde Eisfläche, sondern ein erstarrtes Durcheinander von dicken und dünnen Eisschollen, die sich hier bei Düsseldorf, wo der Rhein den großen Bogen macht, gestaut hatten und dann aneinander festgefroren waren. Das sah dann so aus wie ein riesiger Haufen von zertrümmertem Porzellan. Es schillerte in den schönsten Tönen von Stahlblau bis Grün in der Sonne. Viele Leute riskierten einen Spaziergang über die Eisdecke. Es war ein nicht ungefährliches Wagnis, weil man zwischen den Ritzen stecken bleiben oder durch eine vorher nicht gesehene Lücke ins schwarze, kalte Wasser fallen oder sich zum wenigsten die Hände an den scharfen Kanten der aufrecht stehenden Eisschollen blutig schneiden konnte.

Die Schiffbrücke wurde bei Eisgang in den sogenannten Brückenhafen an der Oberkasseler Seite gefahren, und der Verkehr hinüber und herüber geschah notdürftig auf kleinen Dampfern und auf Schalden. Von früh bis in die späte Nacht war am Rhein in der Nähe des Kohlentores ein schreckliches Gedränge von Fuhrwerken jeder Art und ein Geschimpfe und Geschrei der Fuhrleute und Schiffer. Kam ein schwerbeladenes Fuhrwerk und wollte in die Schalde einfahren, dann wurden die Hinterräder festgebunden, so daß sie wie Hemmschuhe wirkten. Aber das genügte nicht immer auf dem abfälligen, glatten Wege. Man schlang ein langes Seil um die Hinterachse und das andere Ende mehrmals um einen dicken »Pohl«. Jetzt ließ man die Pferde anziehen und zugleich das Seil an dem Pohl langsam nach. Aber der Zug des abwärts fahrenden Fuhrwerks war so groß, daß die dadurch verursachte Reibung zwischen Pohl und Seil immer stärker wurde, bis schließlich die Flammen herausschlugen. Um sie zu löschen, stand immer ein Eimer Wasser bereit. Ohne Unglücksfälle ging es nicht immer ab. Ein großer Lastwagen, mit schweren Kisten beladen, konnte nicht genug gebremst werden. Er rutschte über die Schalde hinaus und kippte in den mit Eisschollen bedeckten Rhein. Man konnte ihn erst nach Wochen, als der Eisgang vorbei war, wieder herausholen. Die Kadaver der Pferde hingen noch in den Geschirren. Am anderen Ufer konnten die Fuhrwerke nur mit Hilfe mehrerer Vorspannpferde aus der Schalde gefahren werden. Fuhrleute und Schiffer verteilten sich auf beiden Seiten, und mit Geschrei, mit Peitschenknallen und wilden Armbewegungen ging es dann im Laufschritt bergauf. Hinter dem Fuhrwerk liefen Männer mit Holzklötzen, die sie, wenn die Pferde unterwegs nicht mehr konnten, rasch hinter die Räder legten, um ein Zurückrutschen zu verhindern.

Schon in mäßig harten Wintern setzte sich das Eis bei der mangelhaften Stromregulierung oft fest. Im Jahre 1868 aber war ein kurzer und strenger Winter. In wenigen Tagen war der Rhein voll Eis, das sich besonders in der Neustadt durch die enge Stromrinne preßte. Am 8. Dezember kam dann der Rhein zum »Stehen«. Ein alter Düsseldorfer erzählt:

Ohne viel Bedenken und trotz der anwesenden Polizei betrat ich mit meinen Schulkameraden das Eis und kletterte zwischen den aufgetürmten Eisschollen nach dem anderen Ufer. Wohl hörten wir im Eise – dumpfdröhnendes Krachen gleich unterirdischem Donner, doch sagten wir uns, daß jetzt das Eis »sich setzte«. Kaum aber waren wir auf der glatten Eisfläche der Oberkasseler Untiefe angelangt, als das Getöse hinter uns zunahm. Alles flüchtete nach hüben und drüben, und langsam, ganz langsam, als wollte sie Rücksicht nehmen auf die zahlreichen in Gefahr befindlichen Menschen, setzte sich die Masse des unter- und übereinandergeschobenen Eises wieder in Bewegung. An ein Zurück war für uns nicht zu denken, trotzdem warteten wir, ob sich das Eis nicht noch einmal setzen würde und wir rasch wieder hinüberlaufen könnten. Stundenlang warteten wir und froren ganz jämmerlich. Es wurde Abend, und noch immer behielt das Eis seine langsame Drift. Der Verkehr mit dem anderen Ufer war ganz eingestellt. In einer Wirtschaft drängten wir uns durch das Menschengewühl an den rotglühenden Ofen, um uns, die wir vor Kälte erstarrt waren, wieder auftauen zu lassen. Viele Leute fuhren mit der Bahn nach Neuß, von dort nach Köln und von da wieder zurück nach Düsseldorf, um auf diesem großen und kostspieligen Umwege wieder nach Hause zu kommen. Mehrere Düsseldorfer aber wollten versuchen, mit einem Ankernachen hinüberzufahren. Die Überfahrt konnte nur dann gelingen, wenn bei den ab- und zunehmenden Stauungen des Eises sich eine Rinne bildete, die auch während der Durchfahrt offen blieb. Wir Jungens erboten uns mitzufahren und beim Rudern und Abstoßen der Eisschollen zu helfen. Haken und Ruder in der Hand, warteten wir auf den günstigen Augenblick, und dann ging es hindurch mit einer Kraft und Fixigkeit, die nur mit Mut und größter Anstrengung gesunder Menschen zu entwickeln sind. Wir trieben zwar weit ab, bis nach Golzheim, aber das Ziel wurde erreicht. Ich möchte nicht verschweigen, daß ich diese gefährliche Überfahrt bloßköpfig und ohne warme Winterkleidung gemacht habe. Ich hatte in der Eile und trotz der Kälte vergessen, eine Mütze aufzusetzen.

Das letztemal fror der Rhein auf diese Art in den neunziger Jahren des vorigen Jahrhunderts zu. Er »stand«, und die Schollen hatten eine Dicke von dreißig und mehr Zentimetern. In der Gegend des jetzigen Hafens, da, wo der Rhein am schmalsten ist, hatten sich die Eisschollen am meisten gestaut, und die Eisdecke war infolgedessen hier am dicksten. Man hatte, ich erinnere mich noch sehr gut, an dieser Stelle einen ziemlich breiten Fußweg durch das Eis gebahnt, indem man die aufrecht stehenden Schollen mit der Axt niedergeschlagen hatte. Dieser Pfad war gewissermaßen ein Hohlweg, denn die Schollen zu beiden Seiten türmten sich so hoch, daß sie bis über die Schultern eines Mannes reichten. Von den Ufern sah man nichts mehr. Man war mitten im Eise und hatte über sich den strahlenden blauen Winterhimmel. Vielleicht dreißig Meter weit wagte ich mich in die Eiswüste, dann bekam ich es mit der Angst zu tun und lief zurück. In der Gegend der Dörfer Flehe und Volmerswerth fuhren die Bauern mit beladenen Pferdekarren über das Eis bis hinüber nach Grimlinghausen, und zwischen den Kribben, wo keine Schollen waren, sondern glattes Eis, haben sie sogar Korn gedroschen. Und um sich zu erwärmen, machten die Bauernknechte Feuerchen auf dem Eise, ohne fürchten zu brauchen, daß es schmolz. Es war auch mindestens vierzig Zentimeter dick. Acht Tage lang lag so der Rhein in Winterstarre da. Bis plötzlich über Nacht Tauwetter einsetzte und die Eisschollen ein unheimliches Leben bekamen. Mit einem eigenartigen knisternden Geräusch fingen sie an, sich zu regen. Über- und untereinander schoben sie sich. Sie zermahlten sich gegenseitig, und der Eisstaub flog durch die Luft. Bis mit einem Male das Durcheinander aufhörte und eine einheitliche allgemeine Treibbewegung einsetzte. Scholle für Scholle versank und tauchte einige Meter weiter wie ein Kuchenteller mit einem hochstehenden Rande aus Schnee und zerriebenem Eis wieder auf. Sich drehend und gegenseitig stoßend, was von einem zischenden Geräusch begleitet war, trieben die Schollen langsam rheinabwärts. Auf einigen saßen Krähen und ließen sich fahren.

Damals wurde ein Segelschiff, das, eingeschlossen von den Eisschollen, an der Rheinwerft liegengeblieben war und nicht mehr hatte den Hafen erreichen können, von den in Bewegung geratenen Eisschollen einfach zerdrückt. Ich stand am Ufer als sechsjähriger Junge und sah dem Schauspiele zu. Es war ein Krachen und Donnern und Splittern, daß einem bange wurde. Da konnte man einen Begriff von der riesigen Kraft treibender Eisschollen bekommen. Es war, als ob man ein ausgehöhltes Ei mit den Fingern zerdrückt. In kurzer Zeit sank das Schiff. Der Kapitän konnte sich und seine Familie mit knapper Not retten. Als letzter lief der treue Spitz über das Gangbord an Land. Im Maule trug er als das Teuerste die Pfeife seines Herrn.

In der Stadt selbst war es im Winter auch tagsüber so still wie um Schlafenszeit. Der fußhohe Schnee fing jedes Geräusch auf. Auf den breitausladenden steinernen Dürpeln vor den Haustüren lag der Schnee so hoch, daß es aussah, als wären es Schneehügel. Da es eine Verbindung mit den Dörfern Hamm, Volmerswerth, Flingern und mit den Städtchen Gerresheim und Kaiserswerth damals nicht gab, war Düsseldorf abgeschlossen von der Welt. Nur die Bauern aus der Nachbarschaft kamen mit klobigen Schlitten nach der Stadt gefahren. Das Klingelingeling der Schlittenschellen machte in den stillen Straßen eine liebliche Musik. Die Milch, die sie in den Blechtöten mitbrachten, hatte, obwohl die Töten mit strohgefüllten

Säcken zugedeckt waren, eine dicke Eiskruste. Damals nämlich war es noch nicht so streng vorgeschrieben, wieviel Wasser die Bauern in die Milch schütten durften. Die Regentonnen auf den Haushöfen waren meist über Nacht geplatzt, denn das Regenwasser hatte sich in einen riesigen Eisklumpen verwandelt. Früher stand in jedem Hofe eine solche Regentonne, denn das weiche Regenwasser wurde bei der Wäsche benötigt. Das Pumpenwasser war zu hart. Wie oft habe ich es erlebt, daß sich der Schwengel der Hofpumpe, die das Wasser für das ganze Haus und für die Bäckerei oder Metzgerei hergeben mußte, nicht mehr bewegen ließ, weil das Wasser in dem Pumpenrohr gefroren war. Da mußte man dann den ganzen Tag über eine Petroleumlampe unter das Rohr stellen, bis das Eis so weit geschmolzen war, daß man mit Mühe ein bißchen Wasser pumpen konnte. Aber über Nacht war das alte Leid wieder da. Oft habe ich mich tagelang nicht waschen können, weil das bißchen Wasser, was vom Tage vorher übriggeblieben war, zum Kochen gebraucht wurde. Ich war als Kind natürlich sehr einverstanden damit, denn das Waschen in dem eiskalten Wasser, von dem man die Eisdecke erst noch fortbrechen mußte, war eine Qual. Die Eisblumen blieben den ganzen Tag an den Fensterscheiben, auch wenn man den Ofen stochte, bis er rundherum rotglühend war. Welches Kind kennt heute noch richtige Eisblumen? Eiszapfen, so lang und so dick wie ein Arm, konnte man jeden Morgen von der Dachrinne herunterschlagen.

In der Zeit, als in Düsseldorf noch die Schlacht- und Mahlsteuer bestand und die Stadttore im Winter um neun Uhr abends geschlossen wurden, war diese bärenmäßige Kälte die beste Gelegenheit zum Schmuggeln. Der Stadtgraben war zugefroren. Was man in die Stadt hineinschmuggeln wollte, ließ man einfach abends in der Dunkelheit die glattgefrorene Böschung hinuntergleiten. Das Paket rutschte über die Eisfläche des Grabens bis an das andere Ufer. Da konnte man es unbemerkt in Empfang nehmen. Auf diese Weise sind im Winter viele Bratwürste und Speckseiten unverzollt nach Düsseldorf hereingekommen.

Die alte Schiffsbrücke

Düsseldorf hat erst verhältnismäßig spät eine regelrechte Fähr- oder Brückenverbindung mit dem anderen Rheinufer erhalten. Als Köln längst eine in der ganzen Welt bekannte Hansestadt war, deren Wimpel auf allen Meeren flatterten, da war Düsseldorf noch ein ärmliches Landstädtchen, das nur deswegen eine Bedeutung hatte, weil es die Residenz der bergischen Herzöge war. Die Einwohner lebten vom Ertrage ihrer Gärten und Felder, die innerhalb der Stadtmauern lagen. Düsseldorf sah damals aus wie ein mit Mauern umgebenes Dorf. Die paar Kaufleute, die es in der Stadt gab, benutzten, wenn sie größere Güter versorgten, die Fähren bei Köln und anderen Städten, oder sie ließen sich mit einem Kahn übersetzen. Aber der Verkehr mit dem anderen Rheinufer war auch darum sehr beschränkt, weil »de angere Sit« bis zur Französischen Revolution zum Kurfürstentum Köln gehörte.

Bis in das 16. Jahrhundert hinein blieb Düsseldorf ohne Fährverbindung. Erst unter der Regierung des Pfalzgrafen Wolfgang Wilhelm (1614 bis 1653) wurde eine kleine Fähre eingerichtet. Auf einem Stich in Merians »Topographia Westphaliae«, die um das Jahr 1645 erschienen ist, sieht man diese Fähre. Es waren zwei Pontons, die nebeneinander lagen und durch darübergelegte Balken verbunden waren. Sie war immerhin so groß, daß eine Karre mit Pferd Platz darauf finden konnte. Soviel auf dem Bilde zu erkennen ist, wurde diese primitive Fähre gerudert. Weit über hundert Jahre genügte sie dem Verkehr und den bescheidenen Düsseldorfern. Aber dem Kurprinzen Johann Wilhelm, der, als sein Vater Philipp Wilhelm im Jahre 1685 Kurfürst von der Pfalz wurde und seine Residenz nach Heidelberg verlegte, in Düsseldorf als Verwalter der Bergischen Lande blieb, genügte diese Fähre nicht. Er, der später als Kurfürst Jan Wellm Düsseldorf durch Glanz, Üppigkeit und Kunst berühmt machte, vergaß auch das Praktische nicht. Er sah, daß eine bessere Fährverbindung für den Handel und den Verkehr nötig war, und wenn er mit praktischen Einrichtungen dem Handel und Verkehr nützte, dann kam das schließlich ihm, der so viel Geld brauchte, wieder zugute. Im Jahre 1689 verordnete er darum die Erhebung einer besonderen Steuer, die das ganze Herzogtum tragen mußte. Von dem Ertrage dieser Steuer ließ er dann eine sogenannte fliegende Brücke bauen, die ziemlich groß war. Neben einigen Dutzend Menschen hatten noch mehrere Wagen darauf Platz. Die Einrichtung und der Betrieb dieser Brücke waren sehr einfach. Sie war befestigt an einer Reihe von vielleicht fünf oder sechs kleinen Pontons, die hintereinander in kurzen Abständen gekuppelt waren. In der Gegend des jetzigen Hafens lag in der Mitte des Rheinbettes ein kräftiger Anker, der die Pontons und die Brücke hielt. Die Betriebskraft war die Strömung des Rheins. Das fließende Wasser drückte die Brücke von einem Ufer zum andern.

Genau 150 Jahre lang hat die fliegende Brücke ihren Dienst getan und viele hohe Herrschaften, Prinzen, Kurfürsten und sogar Könige über den Rhein getragen. Am 1. November 1811, nachmittags zwei Uhr, fuhr die Kaiserin Marie Louise, die zweite Gemahlin Napoleons, über die Brücke, die man ihr zu Ehren mit Laubgewinden und Trikoloren geschmückt hatte. Unter dem Geläute der Glocken und dem Donner der Kanonen wurde die Kaiserin am Zolltore von Mitgliedern der Präfektur, der Munizipalität und der Geistlichkeit empfangen und von reitenden Ehrengarden und Abteilungen polnischer und bergischer Lanzenreiter nach dem Jägerhof geleitet. Das war wohl der höchste Tag, den die »fliegende Brücke« erlebt hat.

Nach der Kapitulation am 6. September 1795 gehörte Düsseldorf sechs Jahre lang zur neuen Republik Frankreich. Viel Gutes haben die Revolutionshelden unserer Stadt nicht gebracht. Die Requisitionen und Kontributionen gingen in die Millionen. Die hungrigen Sansculotten fraßen den Bürgern fast die Ohren vom Kopfe. Dabei waren sie frech wie Dreck und nisteten sich fest wie Läuse. In den Jahren 1795 bis 1801 hatte die Bürgerschaft insgesamt 3.257.661 Mann mit 420.121 Pferden zu verpflegen. Man kann sich eine Vorstellung von diesen ungeheuren Lasten machen, wenn man bedenkt, daß Düsseldorf damals, die Vororte mitgerechnet, bloß etwa 10.000 Einwohner hatte. Für die vielen Truppendurchmärsche genügte den Franzosen die fliegende Brücke Jan Wellms nicht mehr; und sie schlugen darum eine neue regelrechte Pontonbrücke bei der Neustadt über den Rhein, wo er am schmalsten war. Die »Französische Brücke«, wie sie genannt wurde, blieb bis zum Frieden von Luneville im Jahre 1801 bestehen. Düsseldorf gehörte wieder einige Jahre dem Kurfürsten Maximilian von Bayern. Als die französische Besatzung am 31. Mai 1801 abzog, nahm sie auch ihre Brücke mit.

Düsseldorf wurde 1806 die Hauptstadt des französischen Großherzogtums Berg, und im Jahre 1811 war es für einige Tage die Hauptstadt des napoleonischen Weltreiches. Dem Kaiser gefiel die Stadt, und er entwarf einen großartigen Verschönerungsplan. An Stelle der ehemaligen Festungswerke entstanden Anlagen, die wir heute noch bewundern, das alte Schloß am Rhein sollte zu einer Universität umgebaut werden, ein Schauspielhaus sollte auf dem neuen »Boulevard Napoleon« entstehen, prächtige Verwaltungsbauten waren geplant – kurz, Düsseldorf war auf dem Wege, ein kleines Paris zu werden. Die Verschönerungsarbeiten waren gerade im besten Gange, da brach Napoleons Macht in der Schlacht bei Leipzig zusammen. Drei Wochen später jagten die ersten Kosacken in die Stadt hinein. Die französischen Verwaltungsbeamten packten ihre Sachen, Akten und Kassen und machten, daß sie wegkamen. Die Kosacken, wie Wölfe hinter dem flüchtenden Schlitten, setzten ihnen nach. Aber auf der alten Pendelfähre ging das nicht rasch genug. Sie bauten deshalb eine provisorische Brücke aus leeren Fuder- und Braufässern, die sie sich bei den Düsseldorfer Weinhändlern und Bierbrauern holten. Das Geld dafür blieben sie schuldig.

Der napoleonische Kriegslärm, der zwanzig Jahre lang ganz Europa erfüllte, war vorüber. Es wurde wieder still, sehr still in Düsseldorf. In Ruhe konnten die Bürger ihren Handel wiederaufnehmen und vergrößern, und am Ende der dreißiger Jahre war es so weit, daß man eine regelrechte ständige Brücke bauen konnte. Im Jahre 1839 wurde die neue Pontonbrücke, die vom Zolltore bis nach der Heerdter Landstraße hinüberführte, feierlich eingeweiht. Unter strömendem Regen und mit Musik gingen die Bürger zum ersten Male über die Brücke. Die ersten Dampfschiffe fuhren schon auf dem Rhein, da wurde die Schiffbrücke noch mit Handwinden auf- und zugezogen, wenn ein Schiff durchfahren wollte, und der Brückenwärter holte mit einer langen Stange, an der ein Leinenbeutel hing, das Passiergeld von den vorbeifahrenden Schiffen ein. Die alte Schiffbrücke, über die ich hunderte Male nach »de angere Sit« gegangen bin, hat in den 59 Jahren ihres Bestehens viel erlebt. Ich sehe noch an heißen Sommertagen die Husaren und Infanteristen in Drillichanzügen mit Stangen und Seilen hinübergehen, um in der Badeanstalt von Schwarz, die an der linken Seite der Brücke lag, das Schwimmen zu lernen. Ich sehe auch noch jedes Jahr im Herbst die Kevelaerprozession mit ihren bunten, flatternden Fahnen und blinkenden Kreuzen über die Brücke heimkehren. Wie oft haben wir dreiviertel Stunde an der Barriere auf der Brücke warten müssen, bis die Schiffszüge alle durchgefahren waren. Und war das letzte Schiff vorbei, dann knallte bei Heerdt der Katzenkopf eines Dampfers, der sich damit ankündigte, und dann wurde die Brücke einfach noch solange offengehalten, weil es unnütze Kraftverschwendung gewesen wäre, sie für die kurze Zeit zuzufahren.

Die alte Brücke war immer etwas rappelig, und wenn ein Wagen darüber fuhr, konnte man es in den Straßen am Rhein hören. Es polterte, und die hohlen Pontons waren die schönsten Resonanzkästen. Als die dicke Königin Viktoria von England Düsseldorf besuchte, streute man eine Handbreit Sand auf die Brücke, damit die Equipage der Königin sanft wie auf einem Teppich fuhr und die englische Majestät auf ihren Polstern nicht zu hopsen brauchte.

Ein schlimmes Erlebnis hatte die Brücke bei dem Orkan im Jahre 1875. Wetterkundige hatten kurz vorher gewarnt und geraten, die Brücke in den Brückenhafen am Oberkasseler Ufer zu fahren, aber man hörte nicht darauf. Plötzlich brach der furchtbarste Orkan los, den Düsseldorf je erlebt hat. Im Stadttheater wurde gerade »Das Glöckchen des Eremiten« gegeben. Der Sturm riß das halbe Dach des Theaters herunter und warf es in den Botanischen Garten. Die Vorstellung mußte abgebrochen werden. Mehrere Schwäne auf den Teichen des Hofgartens wurden von herunterstürzenden Asten erschlagen. Ein kleines Kind, das gerade in der Allee stand, ergriff der Sturm und warf es in die Landskrone, wo es ertrank, ehe Hilfe da war. In der Krämerstraße zerrissen die Ketten, an denen die Öllampen zur Beleuchtung der Straße hingen. Am schlimmsten erging es der Schiffbrücke. Die Pontons wurden von den Ankerketten losgerissen und von dem aufgeregten Wasser weggetrieben. Ein Brückenwärter, der sich nicht rechtzeitig retten konnte, wurde mitgeführt. Er durfte von Glück sagen, daß der Sturm den losgerissenen Ponton, der mit dem Stück Brücke schief im Wasser hing, bald ans Ufer warf.

Der Düsseldorfer Bäckermeister Neunzig, der seine Kindheit auf oder am Rhein mit Nachenfahren, Fischen und Schwimmen verlebt hat, erzählte mir seine Erinnerungen an die alte Schiffbrücke so anschaulich und lebendig, daß ich ihm selbst das Wort lassen will:

Die einzige Verkehrsstraße über den Rhein war die damalige Schiffbrücke. Aber sie hatte eine viel größere Bedeutung für den Übergangsverkehr, als dies bei der jetzigen stehenden Brücke der Fall ist, auch wenn Düsseldorf damals nur etwa 60.000 Einwohner hatte.

Denn diese kleine Schiffbrücke mußte nicht nur den Lokalverkehr, sondern auch den ganzen Eisenbahnverkehr vermitteln, der von diesseits nach jenseits und umgekehrt den Weg nahm. Die Kölner Brücke war noch Projekt oder kaum im Bau begriffen, und an die Brücke in Hamm dachte überhaupt noch niemand. Dem Reisenden, der über den Rhein fahren wollte oder mußte, blieb nichts anderes übrig, als vom Bergisch-Märkischen Bahnhof an der Königsallee oder vom Köln-Mindener Bahnhof an der Friedrichstraße zu Fuß oder im Wagen durch die Stadt über die Schiffbrücke nach dem dicht am Rhein liegenden Oberkasseler Bahnhof zu eilen, um dort die Reise fortzusetzen. So war es auch mit der Weiterbeförderung der Güter. Alles, was mit der Eisenbahn an Gütern ankam, mußte auf Lastwagen umgeladen und durch die Stadt über die Brücke nach dem Oberkasseler Bahnhof gefahren werden. Auch umgekehrt war das der Fall. Dazu kam noch der Ortsverkehr. Alles, was in Düsseldorf gebaut wurde, brauchte Ziegelsteine, die in Oberkassel gebrannt wurden. Die Reihe der Ziegelkarren, die beladen oder leer fortwährend hin und zurück über die Brücke fuhren, war schier endlos. Besonders in den Morgenstunden war der Verkehr geradezu beängstigend. Die Bauern mit ihren Karren vermehrten den Verkehr noch. Die Brücke war dann vollgepfropft mit hin- und herfahrenden Fuhrwerken jeglicher Art, zwischen denen die zahlreichen Fußgänger, Marktfrauen, Kiepenbauern mit ihren Mangen und Kiepen die Lücken zwischen den Wagen füllten.

Wurde die Brücke zum Durchlaß von Schiffen ausgefahren, dann stauten sich die Fuhrwerke diesseits die Zollstraße und die benachbarten Straßen hinauf. Das gleiche war der Fall am jenseitigen Ufer auf der Chaussee und den Wegen zum Oberkasseler Bahnhof. War dann endlich die Brücke wiedereingefahren, dann setzte sich gleichzeitig und beiderseits dieser gewaltige Troß in Bewegung, und man war seines Lebens nicht sicher. Mancher fremde Reisende mag Gott gedankt haben, wenn er in solchen Augenblicken das rettende Ufer erreicht hatte.

Dieser große Verkehr hatte fortwährend mit großen und kleinen Hindernissen zu kämpfen. Ein Haupthindernis war wohl die damals noch bestehende Schlacht- und Mahlsteuer. Jedes Fuhrwerk, klein oder groß, mußte von den Steuerbeamten durchsucht werden. Jeder Korb, jeder Koffer, jeder Sack mußte sein Eingeweide zeigen. Kamen große Leiterwagen mit Heu oder Stroh, wurde alles mit langen eisernen Stangen untersucht, ob nicht im Innern etwas Steuerbares verborgen wäre. Jeden Tag kamen große Herden Schafe, die von Oberkassel weiterverfrachtet wurden; von drüben kamen Herden Schlachtvieh. Alles wurde gezählt und oft sogar mehrmals gezählt, wenn die Angaben auf dem Papier mit der gezählten Stückzahl nicht übereinstimmten. Kamen Lastwagen mit Mehl – jeder Sack mußte herunter und wurde auf den Inhalt geprüft und gewogen. Am Rhein sah es oft aus wie auf einem großen Viehhofe mit all dem Schmutz, den die Viehherden dort hinterließen.

Eine Schiffbrücke ist immer eine unzuverlässige Straße. Treten noch Schiffshavarien ein, denen besonders die Düsseldorfer Schiffbrücke infolge der schlechten Stromverhältnisse ausgesetzt war, dann wurde der Zweck der Brücke zeitweilig ganz illusorisch. Und solche Schiffshavarien ereigneten sich häufig. Die Strömung kam von Heerdt und stürzte, die Biegung des Rheins wenig achtend oder gerade ihretwegen, mit Gewalt auf die Neustadt zu. Die Ufer der Neustadt wurden von dem unaufhörlichen Ansturm der Wassermassen so stark unterspült, daß alljährlich ganze Schiffsladungen großer, schwerer Steine versenkt wurden, um ein Abrutschen des Ufers zu verhüten. Um diesem Übelstande abzuhelfen, ließ die Wasserbauverwaltung eine große, lange Kribbe bauen, die an dem Ufer der Neustadt entlanglief und als Wellenbrecher diente und den Strom zwingen sollte, sich mehr nach der Mitte seines Bettes zu verlegen. Das gelang zwar zum Teil, aber der Rhein setzte jetzt allen Sand und Kies an der anderen Seite ab. Dadurch entstand dort eine große Untiefe, die bis zu zwei Dritteln des Strombettes für die Schiffahrt unbenutzbar machte. Das ganze Jahr mußte da gebaggert werden, aber nach wie vor blieb die Strömung nach der Stadtseite bestehen und war die Ursache zahlreicher Havarien.

Wegen dieser verzwickten Stromverhältnisse waren alle Schiffe, gleichviel ob sie zu Berg oder zu Tal fuhren, gehalten, einen staatlich konzessionierten Lotsen an Bord zu nehmen, um das Fahrzeug an den kritischen Stellen vorbeizuführen. Ein Schiff war ja verhältnismäßig leicht zu steuern, und schlimmstenfalls konnte man es mit dem Anker zum Halten bringen. Geriet aber ein großes, schwer steuerbares Floß in die Strömung, so wurde es an die Stadtseite gedrückt und konnte sich auf der kurzen Strecke bis zur Brücke nicht mehr freimachen und trieb mit unwiderstehlicher Gewalt gegen die Brücke. In solchen Augenblikken war alles in größter Aufregung. Die Schiffer der im Freihafen an der Dammstraße liegenden Schiffe, an denen ein solches Unglücksfloß vorbeirutschte und die sogar Gefahr liefen, mitgerissen zu werden, die Flößer, die Brückenwärter und die Leute am Ufer, alles schrie und lief hin und her. Aber nichts konnte helfen, es kam ein gewaltiger Anprall, ein Krachen von Balken, ein Reißen von Ketten, und das Unglück war geschehen, und die Verbindung mit der anderen Rheinseite war für Stunden oder Tage unterbrochen. War die Strömung bei Niedrigwasser nicht so stark oder das Floß nicht allzu groß, so wurde der Anprall gemildert, und dann bog und reckte sich die Brücke zwar, aber sie hielt wenigstens stand.

Der Schiffsverkehr war im allgemeinen damals weit geringer als heute. Aber die besonders im Sommer geübte Flößerei hatte einen ganz anderen Umfang als heute, wo kleine Flöße im Schlepptau eines Dampfers zu Tal fahren. Es waren oft Riesenflöße, die mitunter zwei Drittel des Rheines bedeckten. Die Besatzung bestand oft aus 150 bis 200 Mann. Um sie unterzubringen, waren auf dem Floße große Holzbaracken mit Pritschen und Strohsäcken. Gekocht wurde in geräumigen Kesseln, die über offenem Holzfeuer hingen. Ich sah oft Flöße mit vier oder fünf Ochsen und fünfzehn oder zwanzig fetten Schweinen, die lebend mitgeführt und nach Bedarf geschlachtet wurden. Ein entsprechend großes Bierlager fehlte nicht, mußte aber auf der langen Reise vom Schwarzwald bis Holland oft ergänzt oder erneuert werden.

Die Durchfahrt eines solchen Floßes wurde immer angezeigt von einer »Wahrschau«. Das war ein Flößer, der in einem kleinen Nachen mit einem an hoher Stange befestigten schwarzrotkarierten Fähnchen dem Floße um mehrere Stunden, oft einen ganzen Tag vorausfuhr, um Schiffe und Brücken von dem Kommen und der Größe des Floßes zu benachrichtigen, zu warnen, zu »wahrschauen«.

Eines Abends hatte eine solche Wahrschau die Nachricht gebracht, daß am nächsten Tage ein ganz großes Floß die Brücke passieren werde. Dieser nächste Tag war ein Sonntag. Es war ein fürchterlich heißer Tag. Der Teer, womit die Pontons und Balken gestrichen waren, wurde wieder flüssig und klebte an Händen und Kleidern fest. Die brennende Sonne machte jeden Gegenstand auf dem Rhein so heiß, daß man nichts anfassen und sich nirgendwo hinsetzen konnte. Ich wartete schon stundenlang auf das Floß. Endlich sah man über den Wiesen bei Heerdt die Wimpel des Floßes an hohen Stangen, und bald hörte man taktmäßige Schreie der Flößer, womit sie ihren Rudergang begleiteten. Alle Leute mußten jetzt die Brücke verlassen, nur noch Schiffer und Brückenwärter harrten auf ihr der kommenden Dinge. Die Spannkabel, die die einzelnen Joche der Brücke zusammenhielten, waren gelöst, an jeder Maschine stand ein Mann – alles wartete nur noch auf die Richtung, die das Floß wählen würde. Es lag nämlich nicht in der Macht der, wenn auch riesenstarken Flößer, einem solchen Ungetüm eine bestimmte Bahn vorzuschreiben; man konnte nur mit zahlreichen Rudern seine natürliche Drift korrigieren.

Augenscheinlich war es heute wieder die Stadtseite, und hier gab auch der Brückenmeister das Zeichen zum »Austreibenlassen«. Das erste Joch wurde nach rechts, das zweite nach links hinter das nächste gezogen. Jetzt war aber schon zu erkennen, daß das Floß den Kurs nicht hielt. Es trieb ziemlich stark nach der linken Rheinseite. Und man mußte so rasch wie möglich ein Joch hinter das andere fahren, so daß bald die ganze Brücke am Oberkasseler Ufer lag. Das Floß hatte unterdes die Brücke erreicht und drückte sie seit- und abwärts. Die Wucht und Kraft des Floßes war so stark, daß die schweren Stämme sich unter die Pontons schoben und diese hochhoben. Das war ein Krachen an allen Enden. Das stadtseitige Ufer stand schwarz voll Menschen, die dem Schauspiele zusahen.

Mit viel Schimpfen und Schreien hilft man sich über heikle Lagen hinweg, und ich darf sagen, daß an diesem Sonntage von den Flößern und Brückenwärtern im Schreien und Schimpfen Großes geleistet wurde.

Mit Hilfe des Schleppdampfers »Mathias Stinnes« brachte man Floß und Brücke zum Halten. Doch dauerte es bis nach Mitternacht, ehe die Brücke wieder an Ort und Stelle war.

Solche Havarien, wenn sie auch nicht immer zu einer Katastrophe wurden, waren an der Tagesordnung. Am Rhein und auf der Rheinbrücke gab es immer Aufregendes zu sehen.

Vergnügungen im alten Düsseldorf

In dem kleinen, unbedeutenden Düsseldorf vor hundert Jahren war nicht viel los. Die Zeiten waren unruhig, alles duckte sich unter der Riesenfaust Napoleons, und jedermann war froh, daß nun endlich einmal der unaufhörliche Kanonendonner verstummt war.

Ein Theaterleben in unserem heutigen Sinne gab es damals nicht. Im alten Gießhause Grupellos am Markt wurde nicht jeden Tag gespielt, teils weil kein Bedürfnis da war, teils weil es an einem ständigen Theaterpersonal fehlte. Es waren in der Regel selbständige Schauspielunternehmer, die auf eigene Rechnung Vorstellungen gaben. Was aufgeführt wurde, das waren meist Rittertragödien, deren es damals als Nachahmungen Götz von Berlichingens scheffelweise gab, Komödien französischen Ursprungs, süßliche Singspiele und Kotzebuesche Possen. Schillers Dramen wurden nur selten aufgeführt und dann auch nur die, welche wegen ihres romantischen Charakters dem Publikum am meisten gefielen, nämlich »Maria Stuart« und »Jungfrau von

Orleans«. Bei den damaligen Schauspielern und bei der mangelhaften Bühneneinrichtung müssen diese Aufführungen keine hohen Genüsse gewesen sein. Von Opern gab man hie und da Werke von Mozart, Cherubini, Rossini und einigen jetzt völlig verschollenen Komponisten. Wenn alle vier Wochen einmal im Saale der Madame Jansen am Flinger Steinweg (jetzt Schadowstraße) oder bei Gilles in der alten Kanzlei ein Konzert gegeben wurde, dann war das viel. In den »Großherzoglich-bergischen wöchentlichen Nachrichten« sind noch die Anzeigen von solchen Konzerten zu lesen. Da gibt eine Düsseldorfer Sängerin, Madame Maske, im Saale der Madame Jansen ein Vokal- und Instrumentalkonzert. Auf dem Programm findet man alte Namen, wie Romberg, Paer, Spohr, Kreutzer, Mehul, Cherubini. Eine Mademoiselle Nervi, »erste Sängerin bei der italienischen Oper in Amsterdam«, gibt auf ihrer Gastspielreise auch in Düsseldorf ein Konzert, und ein Johann Nikolaus Voigt kommt mit seinen musikalischen Wunderkindern. Seine 15 Jahre alte Tochter singt Arien, und sein dreijähriger Sohn spielt Etüden auf dem Cello. Die Aufführung der »Schöpfung« von Haydn im Saale von Gilles am ersten Christtage 1810 war ein musikalisches Ereignis für Düsseldorf. Ein Schüler Haydns, Eduard von Soundso, leitete die Aufführung, die mit für die damaligen Verhältnisse großer Reklame lange Zeit vorher angekündigt wurde.

Anzeigen von Theateraufführungen wurden nur von einzelnen Schauspielern gemacht, zu deren »Benefiz« die Vorstellung stattfand. Eine ständige Theaterreklame kannte man damals noch nicht. Düsseldorf war so klein, daß es genügte, wenn einer wußte, was abends gegeben wurde. Es sprach sich in einer Stunde durch die ganze Stadt herum.

Häufiger dagegen finden sich in den »Bergischen Nachrichten« die Anzeigen von Kunstreitern, Zauberkünstlern, Menagerien usw. vor, die damals durch Düsseldorf kamen und hier eine Gastvorstellung gaben. Am merkwürdigsten ist darunter die Anzeige eines Tiergefechtes, das von Herrn Simonelli und Chapelin veranstaltet wurde. »Dieses Schauspiel«, so schrieben sie, »fängt mit mehreren Hunden verschiedener Art an, die in gleicher Stärke mit dem Maul gegeneinander streiten. Darauf folgt ein Gefecht eines Bären der stärksten Art von den pyrenäischen Bergen gegen stärkere Hunde usw. Ein tartarisches Pferd kämpft gegen Halbdocken und gemeine Hunde, und ein Esel agiert ein komisches Gefecht mit Hunden. Das Gefecht endigt mit der Wegführung eines Bullenbeißers im feurigen Parasol. Man wird ihn dreißig Fuß erheben, wo er sich mit den Zähnen stets festhält.« Die Direktoren versichern noch, daß weder Kosten noch Mühen gespart worden wären, bemerken, daß das Schauspiel wegen seiner Kostspieligkeit nur einmal gezeigt würde, und bitten schließlich die Besitzer von starken Hunden, diese zur Teilnahme an dem Gefechte mitzubringen. Das Schauspiel fand auf dem alten Schloßhofe am Burgplatz statt. Nachmittags um vier Uhr war der Anfang, jeder Zuschauer mußte 24 Stüber zahlen. Daß damals in dem kleinstädtischen Düsseldorf ein solches Tiergefecht stattfinden konnte, ist sehr auffallend und gibt gerade kein günstiges Zeugnis von dem Bildungsgrad und dem sittlichen Standpunkte des Volkes. Derselbe Simonelli hatte auch eine Menagerie, in der er einen »Waldteufel« zeigte, der »eine blaue Nase, einen gelben Bart und rote Leibesteile« habe. Eine Orang-Utan-Äffin besaß er, die ihrem Jungen die Brust »wie eine Person« gibt. Dann hatte er noch ein höchst sonderbares Tier, einen »Lüschtrich« aus Afrika, der hatte einen Kopf wie ein Hase, einen Bart wie ein Tiger, Ohren wie ein Mensch. Sein Leib war mit langen, spitzen, allerhand farbigen Stacheln bedeckt. Das Tier sei sehr angenehm zu sehen, bemerkt Simonelli noch. Eine andere Menagerie von Aken aus dem blauen Jan in Rotterdam zeigt höchst ergötzlich an, daß ihr Schauplatz da wäre, wo ein Schild mit einem Bison und einem Löwenhunde aushinge. Eine holländische Kunstreitergesellschaft, die auf dem Schloßhofe Vorstellungen gab, zog vorher mit dem ganzen Personal durch die Stadt, und sie versicherte, daß so schöne Künste wie die ihrigen in der Stadt noch nie gesehen worden wären. Der von »S. M. Hieronimus Napoleon, dem König von Westfalen« privilegierte Georg Höger zeigt schließlich noch an, daß er die Ehre haben werde, den lebendigen Vogel Kasuar und 32 lebende Tiere zu zeigen. Daneben hatte er noch ein großes und fürtreffliches Kunstkabinett. Und damit ist die Reihe der Menagerien erschöpft.

Zauberkünstler waren in dem alten Düsseldorf sehr beliebt. Jedes Jahr kamen mehrere hierhin und produzierten sich vor einem erstaunten und naiven

Publikum, dessen anspruchslose Leichtgläubigkeit sich alles bieten ließ.

Der seinerzeit berühmteste Zauberkünstler Jakob Philadelphia wohnte für die Dauer seines Gastspiels gegen Ende des 18. Jahrhunderts im »Schwarzen Pferd« auf der Bolkerstraße. Das Hauszeichen, ein springendes Pferd am Giebel, war bis vor etwa zwanzig Jahren noch zu sehen. Philadelphia soll gewettet haben, mittags um zwölf Uhr gleichzeitig aus allen vier Toren der Stadt zu reiten. Die Wette gewann er, denn man will ihn durch das Flinger Tor auf einem Schimmel, durch das Ratinger Tor auf einem Fuchs, durch das Benrather Tor auf einem Rappen und durch das Berger Tor auf einem Grauschimmel reiten gesehen haben.

Im »Goldenen Waldhorn«, das der Hauptwache gegenüber lag und das 1784 dem Faßbinder Hoff gehörte, bei dem man Champagner und Burgunder kaufen konnte, war im Mai 1786 ein durchreisender Zauberkünstler, der Kopfsalat in ander Leuts Händen wachsen ließ. Er konnte auch ein Apfelsinenbäumchen vor den Augen des Publikums aus der Erde wachsen lassen.

Ein k. k. privilegierter Künstler mit dem auffallenden Namen Schmitz kündigt am 26. April 1791 seine Vorstellung bei Gilles in der alten Kanzlei an. »Herr Schmitz«, so gibt er im Wochenblättchen bekannt, »wird die hochgeneigten Zuschauer Briefe in jeder Sprache schreiben lassen und abwesend in einem verschlossenen Zimmer zu gleicher Zeit in allen Sprachen diese Briefe nachschreiben. Madame Schmitz wird sich einen bekannten goldenen Ring mit einem Namen geben lassen, diesen Ring nicht in ihre Hände nehmen, sondern zum Fenster hinauswerfen lassen, um ihn dann an ihren Fußzehen zum Vorschein zu bringen. Herr Schmitz wird den Zuschauern die Sackuhren kurz und klein zusammenschlagen lassen, und gleich wird er solche ohne Schaden wieder ganz machen«. Herr Schmitz muß den Düsseldorfern gefallen haben, denn er hatte am 3. Mai 1791 eine zweite Vorstellung, bei der er den Zuschauern ihre Strümpfe ausziehen will, wobei er einen Strumpf am Fuße läßt, den anderen verbrennt und aus der Zauberasche die Strümpfe unverletzt wiederherstellt. Er will ein Vöglein, dem die Zuschauer ein Siegel auf den Schweif drücken dürfen und die Füße zeichnen können, aus dem Saal herausfliegen lassen, worauf der Vogel sich auf dem Hut oder der Frisur einer Dame präsentieren wird. Er will die Sacktücher der Zuschauer selbst zerreißen lassen und die Stücke mit eigenen Händen zusammenstoßen, so daß sie ganz werden. Er will den ganzen Saal voll großer und kleiner Frösche machen, ohne daß etwas zu befürchten ist. In einer dritten Vorstellung am 28. August 1791 will er 36 unterhaltungswürdige Stücke vorführen.

Von den drei oder vier Zauberkünstlern, die sich im Jahre 1810 in Düsseldorf produzierten, ist der Nikolaus Roger wohl der tüchtigste gewesen. Er nennt sich einen wahrhaft unverbrennlichen und bei den Wirkungen des Feuers gefühllosen Mann. Er ging in einen bis zu neunzig Grad geheizten Ofen, in seiner Hand eine Hammelkeule und Eier haltend.

Nicht eher kam er wieder heraus, als bis Keule und Eier gebraten waren. Hinein und heraus ging er auf eine »anständige Art« gekleidet. Außerdem tanzte er eine Anglaise auf einer rotglühenden Stange, schweißte weißglühendes Eisen mit Faustschlägen aneinander, wusch sich die Hände in geschmolzenem Blei, trank kochendes Öl, die Arme wusch er mit Scheidewasser, mit Salpetersäure von 66 Grad, ohne gelbe oder schwarze Brandflecken zu bekommen. Zwanzig Minuten lang hielt er die Füße über brennende Kerzen und machte noch eine Reihe ähnlicher Scherze. Er bat auch die Düsseldorfer Ärzte, Apotheker und »Chemisten«, die oben genannten »Liqueure« selbst mitzubringen. Ein anderer Zauberkünstler, Schauspieler und Mechanikus, J. A. Piunck, stellt sich als Schüler des weltberühmten Philadelphia vor, von dem er auch das »berühmte Stück im Kabinett Friedrichs des Großen« gelernt hatte. Der Zauberer Grunert brachte ein großes physikalisches Kunstkabinett mit, in dem er Phantasmagorien und Illusionen vorführte. Von Napoleon bis zur Jungfrau von Orleans, von dem »ehemaligen« Philosophen Voltaire bis zum Ritter Blaubart ließ er sie alle erscheinen, und »um diese Bezauberungen desto überraschender zu machen, wird man solche unter Blitz und Donner produzieren«. Auf seiner Anzeige waren auch erläuternde Illustrationen, Holzschnitte in lächerlich-naiver Art.

Schließlich machten noch zwei Mechaniker, Augustin Wortberg und J. Preischer, drei oder vier sehr bescheidene Feuerwerke in der Petersburg, jetzt Ecke

Grünstraße und Königsallee, und auf dem Schloßhofe. Und das war alles, was in Düsseldorf vor hundert Jahren an öffentlichen Vergnügungen gezeigt wurde. Und die Leute waren zufrieden und sind alt dabei geworden.

»Et kölsch Hänneske es do!« Wir Jungen liefen lärmend nach dem Karlplatz, wo ein hölzernes Zirkusgebäude stand. Hier hatte der alte Meyer, und später sein Schwiegersohn Millowitsch, seine Puppenbühne aufgeschlagen. Das war noch in den neunziger Jahren des vorigen Jahrhunderts. »Freischütz«, »Don Caesar«, »Gasparone«, »Die Räuber im Kellerloch« und all die anderen Kölsch-Hänneske-Komödien standen in riesigen Lettern auf den langen Theaterzetteln, die wir aufgeregt zu entziffern suchten. Man verging vor Lachen, wenn das Hännesken vor Beginn der Vorstellung an die Rampe kam und sich zu den Zylindern der Petroleumlampen niederbeugte, um nachzusehen, ob sie richtig brannten, und dann mit einem Ruck in die Höhe schnellte und sich mit seiner hölzernen Faust die Nase rieb, die er sich verbrannt hatte. Das schönste war und blieb für uns, wenn sich die Holzpuppen mit Besenstielen verprügelten, daß manchmal dem Tünnes die lange Nase abgeschlagen und in großem Bogen in den Zuschauerraum geschleudert wurde.

Ein Vorläufer des alten Meyer war ein Mann – seinen Namen habe ich vergessen –, der mit einem kleinen Puppentheater von Wirtschaft zu Wirtschaft zog. Sein »Theater« war eine zusammenklappbare Kiste, so groß, daß der »Theaterdirektor« aufrecht darin stehen und die kleinen Puppen führen konnte. Man hat mir auch erzählt, daß in früheren Jahren ein Puppenspieler mit seinem vierräderigen Thespiskarren, der von einem Hunde gezogen wurde, von Dorf zu Dorf wanderte und auf irgendeinem passenden freien Platze, hier in Düsseldorf zum Beispiel auf der alten Hauptwache (Burgplatz), seine Theatervorstellungen gab. Mit einer Schelle rief er sein Publikum zusammen und pries ihm seine Komödien an. Seine Frau ging, während er seine Puppen tanzen ließ, mit dem Teller rund und sammelte Kupfergeld.

Es gab aber auch Puppentheater und Schattenspiele in unserer Stadt, die hier ihren ständigen Sitz hatten. Da war vor allem der den alten Düsseldorfern noch bekannte Seithümer, der in der Kapuzinergasse wohnte, Sattlermeister seines Zeichens und nebenbei Besitzer eines Schattentheaters. Ein düsteres Zimmer im Unterhause war der Zuschauerraum, wo sich an Sonn- und Feiertagen die Jugend der Altstadt versammelte und den blutigen Schauer- und Rittertragödien lauschte. In den Zwischenpausen wurde der dunkle Zuschauerraum von einer Öllampe erhellt, die an der Decke hing, und das Publikum konnte sich im »Foyer«, das war ein schmaler Hausflur, ergehen und etwas Luft schöpfen. Ventilation war ein Luxus, den sich der Theaterdirektor Seithümer nicht leisten konnte, denn die Eintrittspreise waren mit Rücksicht auf das Publikum sehr bescheiden. Es war für einige Kupferpfennige schon ein Platz zu bekommen. Am meisten bevorzugt war eine Fensterbank. Wenn man dort saß, konnte man über die Köpfe der anderen hinwegsehen. Es war »der« reservierte Platz. Wenn die Zwischenpause lange genug gedauert hatte und der Zuschauerraum einigermaßen gelüftet war, schellte der alte Seithümer und rief: »Erennkoome! Et fängt widder aan!« Die Seithümerschen Schattenspiele waren bei den Gymnasiasten und höheren Töchtern als Ort für ein Stelldichein besonders beliebt. Es durfte bloß nicht zu laut während der Vorstellung werden, sonst rief der alte Seithümer hinter der Leinwand: »Wat es dat do vöre widder för e Gefispeis? Wenn dat nit ophöt, maak ich de Lamp aan!« Und augenblicklich war es wieder mäuschenstill. Ich habe schon gesagt, daß der alte Seithümer nebenher auch Sattlermeister war, und darum wurden seine Vorstellungen häufig auf komische Weise gestört. Es kam nämlich vor, daß ein Kunde irgend etwas Lederzeug nötig hatte. Der Mann wartete dann nicht etwa, bis der Akt zu Ende war, sondern rief in den Zuschauerraum hinein: »Seithümer, höt emol met dem Spell op!« – »We es denn do?« – »Ich ben et, dr Mönzeberger. Ich wollt e paar Rehmkes geschneede han.« Seithümer kam hinter der Leinwand hervor, sagte: »Fönf Minute Paus!« und ging in seine Werkstatt, um dem Kunden die Riemen zu schneiden. Seithümer mußte die aus Pappdeckel ausgeschnittenen Figuren hinlegen und in die Werkstätte gehen. Vorher aber rief er ins Publikum hinein:

»Jetz sid emol e Amenlang nett stell on maat mich kenn Dommereie, söns jövt et Knuze!«

Aber kaum war er fort, da ging das Spektakel los.

Die Jungens benutzten die Gelegenheit, die ihnen der dunkle Zuschauerraum bot, und kniffen die Mädchen in die Beine oder warfen sich gegenseitig von den Bänken. Die Kecksten schlüpften hinter die beleuchtete Leinwand und agierten mit den Figuren, wobei sie Seithümers Stimme nachahmten. Kam er dann wieder, dann war alles mäuschenstill, und die unterbrochene Vorstellung wurde fortgesetzt. Seithümer spielte ganz allein, die weiblichen Rollen sprach er mit einer kratzigen Fistelstimme. Wenn er die verfolgte Amalia von Rosenstein jammern ließ: »Wöh mür, ich bün v'rloren!« dann machte ihm das jedesmal so ein mutwilliger Nichtsnutz nach, und Seithümer rief dann wütend mit seiner gewöhnlichen Bärenstimme:

»Du Saujong, wenn du dat noch eemol dehs, dann schmieß ich dich op de Gaß!«

Das war »et Schattespell vom alde Seithümer«.

Einige dreißig oder vierzig Jahre früher, im Jahre 1824, war im Hause Flinger Straße 52, das damals »Im Reiger« hieß, das allgemein bekannte Schattenspiel fortwährend an Sonn- und Feiertagen von nachmittags ein bis abends zwölf Uhr und an den übrigen Tagen von fünf bis zehn Uhr abends zu sehen. Der Eintritt für Erwachsene sowohl wie für Kinder kostete vier Pfennige. Der Besitzer hieß Ludwig Giesen.

Vor hundert Jahren scheinen in Düsseldorf die Krippenspiele sehr beliebt gewesen zu sein, denn es gab ihrer eine ganze Anzahl, und daß sie alle ihre Geschäfte gemacht haben, geht wohl daraus hervor, daß sie sich jedes Jahr um die Weihnachtszeit in den »Jülich-Bergischen Wöchentlichen Nachrichten« ankündigten. Auf der Flinger Straße war im Jahre 1787 in »Davens Portz«, jetzt das Haus Nr. 44, ein »Krippchen, auf dem sich Figuren bewegten und Bäche und Fontainen sprangen«. In der Liefergasse Nr. 24 hatte der obengenannte Ludwig Giesen, der nebenbei Perükkenmacher war, »gegenüber der Oberkellnerei ein ganz neues, hier noch nicht gesehenes Krippchen, auf dem sich alle Figuren bewegten«. Und 1800 benachrichtigte er in dem Wochenblättchen »ein hochzuehrendes Publikum, daß bei ihm unten im Hause die Krippe, worauf alle Figuren sich bewegten, ihren Anfang nehmen wird. In den ersten Tagen wird nebst den bekannten biblischen Geschichten das Alte und Neue Testament dargestellt: 1tens Die Schlacht der Assirer unter dem General Holofernes mit den Bethulier. 2tens Die Enthauptung des trunkenen Holofernes in seinem eigenen ganz neuen Lager von der Judith. 3tens Die merkwürdige Jagd des heiligen Hubertus auf einen Hirsch. Des Sonntags ist zu sehen eine große Wasserkunst und wie der starke Samson die Philister in die Flucht schlägt. Keine Kosten sind gespart, um den Zuschauern eine vergnügte Stunde zu verschaffen. Es wird gewiß keinen gereuen, diese Krippe gesehen zu haben.

Jede Person zahlt einen Stüber.« Um Weihnachten 1787 gab es auch bei Kuhrs auf der Reuterkaserne ein Krippchen. 1791 bringt das Düsseldorfer Wochenblättchen die Mitteilung, »daß auf der bekannten Christkrippe bei Kuhr noch neuerdings beigebracht seye die noch nie gesehene Evangelische Parabel vom verlorenen Sohn in sechs Abteilungen«. Nicht lange darauf sollte diese Krippe verkauft werden. In der Anzeige steht, daß alle Figuren in Bewegung gesetzt werden könnten, Hände und Köpfe sind von Wachs gemacht, die Kleidung der hl. drei Könige ist mit elf Loth Silber besetzt. Am 2. Februar 1800 kündigt eine Anzeige an, daß »in der Mühlenstraße in Nr. 202 auf der Krippe erscheinen wird der salomonische Tempel; auch werden bis Palmsonntag neue Geschichten darauf zu sehen sein«. Auf der Ritterstraße Nr. 92 ist »bei Carl Schau am Christtag (1800) die wohlbekannte Krippe in einer ganz neuen Stellung mit zweihundert ganz neuen von Wachs poußierten Figuren zu Pferd und zu Fuß zu sehen«. Auf der Mühlenstraße in der »Stadt Solingen« war zu Weihnachten 1800 ebenfalls »eine schöne Krippe von biblischen Geschichten zu sehen, besonders das Gastmahl des Königs Herodes, wobei die Herodias tanzen wird und vom König das Haupt Johannes in einer Schüssel begehrt«. Bei Joh. Hinrich Beck auf der Ritterstraße Nr. 105 war um dieselbe Zeit eine große Krippe mit 108 Figuren, in der »Großen Kaserne« Nr. 14 ebenfalls eine, und schließlich gab es auf der Neubrück 184 noch ein »Schattenwerk« zu sehen.

Die Krippen- und Schattenspiel-Herrlichkeit ist vorbei. Sie konnte auch nur in einer Zeit leben, die an einfachen, harmlosen und kindlichen Vergnügungen ihr Genüge hatte.

Fastelowend

Fastelowend feiert Düsseldorf seit alter Zeit. Wir wissen, daß schon im 15. Jahrhundert die bergischen Herzöge auf ihrem Schlosse in Düsseldorf die drei Fastnachtstage in froher Gesellschaft bei Tanz und Schmaus verlebten, daß auch die Bürgerschaft der kleinen, sonst so stillen Residenz sich an harmlosem Spaß ergötzte und ausgelassener Fröhlichkeit hingab. Im Jahre 1697 zeigten auf Fastnacht Düsseldorfer Handwerksmeister als Schwerttänzer ihre Künste vor dem herzoglichen Hofe. Denkt man da nicht an die komischen Rüpelszenen in Shakespeares Sommernachtstraum? Sonst ist uns vom Düsseldorfer Karneval aus früherer Zeit wenig bekannt. Spärliche Nachrichten haben wir aus der zweiten Hälfte des 18. Jahrhunderts. Damals gab es die sogenannten Nachbarschaften. Das war ein Zusammenschluß der Bewohner einer oder mehrerer Straßen zu dem Zwekke, sich gegenseitig zu helfen in Not und Bedrängnis. Diese Nachbarschaften kamen auf Fastnacht zu fröhlichem Treiben zusammen, das ganz familiär war, weil einer den andern so gut kannte wie sich selbst. In den kleinen Wirtschaften der Altstadt ist es heute noch so. Da kommen die Nachbarn zusammen und feiern unbekümmert, harmlos und mit dem wirklichen rheinischen Frohsinn, der »das schöne Erbe der alten Stadt an der Düssel ist«, Ihren Fastelowend. Die es sich leisten konnten, gingen auf die Maskenbälle, die um 1760 bei dem Gastwirt Normann, bei Gilles in der alten Kanzlei und bei Lejeune im Kasino auf der Flinger Straße stattfanden.

Der Staatsrat Jacobi schlug im Jahre 1790 vor, »eine Gesellschaft der Heiteren zu stiften, deren Gesetz es sein sollte, nicht von den Übeln dieser Welt zu sprechen, in allem nur die gute Seite aufzusuchen und, die Sorgen und Mühen des Tages vergessend, sich in einen heiteren Zustand zu versetzen und zu erhalten«.

In Düsseldorf, der kleinen Hauptstadt des Großherzogtums Berg, war der Karneval ein Gemisch von bodenständigem, derbem Volkshumor und prickelnder französischer Lustigkeit. Die Not der Zeit, die den Wohlstand des Landes untergrub, berührte Düsseldorf nicht so sehr, weil es eben die Hauptstadt war und die vielen französischen Verwaltungsbeamten beherbergte, die ein gutes Leben gewöhnt waren und Geld unter die Leute brachten. Es hatte sich daher in Düsseldorf ein verhältnismäßiger Bürgerwohlstand entwickelt, der es den Leuten ermöglichte, den Karneval drei Tage lang tüchtig zu feiern. Von einer sogenannten Karnevalssaison kannte man aber damals nichts. Man beschränkte die Fastnachtsbelustigungen auf den Monat Februar und fing damit nicht schon wie heute im November an. Drei Maskenbälle gingen den Fastnachtstagen voraus. In den Großherzoglich-Bergischen Wöchentlichen Nachrichten wurden die Bälle angekündigt. Da steht: »Samstag, den 2. Februar 1811, öffentlicher Maskenball im großen und neu dekorierten Galleriesaale. Das Abonnement zu drey dieser Bälle, welche am 2., 10. und 17. dieses Monats gegeben werden, kostet ein Rthlr. dreißig Stüber. Eintrittspreis vierzig Stüber. Anfang zehn Uhr.« Diese Maskenbälle waren für die besseren Kreise der Stadt bestimmt, denn vierzig Stüber, nach heutigem Gelde zwei Mark, waren viel Geld. Das konnten sich die Leute aus dem Volke nicht leisten. Bälle für die kleinen Leute gab es an den drei Fastnachtstagen bei Masen, Schmitz und Giesen. Und hier ging es denn auch manchmal so lustig zu, daß man sich auf diesen Bällen nicht ohne Maskenanzug sehen ließ. Vor allem aber hütete sich ein Mädchen, bei Masen, Schmitz oder Giesen tanzen zu gehen, sonst sagte man ihm spöttisch nach: »Die es vom Masen, vom Schmitz oder vom Giesen.« Die richtigen, däftigen Bürger gingen auf den Ball bei Gilles, bei Kohlweck, bei Hoffmann und bei Jansen.

Als eine besondere Fastnachtsgabe legte der Herausgeber der Wöchentlichen Nachrichten seinem Blättchen ein in gereimten Versen verfaßtes humoristisches Zwiegespräch zwischen zwei Typen aus dem Volke bei. Diese Zwiegespräche sollten in satirischer Weise aktuelle Ereignisse behandeln, aber die Satire war so verdünnt, daß man sie kaum noch herausschmeckte. Man war eben damals nicht so anspruchsvoll, und außerdem wurde es von der Obrigkeit nicht gern gesehen, daß man über kommunalpolitische oder sonstige Ereignisse spöttelte. Die hohe Politik selbst durfte unter keinen Umständen in die Kritik, wenn auch in lustiger und harmloser Weise, hineingezogen werden. Zwei solcher poetischen Fastnachtsbeilagen, die in Düsseldorfer Mundart abgefaßt sind, seien hier als Beispiel für die damalige Auffassung von Humor und Satire wiedergegeben. Die Mundart wird manchem fremd vorkommen. Das liegt aber daran, daß unsere heimische Mundart damals eine Menge Ausdrücke hatte, die heute nicht mehr oder verändert gebraucht werden. Dann wird der Dichter aber auch, der sicher kein Mann aus dem Volke war, die Mundart nicht so beherrscht haben, um sie in Vers und Reim unverfälscht wiederzugeben. Das erste Gedicht heißt: Ene löstige Fastelowends-Kall, gehalten am Stadtbröggelchen töschen Mosjö Gerates on Jungfer Lippken den 23., 25. und 26. Februar 1811:

Gerates sagt:
Bletz, Lippken, du hest dich rech Staats hüt gemaat,
De Hörcher in Löckskes, de Dreckmötz en Falen.
Dat Livchen est gar net met Geld ze bezahlen,
Su nett hät der Schnieder et angebrat.

Lippken antwortet:
Dat han ech mir lantsam vom Markgeld gespart.
Rech nett op sin Liv, do geht jo nicks dröver.
Mer geht jo met Speien an ner Knüsel voröver.
En säuige Moder git säuige Art.
We well sech dann och nit rech suber hüt machen.
Et es Fastelowend, et git jet ze lachen.
Et git jet ze danzen bei Gilles opm Ball,
Bei Kohlweck, bei Hoffmann on öwerall.

Gerates:
Ech well bei der Proschen zwei Kutten gohn hüren
On dech desen Ovend op den Maskenball führen.

Lippken aber will nicht mit der Maske vorm Gesicht auf den Ball gehen; denn daran erkenne man die leichtsinnigen Mädchen. Sie könne

...jedem ihr Zifferblatt wiesen,
Ech ben nit vam Masen, vam Schmitz on vam Giesen.

Gerates schlägt darauf vor, zum Jansen den Eiertanz tanzen zu gehen.

Lippken:
Dat Danzen, Gerates, dat kost ze vel Geld,
Wil der Käl alle Retz den Teller ophält.
De Ziten sind schlecht, du mußt jet versparen,
Dat Geld kütt nit meh op Schörreskaren.
On fangen mer öwer kurz onsen Ihstand an,
Dann wellen mer jet en den Brei zo brocken han.

Der zweite »Fastelowendskall« aus dem Jahre 1812 ist schon kräftiger im Ausdruck und geläufiger in der Form, auch ist die Mundart besser behandelt. Dieser Fastelowendskall wird »gehalen op dem Ißkeller am nüngden Feberwarius Nommedags fönf Uhr töschen dem Suff-Kobes on Sparpotts Annekattring«.

Kobes:
Juchhei, Fastelowend, ich ben alt benüsselt,
Ich han diese Morgen ze völl Ollig geschnüsselt.

Dat Düvels Gesöff, dä Kümmel on Knorvel,
Dat hält mech von Morgen bis Owend em Torwel.

Annekattring schimpft mit ihm.

Kobes:
No öschel dech net, ich rof dech jo aan,
Hütt speile se Marike van Mandelban.
Dat es doch en Oper, do gehste met drenn,
So häste di Levtesdags nüx gesenn.
Dann jommer zusamme op de Gallerie.
Du nömmst dech en Botteramm on Nöß en de Täsch,
On ech nehm zwei Gläser on en düchtige Fläsch.

Annekattring:
Mich lößt hüt ming Herrschaft nit erus,
Mer hat dise Nowend Fisitt zu Hus.
Do kann ech mech bis spät en de Köch eröm placken
On Sprötzgebäcks, Hüpen on Waffele backen.

Er sagt, sie solle ihm davon einen Teil durchs Fenster zureichen und vor allem etwas Geld nicht vergessen, und schließt:

Et fällt dene Mägden jo nüx op der Welt,
Se bezahlen ehr Käls von der Herrschaften Geld.

Der Deklamator Karl Schindler aus Leipzig, der den Mut hatte, am Abend vor Fastnacht im Saale der Kasinogesellschaft einen ernsten Deklamationsabend unter dem Namen »Rednerakademie« zu veranstalten, an dem er elf Gedichte mit Musikbegleitung, u. a. mit Harmonikabegleitung, vortrug, hatte nicht mit der Fastnachtsstimmung gerechnet. Er mußte es sich gefallen lassen, daß er öffentlich verulkt wurde. In der Zeitung wurde angekündigt, daß ein Herr Tschalquanaquaki bei Reichard, bei Stelzmann, Hilgers, Rasiga usw. Rednerakademien abhalten werde. Unter anderem sollte Schillers Lied von der Glocke in Düsseldorfer Platt vorgetragen werden.

Das beste Bild von dem damaligen Fastnachtstreiben gibt aber eine Polizeiverordnung, die der Erste Beigeordnete Schnabel am 16. Februar 1811 für die drei Karnevalstage bekanntmachte. Da heißt es: »Keiner, der während der drei Karnevalstage verkleidet oder maskiert über die Straße geht, darf ohne besondere Erlaubnis des Polizeiamtes Degen, Säbel oder sonstige Waffen tragen. Keiner darf eine Maske oder Verkleidung wählen, wodurch die Sittlichkeit und die öffentliche Ruhe gestört würden. Es ist allen Maskierten aufs schärfste untersagt, mit jemand, wer es immer sein möge, Streit zu suchen oder mit Gewalt in Häuser und Läden einzudringen. Es ist gleichfalls jedermann verboten, die maskierten Personen zu necken (!) oder sonst zu insultieren.« Jedermann, der sich bei Tage oder bei Nacht verkleiden wollte, mußte sich auf der Mairie eine Ausweiskarte holen, die sechs Stüber zum Besten der Armen kostete. Wer sich ohne Karte maskiert sehen ließ, wurde sofort arretiert und mußte einen Reichsthaler Strafe zahlen. An den Fastnachtstagen gab es auch so etwas wie Lustbarkeitssteuer. Die Tanzwirte mußten für jede Person sechs Stüber an die Armenkasse zahlen. Alle Gast-, Wein- und Kaffeewirte durften ihre Häuser an den drei Tagen die ganze Nacht offenhalten.

In den folgenden Jahren, als infolge der politischen Umwälzungen Düsseldorf an Preußen fiel, war der Düsseldorfer Karneval nicht mehr der Rede wert. Die Leute mußten sich erst in die neuen Verhältnisse schicken, und das neue Regiment hatte anderes zu tun, als den Karneval zu fördern. Der neuen Regierung waren die Düsseldorfer nicht gut gesinnt, und im »Fastelowend« hatten sie die beste Gelegenheit, ihre Meinung zu sagen, besonders in den vierziger Jahren, als die revolutionären Strömungen begannen. In demselben Jahre war zu Fastnacht ein großer Umzug sowie eine Kappenfahrt durch die Stadt. Quer über die Straßen hatte man Hampelmänner gehängt. In der »Allee« (jetzt Hindenburgwall) hatte man die steinernen Pfähle, die den Fahrdamm begrenzten, bunt angestrichen. Vom Ratinger Tor bis zum Alleeplätzchen waren Buden aufgeschlagen, in denen es allerhand Ulkiges zu sehen gab.

Im Jahre 1842 war der Maler Adolf Schrödter Präsident des »Allgemeinen Vereins der Karnevalsfreunde«, der im Jahre 1829 gegründet worden war. Schrödter erließ eine »Proklamation«, in der sich die Kultur der damaligen Zeit widerspiegelt.

Proklamation:
Euch meint mein Wort, Ihr, Männer vom Rhein, die ihr lebensmutig und lebensfrisch einherschreitet, und nicht weniger mein' ich Euch, die sich, fern herkommend,

eine Stätte unter uns bereitet haben und im Herzen befreundet sind rheinischen Sitten und rheinischem Frohsinn.

Ein frisches, fröhliches Herz und der Sinn für heitere Genossenschaft selbst in Widerwärtigkeit ist ein köstlich Geschenk des Himmels, um das wir nicht mögen dankbar genug uns erweisen und das wir nicht sollen stellen unter den Scheffel, sondern herausholen, wo wir nur können und dürfen. Schaut, wie sie dahinziehen an den finsteren Abenden durch Schnee und Unwetter, sich zu scharen um den Thron des Frohsinns, der da, ein lichter, bunter Regenbogen, gewebt ist von Scherz, Singen und Wein. Sie wollen entübrigt sein der Falten, so ihnen des Tages Schwere auf die Stirn gedrückt, und die Spinnweben sich auskehren lassen aus dem preßhaften Herzen. Da rauschen mit Jubel Harmonien und schüren die Glut, so die Seelen zusammenschmilzt; und der blühende Bacchus, noch phantasierend von seinem letzten Triumphzug am Rhein, blickt selig lächelnd durch aller Augen.

Oh, schaut nicht strenge, Ihr Ernsten, die Ihr nur Gesichter von Blei zu den eisernen Zeiten wollt, die Ihr nur sprecht vom Geschrei der Armen und nicht hören mögt irgendein ander Melodey! Hier geschieht dem Armen kein Unrecht; wir sind im Gegenteil gewillt, vieles zu seinem Nutzen und Frommen gemeinsam zu wirken und unser Schärflein ihm nicht vorzuenthalten; und in diesem Sinne sind Frohsinn und Nächstenliebe Gesellen, die man immerdar beisammen findt.

Kommt vielmehr und tretet in unsere Reihen und werdet reicher um einige heitere Lebensstunden, welche

Ihr doch daheim im Brütestall Eurer Sorgeneier mit keinem Golde aufwiegen möget.

Seyd aber, wackere Männer, auch Ihr uns willkommen, so unseren bunten Fahnen bisheran zu folgen zögertet in der Besorgnis, es dürfte Eurem Gewissen ein Unglimpf geschehen. – Seyd nicht in Sorgen drum! Wer sich unbefangen und voll Vertrauen den frohen Rheinlandssöhnen übergibt, ist als Einer der Ihren betrachtet und geachtet. Aber Mißtrauen erzeugt Mißdeutung, und flugs zieht daraus die Satire ihre scharfen Pfeile.

So folgt denn getrost dem Zuge Eures Herzens und sucht frohe Genossen beim neuen Wein und Weisheit unter der Schellenkappe, die aller Gebrechen spottet. Damit übt Ihr rheinische Sitte, die nicht verderben soll unter uns! Schart Euch um uns – Ihr kehrt und bessert die Zeiten doch nimmer durch Euer Daheimbleiben hinter dem Ofen, wohl aber mehrt Ihr den Mut und die Freudigkeit, solche zu tragen. Somit Gott befohlen!

Der Präsident.

Der heutige Düsseldorfer Karneval unterscheidet sich von dem früheren Fastelowend dadurch, daß er sich von den Straßen zurückgezogen hat und in den Festsälen und großen und kleinen Karnevalsgesellschaften residiert, um dann zwar am Rosenmontag, dem rasenden Montag, in aller Pracht und Herrlichkeit in stundenlang dauerndem bunten Zuge durch die Straßen zu ziehen, ein verwirrendes, mitreißendes Bild der närrischen Fröhlichkeit, des schrankenlosen Übermutes, der sich in den tollsten Sprüngen über die Enge des

Alltags und über die Widerwärtigkeiten des Lebens hinwegsetzt.

Wie kriege mer et op?
Wie kriege mer et op?
Dat soll nit lang mi dure!
On wenn dat Geld versoffe es,
Dann fange mer aan zu trure.

Ein Liedchen aus längst verklungenen, niemals wiederkehrenden Tagen. Wie oft habe ich es auf Fastelowend in den Straßen der Altstadt gehört. Es wurde nach der Melodie des »Jungfernkranzes« aus der Oper »Der Freischütz« gesungen und stammt auch aus den dreißiger Jahren des vorigen Jahrhunderts, als Melodien aus Webers unsterblichem Werk in jedem Hause, auf allen Straßen gesungen, geklimpert und auf jeder Drehorgel gedudelt wurden. Wir brauchen heute nicht mehr zu fragen, wie wir's aufkriegen. Dieser Sorge sind wir wohl Zeit unseres Lebens enthoben. Wir haben heute andere Sorgen, an denen gemessen unsere damaligen überhaupt keine Sorgen waren. Das Leben war damals bei aller Kärglichkeit heiterer als heute. Man hatte mehr Lust zu lachen, und man freute sich schon über Kleinigkeiten. Man war anspruchslos in seiner Fröhlichkeit.

Der Fastelowend war in meiner Jugendzeit ein Volksfest, auf das sich ganz Düsseldorf freute wie die Kinder auf Weihnachten. Und was in den Straßen an den drei Fastnachtstagen als »Klohn« oder »Peijas«, als

»Baby« oder als »Zigeunerin« herumsprang und tollte, das waren im Grunde große Kinder. Viele Wochen vor Fastnacht begannen die Vorbereitungen. Da wurden aus billigem Zeug, meist aus rosafarbenem Biber, die »Babys« geschneidert in Form eines sogenannten »Hängerchens« mit kurzen Puffärmeln und einem »Volang« unten herum. An einem Seidenbande hing ein Milchfläschchen mit Gummilutscher. Die ganz besonders beliebten Zigeunerinnen hatten einen dunklen Rock mit einigen Streifen Goldlitze und ein weißes Hemd mit weiten Ärmeln, an deren Rand dünne Messingmünzen klirrten. Dazu kam ein Gürtel aus billigem roten Atlas, mit Goldfransen und Münzen verziert. An dem Gürtel hing ein Tamburin oder »Lawumm«, wie der Düsseldorfer sagt. Und die Zigeunerin war fertig. Der »Schollejong« war noch einfacher. Ein Kittel, eine Hose aus karierter Sackleinwand, ein Schiefertäfelchen, an einem Bindfaden von der Schulter herabhängend, ein Tornisterchen, auf dem »Männie« oder »Pitterke« stand, ein Strohhut mit flatternden Bändern – das war der »Schollejong«. Einen »Peijas« sah man nicht so häufig, weil dieses Kostüm viel Arbeit machte. Ein alter Anzug wurde über und über mit dreieckigen bunten Läppchen benäht. An jedem Läppchenzipfel hing ein Messingglöckchen. Es klingelte lustig, wenn so ein »Peijas« über die Straßen hüpfte und sprang.

Mir selber schneiderten die Eltern aus weißem und rotem Nessel einen Clown oder »Klohn«, wie man es bei uns ausspricht. Meine Eltern hatten nicht das

Schneiderhandwerk gelernt, und mochten sie sich bei der ungewohnten Arbeit noch so ereifern und erhitzen, es entstand ein Monstrum, das zwar eine entfernte Ähnlichkeit mit einem Clown hatte und sicher sehr komisch aussah, aber doch nicht die Wirkung hatte, die meine Eltern für ihren »Männie« bezweckten. Ich war der erste »Fastnachtsgeck«, der auf die Straße kam, und meine Eltern lagen im Fenster und freuten sich über ihr Werk. Aber meine Spielkameraden, grausam, wie die Kinder in ihrer Kritik sind, tanzten um mich herum, verhöhnten mich und riefen: »Och, kick emol de! Dat soll ene Klohn sin?! Dat hät dem sin Motter selwer gemaht! Ha buh!« Die ganze liebevolle und mit so hitzigem Eifer vollbrachte Arbeit meiner Eltern war für die Katz, denn ich lief jämmerlich weinend wieder nach Hause und war mit nichts zu bewegen, den verunglückten »Klohn« noch einmal anzuziehen.

Was auf Fastnacht als »Rabau« herumlief mit möglichst zerrissenem, dreckigem Anzug, roter Nase und blaugeschlagenem Auge, die Schabauflasche schwenkend, das waren die Gymnasiasten vom alten königlichen Gymnasium in der Allee. Den Gymnasiasten und den »höheren Töchtern« war auch für die Fastnachtstage der Bürgersteig vor dem Breidenbacher Hof vorbehalten. Da konnten sie dann nach Herzenslust und ohne Gefahr »poussieren«.

In meiner Kinderzeit hingen schon Wochen vor Fastelowend in den Metzgerläden mit Luft gefüllte Schweinsblasen an der Decke, große, kleine, runde, längliche und wurstförmige. Wir Jungen drückten uns die Nase platt an den Schaufenstern und betrachteten stundenlang diese Schweinsblasen, die für uns den ganzen Fastelowend mit all seinem Lärm, seiner Buntheit, seiner Freiheit in sich schlössen. Für einen Groschen waren die Schweinsblasen zu kaufen, und am Samstag vor Fastnacht waren sie schon ausverkauft. Zur Verstärkung des Lärms tat der Metzger Erbsen in die Blasen. Es war für uns Knirpse ein herrliches Vergnügen, mit den Schweinsblasen die »großen Leute« ungestraft auf den Rücken oder, wenn man nicht so hoch kam, auf den unteren Teil des Rückens zu schlagen. Es tat nicht weh, aber es rasselte und dröhnte, und das war die Hauptsache. In der Apotheke ließen wir uns von dem freundlichen Provisor Backen und Nase rot färben und einen schwarzen Schnurrbart malen – das war die Hauptbeschäftigung des Apothekers an den Fastnachtstagen – und dann stürmten wir wie eine wilde Meute mit Geschrei in die bunte Menge, daß die Mädchen ängstlich aufkreischten und die Mütter über die »Saujonges« schimpften. Wir ahnten nicht, daß wir den uralten Brauch übten, mit Geschrei und Lärm die dunklen Geister des Winters zu verscheuchen. Die kleinen Mädchen begnügten sich mit zierlichen, rotgefärbten, hölzernen Räspelchen, mit denen sie das Ihrige zum allgemeinen Fastnachtsspektakel beitrugen.

Um Fastelowend gehörig zu feiern, war dem Volk kein Opfer und keine Einschränkung zu groß. Man zwackte sich den Pfennig vom Munde ab, um für die tollen Tage genug Geld zu haben. Denn es sollte gut und viel gegessen und noch mehr getrunken werden. Zwar um einen Rausch zu kriegen, mußte man schon eimerweise das von den Wirten eigens gebraute »Fastelowendsbier« herunterschütten, ein Bier, das ebenso dünn war wie das berüchtigte »Kermesbier«. Sogar die Haustiere hatten es auf Fastnacht gut. Et »Mimke« oder der »Möhr« bekamen lecker mit viel Milch gekochten Reisbrei und gehacktes Fleisch, auf dem Lande erhielt das Vieh die doppelte Menge Futter. Und wenn das gesparte Geld nicht langte, wurde zum »Pängke«, zum Pfandhause an der Krämerstraße, dem früheren kurfürstlichen Pagenhause, getragen, was eben entbehrlich war. Aus diesem und keinem anderen Grunde sah man an den Fastnachtstagen keinen Trauring. Und was sagte der Mann, als er das Bettzeug zum Pfandhause tragen wollte und die Frau deswegen schimpfte? »Wat brache mer op Fastelowend Bedder? Mer koome jo an dene Däg doch nit zum Schloofe.«

Alt-Düsseldorfer Wirtschaften und Gasthöfe

Die Düsseldorfer haben von jeher gern einen gehoben, und wer ein echter Düsseldorfer ist, hat noch nie ins Glas gespuckt. Wenn auch der Düsseldorfer bei seinem angeborenen Sinn für Humor die Quelle seiner Heiterkeit in sich selber hat und sich deshalb über ein Nichts freuen kann, so muß er doch sein »Mößke

Bier« haben, um sich so »richtig« Spaß zu machen. Man darf sich deshalb nicht wundern über die große Zahl von Wirtschaften, Kneipen und Brauereien, die es immer in Düsseldorf gab. Die Zeitverhältnisse spielten dabei fast gar keine Rolle. Ob sie gut oder schlecht waren, der Düsseldorfer trank sein Glas Lager. Mitte des vorigen Jahrhunderts zum Beispiel, als Düsseldorf noch ein unbedeutendes Provinzstädtchen war und von seiner Vergangenheit als herzogliche oder großherzogliche Residenzstadt träumte und in seinen kühnsten Träumen nicht an seine heutige Größe und Bedeutung dachte, hatte es eine solche Zahl von Wirtschaften, daß man aus einer in die andere fallen konnte. In den Aufzeichnungen des Polizeiinspektors Mindel vom Anfange des 19. Jahrhunderts und in den Listen aller Handelsfirmen und Gewerbetreibenden, die von der Stadtverwaltung geführt wurden, und in den Reisebeschreibungen von Rheineck vom Jahre 1826 und von Wilhelm! in seinem »Panorama von Düsseldorf« vom Jahre 1828 werden an erster Stelle immer die Brauereien genannt. Es gab damals 75 Brauereien mit rund 150 Arbeitern in der kleinen Stadt von vielleicht 17.000 Einwohnern. In derselben Zeit zählte man nur 15 Weinhandlungen, die im Jahre 1854 auf 22 gestiegen waren. Die wenigsten wissen, daß der Vater der beiden Achenbachs vorübergehend Bierbrauer gewesen ist. In der Düsseldorfer Zeitung vom 2. November 1824 zeigt er seine Bierbrauerei an »auf dem ehemaligen Münchschen Gute in Pempelfort bei Düsseldorf«. Hier wurde in unmittelbarer Nähe des Jägerhofes am 2. Februar 1827 Oswald Achenbach geboren. Im Jahre 1858 zählte Düsseldorf noch nicht 39.000 Einwohner. Aber es gab hier 224 Wirtschaften und Gasthöfe. Also kam auf 175 Einwohner, die Frauen und Kinder mitgerechnet, eine Wirtschaft! Die guten Düsseldorfer gerieten demnach auch in den schlimmsten Zeiten nicht in Gefahr, zu verdursten. 51 Brauereien lieferten das Bier. Ihre Zahl war also um 24 zurückgegangen. Aber diese immer noch erstaunlich große Zahl der Brauereien erklärt sich so, daß es Großbrauereien wie heute nicht gab, sondern daß auch kleine Wirtschaften ihr Bier selber brauten. Es war nicht immer das beste Bier. Denn die kleinen Brauer waren nicht alle Meister ihres Faches. Das Bier war nicht sehr stark und verschalte rasch. Und im Sommer wurde es oft sauer und hatte dann, besonders auf Fremde, die es nicht gewöhnt waren, eine Wirkung, die – wie sage ich's bloß zart und taktvoll? – zum mindesten nicht beabsichtigt und erwünscht war.

Es gab damals kein künstliches Eis. Im Winter schnitt man das Eis von den Teichen im Hofgarten und speicherte es im Eiskellerberg – daher sein Name – für den Sommer auf. Aus dieser Zeit stammt die kleine Schnurre von dem Fremden, der im Sommer ein Glas Bier bestellte und sich beschwerte, daß es so trüb, schal und warm war.

»Haben Sie denn kein Eis?« fragte er den Wirt.

»Is, Här, Is? Ich glöv et Öch! Medde em Sommer Is!«

Aus meiner Kinderzeit erinnere ich mich, daß auch die Metzger das nötige Eis im Winter sich auf schweren Pferdekarren anfahren ließen und die Blöcke im Keller verwahrten, mit Strohsäcken zudeckten, damit das Eis sich solange wie möglich hielt. Aber trotz aller Mühe ließ es sich nicht verhindern, daß im Sommer nicht ein Stückchen Eis mehr im Keller war. Das war auch der Grund, warum im Sommer die Leute so wenig Fleisch aßen. Seefische gab es in dieser Zeit überhaupt nicht. Man konnte sie nicht verschicken. Sie wären verfault angekommen. Wollte man Fische essen, so mußte man sie im Rhein fangen oder sich mit Stockfisch begnügen.

Die Wirtschaften der damaligen Zeit hat man sich in der denkbar bescheidensten Ausstattung vorzustellen. »Bierpaläste«, wie sie um die Wende des Jahrhunderts, als es uns gut ging und wir vor Üppigkeit und Großmannssucht uns aufblähten, als der Kitsch seine Blüte hatte, als jeder kleine Bäckermeister den schönen Backsteingiebel seines Häuschens »verputzte« und ihm mit Engelchen, Säulen und Karyatiden aus Zement ein schloßartiges, palastähnliches Aussehen zu geben versuchte, also »Bierpaläste« mit Spiegeln, goldenen Säulen und »feenhafter« Beleuchtung kannte man nicht.

Eine Alt-Düsseldörfer Wirtschaft bestand aus einer mehr oder minder kleinen Stube mit gekalkten Wänden. Durch die kleinen Fensterscheiben fiel grünlich gedämpft das Tageslicht. Die Tische waren weiß gescheuert; in den Ritzen der Tischplatten aus Weißbuche saß der weiße Scheuersand. Rings an den Wänden entlang lief eine Holzbank. Auf dem Tische stand ein zinnerner Leuchter mit einer Kerze oder ein Messinglämpchen, das mit Rüböl gespeist wurde. Daneben lag die Lichtputzschere, mit der der Gast selbst von Zeit zu Zeit den Docht schneuzen mußte, damit das Lämpchen nicht gar zu sehr schwalchte. Streichhölzer oder »Strichspönches« oder »Schwäjelches« gab es noch nicht. Dafür standen Fidibusse aus Papier oder »Fimpe« aus dünn geschnittenen Holzspänen in Porzellantassen auf den Tischen. Damit zündeten die Gäste ihre irdenen Tabakspfeifen an. Zigarren rauchten die »besseren« Leute. Für den Tabakschnupfer lag in großen, gedrechselten Dosen echter »Kardinal« bereit. An den Wänden hing der Kaiser Napoleon und der Alte Fritz, die beiden Herrscheridealgestalten des Düsseldorfers, einträchtig nebeneinander, und an der Decke schaukelte wohl das Modell eines Rhein-Segelschiffes. Aber über dem Schanktisch, auffällig und sichtbar für alle Gäste, hing ein Bild, auf dem eine Rose naiv-unbeholfen gemalt war. Und darunter stand in schön verschnörkelten Buchstaben das Verslein:

Die Rose blüht, der Dorn, der sticht,
Wer gleich bezahlt, vergißt es nicht.

Das Bier zapfte der Wirt nicht aus einem Fasse, sondern er schenkte es aus einer großen irdenen Kanne, einer »Veedelskann«, ein, die fünf Maß enthielt. Das war eine dickbauchige Kanne, aus graublauem Ton gebrannt und mit blauen Mustern verziert. Solche Kannen wurden und werden heute noch in Höhr im Westerwald gebrannt. Übrigens kommen da her auch unsere Mostertpöttches. Das Bier lagerte in einem großen Fasse im Keller, damit es kühl blieb. Wenn die Stube voll Gäste war, mußte der Baas jeden Augenblick mit der »Veedelskann« in den Keller laufen, um wieder frisches Bier heraufzuholen. Aber nicht nur wegen des Bieres kamen die Gäste, sondern auch um vom Baas die Tagesneuigkeiten zu erfahren. Denn eine Zeitung wie heute gab es noch nicht. Was draußen in der Welt geschah, erfuhr der Wirt zumeist von den Boten, die zu Pferde oder zu Fuß zwischen Düsseldorf und den Nachbarstädten verkehrten. Wenn die Uhr des alten Rathauses mit ihrer dünnen Stimme Zehn rief, wünschte der Baas angenehme Ruh', blies die Lichter aus und schloß hinter seinen Gästen die Haustür zu. Und die gute alte Stadt Düsseldorf lag bald danach dunkel und still da und schlief dem nächsten Tag entgegen.

In meiner Kinderzeit holten sich die Leute der Altstadt abends meist »e Mößke Wiß«. Das kostete 18 Pfennige. »Jank nom Sonne, Jong«, sagte meine Mutter immer zu mir, »do gövt et e jrößer Zumößke«. Lagerbier leisteten sich nur die besseren Leute, die Handwerksmeister und Hausbesitzer, für die sechs Pfennige mehr oder weniger keine große Rolle spielten. Der alte Grenzhausener Steinkrug, den meine Mutter vor fünfzig Jahren beim Fräulein Deußen gekauft hatte, ist erst vor einigen Jahren in Scherben gegangen, und er hatte alle Aussicht, in Wahrheit steinalt zu werden. Von der

»Schnut« herunter über den Bauch bis unten hatte er eine braune Tröpfelspur. Seit Jahren habe ich die großen, weitbauchigen, enghälsigen Steinkrüge nicht mehr gesehen, die sogenannten »Veedelskanne«. Eine solche Kanne enthielt fünf Maß und war unter dem Handwerkszeug der Düsseldorfer Maurer das vornehmste. Im Sommer wurde diese Kanne nie trocken. Eine »Veedelskann Bier« war unter den Spenden der Wohltäter die beliebteste. Wer aber einen »Anker« spendierte, für den hätten die Arbeiter die Sterne vom Himmel heruntergeholt, wenn er es als Gegengabe verlangt hätte. Ein Anker war ein kleines Faß, das ungefähr 25 Liter faßte, wenn ich nicht irre. Der dicke Limbach, einer von den Mitgliedern des »Deuklubs«, konnte einen ganzen Anker Bier mit beiden Händen hochheben bis an den Mund und aus dem Spundloch trinken, so stark war er.

»Lommich emol e Schlückske drinke, ich han esone Doosch«, sagte er und setzte das Faß an den Mund.

Das Düsseldorfer Bier ist schon sehr alt. Vor vierhundert Jahren wurde hier ein besonderes Bier gebraut, und zwar nach bestimmten behördlichen Vorschriften. Der Wein- und Bierverzapf war für die Behörde eine große Sorge. Welchen Wert sie auf den ordnungsmäßigen Verzapf legte, geht daraus hervor, daß sie die Vorschriften hierfür an die Spitze ihrer sonstigen Verordnungen setzte. In der Zeit der Jakobe von Baden bestimmte eine Polizeiverordnung, daß der Bürgermeister, zwei Ratsfreunde und die beiden Marktmeister das Braukorn, die Gerste und den Hopfen prüfen sollten, ob sie gut oder schlecht geraten wären, und daß sie je nachdem den Preis für das Bier festsetzen sollten. Nämlich wenn das Braukorn gut geraten und wohlfeil war, sollte das Bier für vier bis sechs Heller die Quart verzapft werden; hatte das Braukorn einen mittleren Preis, dann durfte die Quart zu sechs bis acht Heller, und war das Braukorn teuer, zu acht bis zehn Heller verzapft werden. Darüber hinaus durfte der Bierpreis nicht gehen. Das Bier wurde also in teueren Zeiten nicht schlechter, sondern teurer. Die Verordnung legte Gewicht darauf, daß das billigere Bier nicht, wie das sonst oft vorgekommen war, mit dem teueren vermischt und daß das eine nicht für das andere verkauft wurde. Es scheint also in jener Zeit die Bierpantscherei bei den Düsseldorfer Wirten sehr beliebt gewesen zu sein. Die Marktmeister sollten auch darauf sehen, daß »ein Jedes Bier nach seinem Pfennigswerth nach Gelegenheit des Jars gemacht und gar gesotten« wurde. Schließlich bestimmte die Verordnung, daß alles fremde Bier vor dem Verzapfen geprüft wurde und daß die Wirte von dem fremden Bier doppelte Steuern zahlen sollten.

Unter Jan Wellm waren die Düsseldorfer große Biertrinker. Die Brauer ließen das Bier kaum kalt werden, da verzapften sie es schon. Die trinklustigen Bürger ließen ihnen wohl zum Ablagern keine Zeit. Von dem allzu frischen Bier aber werden so viele Leute Bauchgrimmen bekommen haben, daß die Polizei im Artikulo XII der Düsseldorfischen Polizey-Ordnung vom Jahre 1706 folgendes bestimmte:

»Hiesige Bier-Brauere und Bierzapfer sollen nach Ertrag des Früchten-Kauffs das Bier gut machen, dabei aber absonderlich besorgen, damit selbes gar und wohl geschmackt mit aufrichtigen Hopfen, keineswegs aber mit anderen unzulässigen Zusatz und Composition ausgekocht, auch kein Bier zum Verzapfen angestochen werden, es sey dann zuvor etliche Tage alt, klar und wohlgesetzt; dann solle keiner ein Gebräu zum Anzapfen bringen und verkaufen mögen, es habe dann der Marek- oder Kuyr-Meister zuvorn selbes probiert, ob das Bier den erlaubten Groschen werth seye. Dafern nun das geringste obgemelter Maßen oder an seiner Güte oder Geschmack ermangeln würde, soll ein solches der Gebühr seinem Werth gemäß taxiert und geringer verkaufft werden.«

Um die Mitte des 18. Jahrhunderts hatte die Maß Bier den gesetzlich festgelegten Preis von zwei Stübern, also etwa zehn Pfennigen. Als aber der damalige Kurfürst Karl Theodor, um für seine kostspieligen Bedürfnisse Geld zu schaffen und seine Schulden zu verringern, nach dem erhabenen Beispiele der anderen damaligen Landesväter den Münzfuß neu regelte und unter anderem den alten Stüber auf einen Albus oder dreiviertel Stüber festsetzte, kümmerten sich die Wirte und Brauer nicht darum, sondern verzapften das Bier jetzt zu zwei neuen Stübern, also einen halben Stüber über die gesetzliche Taxe. Sie kamen damit in Konflikt mit der bergischen Landesregierung, die schließlich an den Bürgermeister und den Rat zu Düsseldorf am 7. November 1765 eine Verfügung erließ, in der sie mit

Strenge befahl, daß die Maß Bier in altem Geld zu zwei alten Stübern und in neuem Geld zu eineinhalb Stübern oder drei »Fettmännchen« verzapft werden solle.

In der Franzosenzeit wurde das Bier immer schlechter. Die Wirte sparten an Malz und Hopfen und setzten überdies dem wässerigen Gebräu zur Klärung und zum Nachbittern allerhand der Gesundheit schädliche Mittel zu, bis schließlich die Biertrinker sich beklagten und die Regierung Joachim Murats eine Polizeiverordnung genehmigte, wonach die Brauer in zwei Klassen nach dem Bierpreise eingeteilt und worin ihnen die zu jedem Gebräu erforderlichen Materialien genau vorgeschrieben wurden. »... Um sowohl dem Publikum ein gesundes und gutes Bier zu verschaffen als auch der unerlaubten Gewinnsucht zu steuern« wurde verordnet, daß zukünftig von keinem Brauer oder Bierwirt weder in der Stadt noch außerhalb anderes Bier als zu drei oder vier Stübern die Maß verkauft werden dürfte. Den Wirten und Brauern, die ihr Bier zu drei Stübern verkaufen wollten, war es verboten, Vier-Stüber-Bier zu verzapfen, weshalb sämtliche Wirte und Brauer innerhalb 24 Stunden nach Veröffentlichung der Verordnung auf dem Polizeibüro sich erklären mußten, ob sie Drei- oder Vier-Stüber-Bier verzapfen wollten. Danach wurde ein Verzeichnis der Drei- und Vier-Stüber-Wirte angelegt. Die Brauer, die Vier-Stüber-Bier brauten, mußten zu jedem Gebräu vier Malter Malz Düsseldorfer Maß, jeden Malter zu 190 Pfund gerechnet, und dreizehn Pfund guten Hopfens nehmen, und sie durften darauf nicht mehr als zehn »Ahmen« ganz ausgekochtes Bier brauen. Zum Drei-Stüber-Bier mußten dieselben Braustoffe genommen werden, es durften aber dreizehn Ahmen daraus gebraut werden. Hohe Geldstrafen standen auf Vergehen gegen diese Vorschriften. Wer sich zum dritten Male verging, dem wurde die Braukonzession entzogen. 24 Stunden vorher mußten die Brauer den Anfang des Gebräues anzeigen, das dann unter Aufsicht eines vereidigten Visitators gekocht wurde. Der Visitator erhielt von jedem Gebräu zwanzig Stüber, soviel wie eine heutige Mark. Um sich von der richtigen Verwendung der vorgeschriebenen Materialien sowohl als auch von der Herstellung selbst zu versichern, war die Einführung fremden Bieres den Wirten, Bäckern und Kaffeewirten bei Strafe der Konfiskation untersagt.

Gegen Ende des vorigen Jahrhunderts waren von den sechzig bis siebzig kleinen Brauereien die meisten verschwunden, teils weil sie den Ansprüchen nicht mehr genügten, teils weil sie sich bei den veränderten Verhältnissen nicht mehr lohnten. Vor zehn Jahren wurde Düsseldorfer Bier von einigen Großbrauereien gebraut und von sechs alten Kleinbrauereien, die an der alten Brauart festhielten und darauf bedacht waren, daß sich ihr Bier von dem der anderen Brauereien im Geschmack unterschied. Die eine gab ihm einen säuerlichen Geschmack, die andere einen bittern, die dritte einen milden, die vierte einen herben, so daß der Düsseldorfer Lagerbiertrinker auch mit verbundenen Augen beim ersten Schluck wußte, wessen Bier er trank. Vielleicht kommt diese Zeit bald wieder.

Es ist schwer, sich eine Vorstellung zu machen von den Gasthöfen im alten Düsseldorf, wenn man an die heutigen mit ihrer Vornehmheit und ihrem Luxus denkt. Was heutzutage ganz selbstverständliche Voraussetzungen sind in bezug auf Reinlichkeit, gesundheitliche Fürsorge und Bequemlichkeit, war dazumal und war noch bis in unsere Zeit hinein gänzlich unbekannt und wurde darum auch nicht verlangt. Ein Reisender mit ganz bescheidenen Ansprüchen würde heutzutage kaum zufrieden sein mit dem Quartier, das vor 150 Jahren im »Hof von Holland«, an der Ecke der Altstadt und Liefergasse, des Beherrschers aller Reußen, Kaiser Pauls I., für würdig und angemessen gehalten wurde. Es war ein großes Backsteinhaus mit guten Verhältnissen, aber man kann auch unter Berücksichtigung der damaligen Zustände sich nicht vorstellen, daß ein russischer Zar in einem solchen Gasthofe hat wohnen können.

Den Jülich-Bergischen Wöchentlichen Nachrichten, die der »Steuer-Canzlei-Verwandte« Zehnpfennig in der zweiten Hälfte des 18. Jahrhunderts in der Neustraße herausgab, verdanken wir eine große Menge von Mitteilungen, die uns über das Leben unserer Stadt im Zeitalter des Rokoko aufklären. Da der Fremdenverkehr für jede Stadt lebenswichtig ist, so wird auch in dem Düsseldorfer Blättchen regelmäßig berichtet, wieviel Fremde die Stadt besuchen. In den Fremdenlisten von 19 Gasthöfen, nämlich auf der Bolkerstraße vom »Pfau«, vom »Schwarzen Pferd«, vom »Zweibrücker Hof«, vom »Anker«, »Im goldenen Berg«; auf der Rheinstraße vom »Antonio«, auf der

Berger Straße vom »Heidelberger Faß«, auf der Flinger Straße vom »Schellfisch«, auf der Kurze Straße vom »Raben«, auf der Ratinger Straße vom »Schwarzen Horn«, auf der Citadellstraße vom »Französischen Hof«, auf der Kurze Straße vom »Alten Kaffeehaus«, auf dem Burgplatze vom »Gasthof Cüstoll«, auf der Hafenstraße vom »Bönnischen Hof«, von der »Stadt Siegburg«, vom »Posthaus«, vom »Prinz von Oranien«, vom »Trierischen Hof«, werden in der Zeit vom Mai 1769 bis einschließlich April 1777 insgesamt 1209 Fremde aufgeführt, darunter 603 Kaufleute. Diese Kaufleute kamen zum größten Teile aus dem Wuppertale, aus Köln, aus Westfalen und auch aus Holland.

Um einen Begriff zu bekommen von dem, was die Gastwirte im alten Düsseldorf boten und was von ihnen verlangt wurde, braucht man ihre Ankündigungen in den Jülich-Bergischen Wöchentlichen Nachrichten zu lesen. Am 13. September 1804 beispielsweise machte der Gasthof »Zum Benrather Hof« im Hause Ratinger Straße 7 bekannt, daß »in dem Hause gegenüber der Kreuzherrenkirche Mittag- und Abendessen inner- und außerhalb dem Hause gegeben, auch unter Tags guter Wein verzapft werden. Die Bedingnisse sind für Hof- und mittlere Standespersonen vorne in der Behausung zu hören.« Der Gastwirt hieß Bernhard Strein junior. Seine Küche und Keller müssen gut und beliebt gewesen sein, denn er konnte kurze Zeit darauf in demselben Blättchen folgendes ankündigen: »Da mich nunmehr in meinem neu eröffneten Benrather Gasthof auf hiesiger Ratinger Straße verschiedene hohe Standespersonen mit ihren gütigen Bestellungen und geäußerter gänzlicher Zufriedenheit beehrt haben, nunmehr auch bey getroffener besserer Einrichtung mittlere Standespersonen nach Belieben preiswürdig bedienen kann, so mache hiermit bekannt, daß man bey mir nach Verlangen Einsätze von 9 bis 25 Stüber und Table d'hote zu 18 Stüber, aber nach Belieben und Saison einzelne Personen gegen billigen Preis haben können. Den Wein werde jederzeit gut und unverfälscht liefern, und zwar den besten Moseler und Aarwein per Maaß zu 25 Stüber, ein anderer sehr guter Moseler, Aar- und Rheinwein zu 48 Stüber, ein auch echter Malaga zu 43 Stüber die Bouteille.«

Bis zu Anfang des 19. Jahrhunderts war das »Schwarze Horn« in der Ratinger Straße ein beliebter und vielbesuchter Gasthof, wo hohe Prälaten und Herrschaften einkehrten. Bis zur Mitte des 16. Jahrhunderts war das »Schwarze Horn« das Düsseldorfer Bürgerhaus, also Rathaus. Im Jahre 1793 stieg im »Schwarzen Horn« der russische Feldzeugmeister Freiherr von Elmpt ab und bekundete bei seiner Abreise dem Wirt seine große Zufriedenheit für Verpflegung und Bedienung. Im Jahre 1774 machte der Wirt Heinrich Josef Juppen »Jedermänniglichen bekannt, daß er nunmehr das ›Zum schwarzen Horn‹ genannte und von langer Zeit her berühmt gewesene Auberge bezogen hat und so wie früher fortfahren werde, Jedermann nach Wohlgefallen zu Pferd als auch zu Fuß und billigem Preis zu bewirthen, hoffete daher, daß der da gewohnt gewesene Gönner, Passagiers so wie jeder Reisende ihm zukünftig ihren Zuspruch vergönnen werden«.

Ein ehrwürdiges Alter hat die Brauerei und Schankwirtschaft »Zum Schiffchen« auf der Hafenstraße. Es ist, vielmehr war die älteste noch bestehende Schankstätte in Düsseldorf. Das Haus ist zerstört. Der »Goldene Ring« auf dem Burgplatze war zwar noch älter – das alte Wahrzeichen des Hauses, ein goldener Ring mit der Jahreszahl 1536, ist noch vorhanden –, aber eine Brauerei und einen Bierausschank gab es in dem Haus erst seit 1704. Seit 1426 war am Rheinörtchen – Rinkesort hieß es damals – eine Werftanlage, an der im Jahre 1598 ein Kran gebaut wurde, der noch auf Bildern aus dem vorigen Jahrhundert zu sehen ist und ein Wahrzeichen unserer Stadt war wie der Rheinkran in Andernach.

Damit die Schiffe »bei winterlichem Frost und Eisfahrten in einem Hafen gesichert und unbeschädigt liggen mogten«, ließ Herzog Wolfgang Wilhelm um 1620 herum an der vom Magistrat vorgeschlagenen Stelle zwischen der alten Festungsmauer und der heutigen Schulstraße einen Hafen durch Erbreiterung des vom südlichen Düsselarm gespeisten Festungsgrabens anlegen. Wo heute die Reste der Häuser der Akademiestraße stehen, ragten damals die Masten der holländischen und Kölner Beurtschiffe in die Luft. Zugleich mit der Anlage des Hafens wurde das Gelände zwischen dem damals am Ende der Berger Straße stehenden Berger Tore und der Zitadelle zur Bebauung freigegeben, und Herzog Wolfgang Wilhelm erteilte 1628 dem Bürger Wilhelm Hütten die Erlaubnis, in dem dort erbauten Hause »Zum Schiffchen« eine

Brauerei mit Schankwirtschaft zu betreiben und Bier, Wein, Speisen an Einheimische und Fremde gegen angemessene Bezahlung abzugeben. Die zahlreichen Schiffer, Treidelknechte, Fuhrleute und Handelsherren nämlich verlangten Speise, Trank und Unterkunft in der Nähe des Hafens. Das Berger Tor wurde 1680 abgerissen und auf der Zitadelle wieder aufgebaut, so daß von da ab die Brauerei »Zum Schiffchen« innerhalb der Festung lag.

Das alte Brauhaus, das im Anfange des vorigen Jahrhunderts abgebrannt ist, wird als ein düsteres Gebäude beschrieben. Die Beschreibung des Brauhauses, wie es noch um 1800 dastand, verdanken wir dem Historiker Hermann Becker:

»Wenn man um das Jahr 1800 durch die Hafenstraße gegangen wäre, würde man daselbst ein Giebelhaus von düsterem Aussehen erblickt haben: die Brauerei »Zum Schiffchen«. In der Giebelspitze ragte der gewaltige, verzierte Balken hervor in der Form eines Ungetüms. An dem Balken befand sich die Rolle, über die das Seil lief, woran man Kisten und Ballen zum Speicher hinaufzog. Mächtige, fratzenartige Wasserspeier aus Blei spien bei Regenwetter das Dachwasser bis in die Mitte der Straße, wo damals die Regenrinnen lagen. Uber dem Toreingang sah drohend der Grinkopf hernieder, eine Fratze aus Stein. Wo das Kinn hätte sein müssen, war es abgeflacht, und in dieser Fläche befand sich eine Aushöhlung. Sie verlieh dem Schrotbaum Halt, der schräg an das Haus gestellt wurde. Wollte man Fässer hineinschaffen, dann schlang man das Seil, woran das Faß hing, um den Baum. Ein großer Torflügel war geschlossen, der andere in die obere und untere Hälfte geteilt. Die obere war zurückgeklappt, die untere, das sogenannte »Gattertor«, geschlossen. Über dem Eingang hing von dem Grinkopf ein halbrunder, aus geschälten Weiden geflochtener Hopfenkorb, das Wahrzeichen der Brauerei. Wollte man eintreten, so mußte man den Korb beiseiteschieben. Über dem Eingang befand sich auch eine Laterne, wofür der Wirt jährlich drei Taler zu entrichten hatte. Neben dem Eingang qualmte in einem eisernen, korbartigen Gestell ein Ziegel aus gepreßter Gerberlohe, der angezündet wurde, damit die Gäste ihre Pfeifen daran anzünden konnten.«

In der Zollstraße ist heute noch eine Wirtschaft in dem großen Hause »En de Kanon«. Es ist leicht zu finden, denn über der Türe ist noch ein in Stein gehauenes, reichverziertes Medaillon mit einer Kanone, die vor einer Mauer steht. Es ist das Wappen der berühmten Familie Maurenbrecher, die in der Geschichte Düsseldorfs eine nicht unerhebliche und mannigfaltige Rolle gespielt hat. Die Geschichte des Postwesens am Niederrhein ist mit ihrem Namen verknüpft. Die Familie Maurenbrecher stammt aus den Dörfern Derendorf und Pempelfort. Sie besaß dort mehrere Landgüter. Im Jahre 1663 hatte sie sich in Düsseldorf angekauft. Das Haus »Im Häschen« und »In der Kanon« kaufte in diesem Jahre der »Fuhrmann« Johann Maurenbrecher. Fuhrmann war damals soviel wie heute Fuhrunternehmer. Tilmann Maurenbrecher richtete »In der Kanon« im Jahre 1663 eine Posthalterei ein. Aber bereits vierzig Jahre früher besaß Johann Maurenbrecher, der im Jahre 1685 gestorben ist, eine »fahrende Post«. Das war aber ein Privatunternehmen, das erst am 8. Juni 1668, vom Pfalzgrafen Philipp Wilhelm staatlich privilegiert wurde. Das Privilegium bestimmte, daß die Post abwechselnd auf Köln und längs des Rheines in nördlicher Richtung fahre, »damit die Passagiere auf Wesel, Münster, Hamm, Minden, Bremen und Hamburg, auch nach Hannover, Magdeburg und Berlin in kurzer Zeit wohl akkomodiert überführt werden können. Welcher sich dieser Gelegenheit gebrauchen will, hat sich anzugeben bei Johann Maurenbrecher auf der Zollstraßen im Kanon«.

Derselbe Johann Maurenbrecher erhielt am 29. März 1675 vom Großen Kurfürsten das Privileg, daß er wöchentlich einen Postwagen durch kurbrandenburgisch-klevisches Gebiet bis nach Nimwegen durchgehen lassen durfte. Der Postbetrieb von Johann Maurenbrecher muß damals schon einen außerordentlich großen Umfang gehabt haben, denn er besorgte den Personen- und Güterverkehr des ganzen Niederrheins mit Holland und mit dem Norden und Osten Deutschlands bis nach Polen. Die Beförderung von Personen geschah mit großen Wagen, die Platz für acht Personen hatten und von drei oder vier Pferden gezogen wurden. Die Organisation dieses Postverkehrs war für die damaligen Zeit- und Wegeverhältnisse hervorragend. Im 18. Jahrhundert konnte man mit der Maurenbrecherschen Post in der verhältnismäßig kurzen Zeit von drei Tagen von Düsseldorf nach Amsterdam kommen. Für die acht Meilen lange Strecke bis Wesel gebrauchte Maurenbrecher im Sommer bei guten Wegen einen Tag, im Winter mußte er bei der Hinfahrt in Dinslaken, bei der Rückfahrt in Duisburg übernachten.

Das blühende und einträgliche Postgeschäft erhielt einen bösen Schlag, als die französischen Revolutionsscharen an den Rhein kamen und die linksrheinischen Gebiete für sich nahmen. Der Postbetrieb in diesen Gebieten war dadurch für Maurenbrecher lahmgelegt. Bei der Beschießung Düsseldorfs im Jahre 1794 verlor Maurenbrecher auch noch eine Anzahl Wagen. In der Verwirrung und Eile nahmen die kopflosen Bürger einfach die schönen Maurenbrecherschen Postwagen, um ihre Habseligkeiten und sich selbst aus der brennenden Stadt wegzuschaffen. Im Jahre 1806, als Joachim Murat als Großherzog von Berg in Düsseldorf einzog, wurde der ganze ehemalige Maurenbrechersche Postbetrieb verstaatlicht, und Maurenbrecher selbst wurde Großherzoglich-Bergischer Postmeister gegen eine angemessene Entschädigung. Den jährlichen Reingewinn berechnete Maurenbrecher in seiner Eingabe an die Regierung mit 5000 Reichstalern. Maurenbrecher wird hierbei sicher etwas gut gerechnet haben. Kurz vorher hatte er sich auf der danach benannten Poststraße ein neues großes Haus gebaut, das denn auch in der Folge für den Postbetrieb benutzt wurde. Es ist das Haus gegenüber der Mariensäule. Man erkennt es an dem breiten

Tore. Alte Düsseldorfer nennen es heute noch »Die Post«.

Die Familie Maurenbrecher war zu dieser Zeit in Düsseldorf hochgeachtet und spielte eine große gesellschaftliche Rolle. Überall, wo es darauf ankam, die Bürgerschaft würdig zu vertreten, war der Postmeister Maurenbrecher der erste Mann. Beim Einzuge Joachim Murats kommandierte er die berittene Ehrengarde, die aus den Söhnen der ersten Bürger bestand und die man, wie der damalige Zeitungsberichterstatter schreibt, in ihren schönen weißen Uniformen mit den roten Aufschlägen und silbernen Knöpfen für eine Abteilung wohlberittener Dragoner halten konnte.

Neben ihrem großen Postbetrieb unterhielten die Maurenbrechers zur Zeit Jan Wellms »In der Kanon« auch einen blühenden Weinhandel, der mit einem Ausschank verbunden war. Die »Zechstube« bei Maurenbrecher ist durch Jan Wellm berühmt geworden. Hier verkehrten die holländischen, flämischen und italienischen Künstler, die Jan Wellm zur Verherrlichung seines Hofes nach Düsseldorf hatte kommen lassen. Bei den Zechgelagen in der hinteren kleinen Stube der »Kanon« lärmte das Künstlervolk in vielen Sprachen durcheinander, aber die Fröhlichkeit und der Übermut reden eine Sprache, die überall verstanden wird. Jan Wellm, dem neben Holländisch, Französisch, Italienisch auch diese Sprache sehr geläufig war, der ein derbes, kräftiges Wort, einen guten Trunk und ein keckes Lied schätzte, kam oft abends ganz allein, ohne Hellebardiere, ohne Heiducken und ohne seine Gemahlin Maria Louisia, die ihm sonst immer auf den Fersen war, in diese Zechstube, vergaß hier seinen Ärger über die Knauserigkeit und Hartköpfigkeit der Stände, die für seine großen Pläne kein Verständnis haben wollten, war fröhlich mit den Fröhlichen und trank und sang wacker mit. Jan Wellm war aber im Gegensatze zu seinen fürstlichen Zeit- und Amtsgenossen ein mäßiger Trinker. Er soll nie über den Durst getrunken haben, obwohl er in keiner Beziehung ein Kostverächter war. Mit den anderen paffte er aus einer langen, dünnrohrigen, holländischen Tonpfeife, bis man schließlich in der kleinen, niedrigen Stube Seine kurfürstliche Durchlaucht nicht mehr von den andern in dem Qualm unterscheiden konnte. Mitten am blanken Kneiptische stand des Kurfürsten hochlehniger Sessel. Jan Wellm trank aus seinem eigenen geschliffenen Kristallpokale herben Dhroner, der für ihn im Keller von Maurenbrecher lagerte, Jan Wellm mischte den Wein immer mit Wasser aus der Düsselquelle. Jeden Tag holte ein Hofgefährt ein Faß dieses klaren, kalten Wassers von der Quelle bei Mettmann, und wenn Jan Wellm »In der Kanon« kneipen wollte, wurde vorher eine Karaffe mit Quellwasser auf seinen Platz gestellt. Im Jahre 1716 war mit Jan Wellms raschem Tode die ganze Herrlichkeit zu Ende. Die Künstler wurden vom knauserigen Karl Philipp, Jan Wellms Bruder, verabschiedet. Die Zechstube »In der Kanon« verödete. Die Zechgeräte Jan Wellms, der Sessel, der Pokal, die Karaffe und die braun-gerauchte Tonpfeife wurden in einer Auktion versteigert. Einen Teil erstand der Freiherr von Diamantstein, der sich die jetzige Speesche Besitzung an der Bäckerstraße erbaut hatte; den Pokal kaufte für schweres Geld der holländische Gesandte, der ihn nach dem Haag mitnahm.

An die Zeit der Maurenbrecherschen Post erinnert noch ein kleines, jetzt zugenageltes und überklebtes Fenster links im Hausflure. An diesem Fensterchen gaben die Leute ihre Briefe ab.

Der »Prinz von Oranien« war in dem Hause Burgplatz 12. Um die Wende des 18. Jahrhunderts betrieb diese Gastwirtschaft die Familie Kegeljan. Die Witwe Kegeljan machte im Jahre 1784 bekannt, daß sie »die bisher geführt Auberge ›Zum Prinzen von Oranien‹ aufgegeben und sich in Ruhe gesetzet habe, und bittet ihre Gäste, welche bei derselben immer gespeiset, sich auf den Markt bei dem Aubergisten la Comblet zum ›Bayrischen Hof‹ hinzubegeben, wo man alle erforderlichen Bequemlichkeiten antrifft, um Herrschaften, Kaufleute und Reisende gut zu bewirthen«. Zu gleicher Zeit kündigt »der bekannte hiesige Gastwirth und Weinhändler Clemens, ›Zum goldenen Anker‹ auf der Marktstraße wohnend, an, daß er den mitten in der Stadt sehr wohl gelegenen Gasthof ›Zum Prinzen von Oranien‹ auf dem Burgplatz, der Hauptwache gegenüber, angekauft und den 28. Juli daselbst unter dem Namen ›Zum goldenen Anker‹ anzutreffen sein wird. Die schöne Aussicht auf das Churfürstliche Schloß und den geräumigen Platz, die Nähe der berühmten Gallerie, die im Hause befindlichen meublierten und tapezierten Zimmer, die geräumige Stallung und Remise, guter Wein und Speisen lassen ihn hoffen, daß nicht allein alle, die bisher mit ihr Gegenwart beehren, sondern daß auch gewohnt gewesenen bei ihm zu logieren, ihn ferner reisende Herrschaften und Kaufleute bei ihm einkehren werden«.

In den fünfziger Jahren des vorigen Jahrhunderts besaß der Ebertz Max den »Prinzen von Oranien«, ein wegen seiner Originalität und derben Mutterwitzes bekannter Wirt. Er hatte unter anderm die Gewohnheit, jedem ein Glas Bier zu traktieren, der in seiner Gaststube die Verdauung von Erbsen-und Zwiebelsuppe in der bekannten Fuhrmannsmanier anzeigen konnte. Frühmorgens schon drängten sich darum die Pennbrüder zum Ebertz Max, um sich das Glas Bier zu verdienen.

In der Andreasstraße 13 hieß es im Jahre 1803 »Zur guten Frau«. Der Wirt Johann Hofmann preist »dem geehrten Publico alle Sorten Liqueurs zu den billigsten Preisen, wie auch guten Rheinwein, die Maaß zu dreißig Stüber« an. Sein Nachfolger war Johann Eisenbarth, der in dem Stadtblättchen bekanntgibt: »Ich mache meinen Freunden und Gönnern hierdurch bekannt, daß ich bereits auf der Andreasstraße ›In der guten Frau‹ eingezogen bin, gebe Essen in und außer dem Hause, so auch verschiedene beste Sorten Wein, die billigsten Preise und gute Aufwartung werden auch weiter bestens empfehlen.« Der berühmte Notar Müller, von dem sich das Volk heute noch allerhand derbe Schwänke erzählt, wohnte in der »Guten Frau«.

An der Ecke der Bolkerstraße und Mertensgasse war der schon im Jahre 1773 berühmte »Zweibrücker Hof«. Dieser Gasthof stand bei allen Reisenden während der ganzen Zeit seines Bestehens im besten Ansehen. In den Jülich-Bergisch Wöchentlichen Nachrichten vom 20. Januar 1781 lesen wir: »Vorgestern abends sind Seine Königliche Hoheit der Fürstbischof von Osnabrück unter den Namen eines Grafen von Hoya aus England hier angelangt und nebst höchstdero Gefolge im Gasthof, zum Zweibrücker Hof genannt, abgestiegen. Gestern haben sich Höchstdieselben auf der Wachtparade eingefunden und nachher die Gallerie, die Kaserne und übrige Merkwürdigkeiten der Stadt besehen, heute früh um neun Uhr die Reise nach Hannover fortgesetzet. Jedermann hat die ausnehmende Schönheit und das leutselige und menschenfreundliche Betragen dieses vortrefflichen Prinzen bewundert.« – Am 6. Juni 1781 »trafen des Prinzen Heinrich Königliche Hoheit unter dem Namen eines Grafen von Oels nebst Herren Barons von Knespeck und Wreche auch übrige Suite von 22 Personen dahier ein und nahmen Absteigequartier in dem berühmten Gasthof zum Zweibrücker Hof bei Wittib Zimmermann. Andern Tags ungefehr acht Uhr beliebten Höchstdieselben unterm Geleit des Herrn kommandierenden Generalen en chef Freiherr von Winkelhausen Exzellenz hiesige churfürstliche Gallerie in hohen (!) Augenschein zu nehmen, diesem nach in einem sechsspännigen Wagen bis an die Fähr, die Steinen genannt (Hamm), die Reise nach Spaa fortzusetzen«.

Die Wöchentlichen Nachrichten melden am 20. August 1781, daß »nachmittags gegen fünf Uhr Ihro Durchlaucht der Landgraf von Hessencassel unter dem beliebten Namen eines Grafen von Plessen von Spaa nach Aachen bis in Düsseldorf ankamen und Quartier in dem berühmten Zweibrücker Hof nahmen. In ihrer Suite war eine General, fünf Hof-Cavaliers und 18 Offizianten und Bedienten. Nach genommener Mittagsmahlzeit besahen Sie die hiesige Gallerie und reisten um halb sieben Uhr über Duisburg nach Münster wieder ab«. Prinz Ludwig von Preußen wohnte am 3. Juli 1792 im Zweibrücker Hof.

Ecke Berger und Rheinstraße im »Heidelberger Faß« oder, wie es heute allgemein heißt, »em ürige Wellem«, so genannt nach dem Wirt Wilhelm Cürten, der mit ewig mißvergnügtem Gesicht hinter dem Schanktisch stand, führte im Jahre 1783 ein Leonhard Juppen eine Weinwirtschaft. Er hatte »das auf der Neubrück gehabte Quartier verlassen, hingegen seiner Mutter Haus, zum Heidelberger Faß genannt, auf der Berger Straß bezogen. Fremde und Reisende, Passagiers sowohl zu Pferd als mit Gefähr können nebst bequemlichstem Logis, Stallung, mit gutem Wein und Essen in dem billigsten Preis bedient zu werden versichert sein«.

Auf der Rheinstraße Nummer 8 hieß es Ende des 18. Jahrhunderts »Im weißen Schwanen«. Es war ein besonders bei reisenden Künstlern beliebter Gasthof. Im Jahre 1771 kündigte er in den Wöchentlichen Nachrichten an: »Avertissement. Es ist aus Franken allhier angekommen Andreas Tröhr, ein Harfenist. Er hat seine Frau bei sich, welche mit der Violin in unterschiedlichen Konzerten sowohl lieblich als veränderlich sich den Gönnern zeigen wird. Sie bedienet sich apparten Konzerten auf den Flageoletten, sie singet Italienisch und teutsche Arien mit ihrem Sohne von zehn Jahren, so ebenfalls die Harf schlaget. Er, Tröhr, spilet ganze Stück auf einer Violin. Sie werden sich ungefähr sechs Tage dahier aufhalten. Ihr Logis ist auf der Rheinstraß im ›Schwanen‹ und offerieren sich allen Herrschaften oder Liebhabern der Musik zum Vergnügen aufzuwarten«.

Vom »Goldenen Pelikan« in der Bolkerstraße wird berichtet, daß er in der Mitte des 19. Jahrhunderts eine Zeitlang Künstlerkneipe war. Später noch konnte man eine Menge grotesker Wandgemälde bewundern, mit denen die Künstler ihr Heim ausgeschmückt hatten.

Des Latzenbiers im »Sonnenaufgang« in der Citadellstraße sei noch gedacht. Latzebier hieß das Bier, weil der Wirt Schumacher, dessen Nachkommen heute noch bekannte Düsseldorfer Wirte sind, ein für sich und seine Freunde eigens gebrautes, vortreffliches Bier hinter Schloß und Riegel zum Lagern auf Latten legte.

Von dem heutigen Cafébetrieb hatte man in dem kleinen Düsseldorf von damals noch keine Ahnung. Wenn die Handwerksmeister um sieben Uhr Feierabend machten und die Krämer ihre Lädchen geschlossen hatten, tranken sie ihren Schoppen, spielten Domino oder Sechsundsechzig und gingen nach Hause. Die Kaffeestuben waren hauptsächlich für die Junggesellen und Fremden. Man war zufrieden und glücklich, wenn man zu Hause mit der Familie um den runden Tisch herum saß, auf dem die zinnerne, dickbauchige Kaffeekanne in der Mitte thronte. In den großen, geblümten Porzellantassen spiegelte sich die Nachmittagssonne, der leckere Duft von selbstgebackenem Kuchen und von dem Kaffee lag über dem Tische, und durch die kleine Stube mit den niedrigen, behaglichen Möbeln strich der blaue Rauch der Tabakspfeife.

Vor mehr als zweihundert Jahren gab es in Düsseldorf schon ein Kaffeehaus. Es war in einem Hause an der südlichen Seite des Marktplatzes. Im Jahre 1744 hieß dieses Haus bereits »Altes Kaffeehaus«. Man kann daraus schließen, daß in ihm damals schon lange eine Kaffeestube war. Ein paar Jahre später war es Eigentum der gräflichen Familie von Schall. Der Geheimrat und Gesandte Graf von Schall verkaufte es 1785 für 5000 Rtlr. an den Gastgeber Johann Franz la Comblet. Bei la Comblet ließen sich allerhand Zauberkünstler und Quacksalber sehen. So stellte 1782 ein Nikolaus Mori bei ihm zwei kleine Pferde aus, die »nur 34 Zoll hoch waren und über zweihundert Kunststücke machen konnten, und elf Stück rare Tiere, worunter ein weißer Hirsch und verschiedene rare Vögel«. Die »Königlich Preußischen privilegierten Augenärzte« Gebrüder Pellier zeigen an, daß sie beim la Comblet »den Star bei Leuten von allerley Alter durch Extraktion heilen, außerdem heilen sie den vollkommenen Thränen-Fistel, wie auch viele andere Unglücksfälle, die von den Blattern herrühren«.

Nicht ganz so alt ist das »Alte Kaffeehaus« an der Ecke Andreasstraße und Mertensgasse. Im Jahre 1769 hieß es churpfälzisches Kaffeehaus. Der Besitzer Engelbert Gielen, der vorher im »Alten Kaffeehaus« auf dem Marktplatz wohnte, tat damals »jedermänniglich, besonders denen durchreisenden Frembden wissend machen mit der festen Versicherung, daß er alle und jede bey ihm zu Fuß sowohl als zu Pferd einkehrende Frembde zu ihrem vollständigen Vergnügen und civilen Preis bewirthen und bestens aufwarten wird«. – Das »Alte Kaffeehaus« in der Andreasstraße stand bei den eingesessenen Düsseldorfern wegen seiner Gediegenheit in einem großen Ansehen.

Eine vielbesuchte Kaffeewirtschaft hatte im Jahre 1775 ein gewisser Klütsch im »König von Ungarn«. Während der Franzosenzeit führte Wilhelm Steinmetz die Kaffeewirtschaft.

In dem alten Eckhause Burgplatz 3 an dem Gäßchen zum Hofe des alten Rathauses war im Anfange des vorigen Jahrhunderts einmal ein »Schweizer Kaffeehaus«, und in dem Hause Burgplatz 14 führte im Jahre 1817 eine Frau Eleonore Rader ein »Teutsches Kaffeehaus«.

Für das kleine, stille Städtchen Düsseldorf waren diese Kaffeehäuser genug. Es waren einfache Stuben mit geblümten Tapeten und naiven, buntbemalten Holzschnitten und Schattenrissen an den Wänden.

Wenn man in den neunziger Jahren am Rhein spazierenging – und jeder richtige Düsseldorfer ging täglich wenigstens einmal an den Rhein –, dann führte der Weg vom alten »Kammißbackes« an der Bäckerstraße nach Norden am Zolltor vorbei, wo die Ankunft und Abfahrt des »Keescheschepp« – so nannte man das Köln-Düsseldorfer Dampfboot, weil es vom Mittelrhein die Kirschen und anderes Obst brachte – viel zu sehen gab, schwenkte aber dann nach dem Burgplatze ein, um durch die Krämerstraße weiterzugehen und am Kohlentor wieder an den Rhein zu kommen. Der Weg nämlich an den alten Häusern der Westseite der Krämerstraße, die hier die Stadt nach dem Rhein hin abschloß, war nicht angenehm. Es roch nicht gut, oder sagen wir ruhig, es stank. In den Fenstern hing Wäsche zum Trocknen, und die Bewohner warfen den häuslichen Unrat einfach zum Fenster hinaus in den Rhein, wobei dann öfter allerhand danebenfiel und auf dem Werftgeländer hängenblieb. An der Ecke, die gebildet wurde von dem leider zerstörten alten van Douvenschen Hause und auf der anderen Seite von dem »Drachenfels«, fing das alte Kohlentor an, das in sanfter Neigung hinunter an den Rhein führte. Das Haus »Zum Drachenfels« ist mit der ganzen Westseite der Krämerstraße bei der Anlage der neuen Rheinwerft, also um 1900 herum, abgerissen worden. Hier wohnte im Jahre 1708 der kurfürstliche Hofmedikus Ägidius Rubens, der sich das Haus erbaut hatte. 1817 richtete sich ebenda die den alten Düsseldorfern noch bekannte lithographische Anstalt von Arnz & Cie. ein. Später hatte da der Thölens Pitter eine gut besuchte Wirtschaft. Nebenbei betrieb er einen Fruchthandel. Bei ihm soll der Dichter Grabbe oft verkehrt und mit seinem Freunde, dem Musiker Burgmüller, die Nächte verzecht haben. Die kurze Straße nach dem Rhein hinab war von einem Mäuerchen begrenzt. Und dieses Mäuerchen war für gewöhnlich der Sammelpunkt der Düsseldorfer Rheinkadetten, Sonnenbrüder und ausgedienten Sackträger. Hier lagen sie bei schönem Wetter den ganzen Tag über dem Rand des Mäuerchens und stierten in süßem Nichtstun auf das Wasser und verulkten die unten an der Werft vorübergehenden Spaziergänger, manchmal in so derber Art, daß es geraten war, lieber einen anderen Weg zu nehmen. Aber das war nicht allein der Grund, warum mein Vater mich in weitem Bogen um das Mäuerchen herumführte. Die Rheinkadetten nämlich lausten sich hier ungeniert und warfen die erwischten Läuse auf die Köpfe der unten Vorübergehenden.

Um die Wende des 18. Jahrhunderts hatte Lorenz Rasiga auf der Bolkerstraße 14 eine Weinwirtschaft, in der vor allem die kurfürstlichen Hofbeamten ihr Abendschöppchen tranken. Da saßen sie an weißgescheuerten Tischen und lasen die Jülisch-Bergischen Wöchentlichen Nachrichten und klagten über die schlechten Zeiten wie immer und überall. Um zehn Uhr hieß es: »Wünsche eine gute Nacht, Herr Hofrat!« – »Belieben wohl zu schlafen, Herr Oberhofkammerrat!« – »Kommen Sie gut heim, Herr Supernumerar-Akzessist!« Dieser letzte Wunsch war wohl angebracht, denn um diese Stunde waren die Straßen dunkel, ein Pflaster gab es nicht, und ohne Laterne, die der Hausknecht oder der Diener den Herren vorauftragen mußte, wären die weißen Strümpfe der hochwohlgeborenen Herren von dem Pfützenwasser bespritzt worden.

Ohne weiteres glaubt es keiner, und die Altstädter, die das Düsseldorfer Lager für das herrlichste Getränk der Welt halten und überzeugt sind, daß in Düsseldorf niemals und zu keinen Zeiten etwas anderes als Lager getrunken worden ist, können sich keine Vorstellung davon machen, daß es in Düsseldorf einen richtigen Weinberg gegeben hat. Um das Jahr 1600 wurde in Düsseldorf Wein gebaut. Wenigstens habe ich einen alten Plan gesehen, auf dem ein Weinberg eingezeichnet war. Es war ein Hügel hinter mehreren kleinen Häusern, die in der Nähe des Pulverturms, gegenüber der Lambertuskirche, standen. Nach dem Landsteuerbuch von 1632 gehörten die Häuser dem Joachim Offerkamp, dem Meister Leonhard Schneider, dem Dr. Wilhelm Pabst, dem Sekretär Velckers, einem gewissen Capper, dem Bernhard Steinbrink und einem Herrn von Schwanenberg. Außerdem standen da noch das alte Schützenhaus und das kleine Häuschen des dicken Bürgerwachtmeisters Schlüssel. Wer der Eigentümer dieses »Weinbergs« gewesen ist, konnte ich nicht feststellen, und ob der »Düsseldorfer« trinkbar gewesen ist, kann ich auch nicht verraten. Muß das ein Rachenputzer gewesen sein! Den damaligen Trinkern kam es aber nicht so sehr auf die Güte des Weins als auf seine Menge an. Es war zu der Zeit, also kurz vor dem Dreißigjährigen Kriege und während dieser schrecklichen Jahre, kein Trinken, sondern ein Saufen, und nicht eher hörte man damit auf, als bis man nicht mehr konnte und unterm Tische lag. Das war kavaliermäßig und gehörte zum guten Ton. In den Plänen der Stadt Düsseldorf kurz nach dieser Zeit ist der Weinberg schon nicht mehr eingezeichnet. Lange scheint also der »Düsseldorfer« unseren damaligen Mitbürgern nicht geschmeckt zu haben.

In meiner Kinder- und Jugendzeit gab es im engeren Stadtbezirke drei Weinhäuser, die bei unseren Vätern und Großvätern sehr beliebt waren. Heute sind sie verschwunden. Das feinste war das von Thürnagel an der Ecke der Elberfelder und Kanalstraße. Mit ihm war eine Feinkosthandlung verbunden. Für uns Jungen war es wie ein Blick in eine andere Welt, wenn in dem kleinen Schaufenster die ersten Erdbeeren, in Watte verpackt, ausgestellt waren oder Ananas oder Artischoken, für uns ganz unbekannte Dinge. »Thürnagel« war für uns der Begriff des Feinsten, das wir uns denken konnten. Nur Leute mit einem ganz dicken Portemonnaie durften da einkehren. Bei Thürnagel verkehrten die Offiziere der Düsseldorfer Garnison, vor allem die Ulanen- und Husarenoffiziere, meist Söhne reicher Eltern. Unzählige Sektpfropfen sind bei Thürnagel gegen die Decke geknallt, und manche Spiegelscheibe hat dran glauben müssen, wenn der Übermut keinen anderen Ausweg mehr wußte.

Auf der Berger Straße, nahe dem Karlplatze, war bis Ende des vorigen Jahrhunderts die Weinwirtschaft von Seulen, in der die däftigen Bürger verkehrten. An diese Wirtschaft erinnert eine Anekdote, in der der verstorbene Wirt Wilhelm Butzon, genannt Wilhelm der Reiche, die Hauptrolle spielt. Es war Fronleichnam. Die Prozession zog vom Karlplatze über die Berger Straße. Es war sehr heiß, und Butzon hatte sich in das kühle Dunkel von Seulens Weinstube gesetzt, um sich an einem Möselchen zu erquicken und zugleich die Prozession an sich vorbeiziehen zu lassen. Gerade vor Seulen stockte die Prozession mit dem Himmel, der von vier ehrenwerten Bürgern getragen wurde. Einer von denen war ein Freund Butzons. Butzon nickte ihm zu, nahm umständlich die Flasche aus dem Kühler, schenkte ein und hielt seinem Freunde spöttisch lächelnd das beschlagene Glas entgegen. Dem Freunde, dem das Wasser von der Stirne tropfte, lief zugleich das Wasser im Munde zusammen, als er sah, wie sich Butzon an dem Labetrunk erfrischte. Er stellte die Tragstange auf den Boden, sprang in die Weinstube und bat Butzon, er möge doch für einen Augenblick die Tragstange halten, damit er, sein Freund, sich auch an einem Gläschen erquicken könne. Butzon ging auch hin, nahm die Stange, um auf seinen Freund zu warten. Aber da setzte sich die Prozession wieder in Bewegung. Butzon mußte, ob er wollte oder nicht, mit den Himmel weitertragen. Und nun war es an ihm, sich zu ärgern, als sein Freund ihm spöttisch lächelnd mit dem gefüllten Glase zuprostete.

Verschwunden ist auch das »Rosenkränzchen« auf dem Stiftsplatze. Wenn ich an die Altstadt denke, sehe ich das »Rosenkränzchen«, und dann steigen tausend Erinnerungen in mir auf. Ich sehe mich wieder als kleinen Jungen in der Fronleichnamsprozession. Wir mußten uns an der »Grote Kerk« aufstellen, um uns der Prozession an der gehörigen Stelle anzuschließen. Die Wartezeit vertrieb ich mir mit der Betrachtung der Altärchen, die die fromme Frau Ambach in jedem Fenster ihrer Weinwirtschaft aufgebaut hatte. Aus den Fenstern hingen bunte Teppiche, die über ein Fußbänkchen gebreitet waren. Darauf stand im ersten Fenster ein Kruzifix, im zweiten das blondgelockte Kindlein Jesu im blauen Kittelchen. In der linken Hand hielt es ein Kreuz aus dünnem, goldenem Holz und die rechte hatte es mit gespreiztem Daumen und gestrecktem Zeige- und Mittelfinger bis zur Schulter erhoben. Im dritten Fenster stand auf der blauen Weltkugel, um die sich eine Schlange wand, die Mutter Gottes, den rechten Fuß auf dem Kopfe der Schlange. Die Kerzen in den porzellanernen Leuchtern flackerten, der blaue Weihrauch zog in dünnen Wölkchen über unsere Köpfe, die Sonne brannte, die Sänger des Cecilienchores schwitzten, in der Ferne klingelten die Glöckchen, die das Nahen des Allerheiligsten ankündigten, und in der Haustüre sah man die weißhaarige Frau Ambach. Sie ließ die braunen Perlen des Rosenkranzes durch ihre welken Finger gleiten, und ihre Lippen bewegten sich in stummem Gebet.

Das »Rosenkränzchen« hatte damals den Ruf einer gediegenen Weinwirtschaft, in der nur »däftige Häre« verkehrten, schoppenstechende Rentner und Offiziere in Zivil und auch gelegentlich die Kapläne von St. Lambertus, um hier die Sorgen um das Seelenwohl ihrer

Pfarrkinder mit einem leichten Möselchen herunterzuspülen. Essen konnte man gut im »Rosenkränzchen«. Die Frau Ambach verstand sich auf eine feine Küche. Viele Herren der nahen Regierung aßen hier zu Mittag.

Im »Rosenkränzchen« versammelten sich die originellsten Geister, die für Unruhe in dem Düsseldorf vor dem Kriege sorgten, zu einer lustigen Kumpanei. Der genialische Nikutowski, der drolligste Lukasjünger, der je das Düsseldorfer Pflaster trat, erzählte von seinen Hühneraugen oder anderen Leibesübeln und Gebresten, bis uns der Atem ausging, Hermann Harry Schmitz, der bei aller sprühenden Lustigkeit aussah wie der müde Tod, vornehm, ganz gute Kinderstube, schlürfte Kurt Kamlah, Regierungsrat und Dichter zugleich, bedächtig seinen Wein und fühlte sich schwanger mit seinen »Liedern des armen Kurti«. Und Krumbiegel, der Norbert Burgmüller seiner Zeit, phantasierte am verstimmten Klavier.

Sie sind schon alle dahingegangen und mit ihnen ein Stück des schönen, alten, gemütlichen und geistreichen Düsseldorf.

Düsseldorfer Märkte

Zu den Privilegien, die Graf Adolf von Berg dem Dorfe an der Düssel bei seiner Erhebung zur Stadt im August des Jahres 1288 verlieh, gehörte auch das Recht, einen Wochenmarkt und zwei Jahrmärkte abzuhalten.

Der Wochenmarkt wurde auf den Mittwoch verlegt, die Jahrmärkte, die für die junge Stadt eine viel größere Bedeutung hatten, auf Pfingsten und auf den Tag des hl. Lambertus, also auf den 17. September. Während die Wochenmärkte hauptsächlich dem örtlichen Handel mit Fleisch, Fisch und den Früchten des Feldes dienten, waren die Jahrmärkte die fast ausschließliche Gelegenheit, mit der Außenwelt in Verbindung zu treten. Händler in Tuch, Eisenwaren, Böttcher, Korbflechter, Kesselflicker, allerhand fahrend Volk liefen an den Jahrmärkten in der Stadt zusammen und brachten neben ihren Waren und Kunststücken auch merkwürdige Nachrichten aus aller Welt mit. Wo der Wochenmarkt in dem Städtchen Düsseldorf in dem ersten Jahrhundert seines Bestehens abgehalten wurde, kann man nicht sagen. Ein besonderer Platz dafür war nicht vorhanden. Die »Stadt« bestand aus Krämerstraße, Altstadt und Liefergasse. Vielleicht stellten die Bauern der Nachbarschaft ihren Gemüsekram an der Lambertuskirche auf.

Erst um das Jahr 1400 herum wurde der Marktplatz in die »Neustadt« verlegt, wie der Stadtteil südlich der Düssel nach der ersten Stadterweiterung hieß, also auf den heutigen Marktplatz. 1371 verlieh Graf Wilhelm der Stadt einen dritten Wochenmarkt für sonntags, der bis zum Montag dauerte, und Herzog Wilhelm II. gestattete der Stadt mit Verordnung vom 12. Februar 1482 einen dritten Jahrmarkt, der am St.-Albins-Tage, also am 22. Juni, abgehalten wurde und sechs Tage dauern sollte.

So blieb es drei Jahrhunderte lang. Herzog Wilhelm III. verlegte den Wochenmarkt auf den Dienstag und erließ am 1. März 1546 eine Verordnung darüber, weil es »bequemer und dienstlicher wäre zur Furderung des gemeinen nutz«. Der Markt sollte gehalten werden »van 9 uiren am vurmittag bis 2 uiren namittag. Der Mart sall durch den Scholtuß oder bevelhavern unseres gnedigen herrn mit ufrichtung eines swertz zu 9 uiren gefriet werden und die Friheit weren bis 2 uiren namittag«. Drakonische Strafen wurden den Störern der »Marktfreiheit« angedroht. Da wurde die Hand abgeschlagen dem, der einem andern Gewalt antat. »Der oder dieselvige, die solichs deden, sollen lief und leven verwirkt haven, alles uf gnade unseres gnedigen herrn.«

Jeder konnte seine Ware den ganzen Markttag über verkaufen »fri und unbeswert von accisen, zol oder weggelt. Wes awer na den 2 uiren verkouft wirdet, davan sall geburliche accise genommen werden.

Es sall uf den mart geine ander dan ufrechtige, geychte, gebrandte und gezeichnete maß, ellen oder gewichte gebruicht werden.«

Jeder mußte »ufrechtige, ungefelschte gute war uf den mart brengen.« Auswärtige, die Fleisch in der Stadt verkaufen wollten, sollten ihre »beesten« des montags lebendig in die Stadt bringen, von den Marktmeistern besehen lassen, daß das Vieh gesund sei, danach schlachten oder, wie es heißt, »abtun« und dienstags verkaufen.

Keine Ware durfte verkauft werden, ehe der Markt »gefreit« war. Wer aber trotzdem kaufte, dem wurde die

Ware abgenommen, zur Hälfte den Marktmeistern, zur anderen Hälfte den Armen der Stadt gegeben.

Im Jahre 1573, am 11. März, verlieh Herzog Wilhelm III. der Stadt einen dritten Jahrmarkt. » . . . inen aus gnaden und zu gedeien und aufkomen unser stat und burgerschaft alsoliche freie jarmarkte wiederumb gnediglich zu erneweren und mit freiheit, drei tag davor und drei tag darnach zu versehen, nemlich den ersten auf sontag vor halbfasten, gnant Okuli, den andern auf den negsten sontag vor Pfingsten, gnant Exaudi, und den dritten auf Lamberti zu stellen – also das sie und ire nachkomme und sonst jedermeniglich derselben jarmarkte nach volgender gestalt gebrauchen, genießen und sich daran erfrewen mogen. Als nemblich, das einem jeden, reich und arm, darauf zu kaufen und zu verkaufen, auch seine war und gueter dahin zu feilem kauf zu bringen und damit oder sonst vor seine Person wieder abzuziehen frei stehen und in solichen an- und im abziehen nit allein auf denselben marktagen, sondern auch drei tag zuvor und drei tag darnach an seinem leib und guetern frei und unbekommert bleiben soll. Ohne alle geferde und argelist.«

Schöne Zeiten damals, wo selbst der Marktbesuch ein riskantes Stück war!

Ungefähr hundert Jahre später, am 29. Juni 1665, sind »zur Erhaltung des Wochen-Markts austrucklich nachfolgende conditiones vorbehalten worden:

Erstlich soll auf dem Wochen-Markt von den Frembden mehr nit als einfache Accins gleich von den Burgeren gefordert werden.

Zum andern soll Obst, Birren, Kierschen, Apfel und was daraus gemacht wirt, als Birren-, Kierschenkraut, item Eier, Hunner, einländische Butter, Keeß, Honig, grune Fisch, fort klein Eisenwerk als Schunegel, Leistnegel, Harken, Schuppen, was in Kleinigkeit auf den Markt gebracht wirt, ganz frei sein.

Da aber geschege, daß einländische Butter mit ganzen Fessern oder auch Keeß mit Cintnern, grune Fisch mit Kahren hiehin bracht wurden, darob soll dem Accins-Meister die einfach Accins mit Vorwissen zeitigen Burgermeisters zu fordern freistehen.

Dabei doch absonderlich gut gefunden, weilen in Kirspel das frembde Bier gegen dubbelte Accins zugelassen wirt und deswegen alhie in der Burgerschaft nit abzuschaffen ist, daß die Accins-Meistere auch alhie dubbelte Accins, nemblich von der Ahmen 8 Albus fordern sollen.«

Das Vorkäufersystem, eine Plage der Hausfrauen, ist nicht etwa erst in unserer Zeit entstanden, sondern es war vor Jahrhunderten schon beliebt. Gegen Ende des 17. Jahrhunderts und vor allem zur Zeit Jan Wellms war das Treiben der Vorkäufer so schlimm, daß die Hausfrauen sich bei der Regierung beschwerten, die schließlich einschreiten mußte. Jan Wellm erließ eine längere Verordnung über den Marktbetrieb. Sie hat aber anscheinend nicht viel genutzt, denn in einer späteren verschärften Verordnung beklagt sich der Kurfürst darüber, daß, »obschon in der Residenz-Stadt Düsseldorf eine wohleingerichtete Polizey-Ordnung bestehe, die durch den Druck publiciert, und obwohl zu deren Festhaltung verschiedene geschärfte Verordnungen erlassen worden, sich doch zu Jedermanns höchstem Beschwer die tägliche Erfahrung zeige, daß vorgemelte, den gemeinen Wesen und in einer wohlregulierten Stadt die höchstnöthige Verordnungen schlecht oder vielmehr gar nicht eingefolget und observieret worden.«

Aus dieser Marktverordnung geht hervor, daß die gewöhnlichen zwei Wochenmarkttage nicht mehr ausreichten, einmal, weil die Zahl der Bürger bei dem angenehmen Leben in der Residenzstadt von Tag zu Tag zunahm, dann aber auch hauptsächlich deshalb, weil die Bauersleute entweder zu wenig auf den Markt brachten oder aber ihre Ware den Vorkäufern vor den Toren schon oder in den Gassen für einen geringen Preis überließen und auf diese Weise den Marktpreis nach eigenem Gutdünken steigerten. Jan Wellm verordnete, daß an Stelle der früheren zwei in Zukunft drei Markttage in der Woche sein sollten, und zwar am Montag, am Mittwoch und am Freitag in der Zeit »vom Pfordten-Aufschließen« bis Mittag. Der Verkaufspreis sollte von den vereidigten Marktmeistern je nach Ertrag der Äcker und Felder so billig wie möglich festgesetzt werden »mit dem beygefügten gnädigst ernstlichen Befelch, daß die vier ad fünff Stund umb hiesige Unsere Residenz gelegene Unterthanen, so einige Victualien, wie die auch Nahmen haben mögen, zu lassen, solch auff obgemelten dreyen Marck-Tägen zum feylen Kauff auffen Marck bringen, keineswegs aber hiesigen, viel weniger frembden Verkäuffern, es seye in ihren Häusern oder unter Wegs, vor oder unter den Thoren, unter was Praetent oder Vorwandt es auch immer seyn möge, bei Straff Confiscation ihrer Wahren, auch fünf Goldgulden brüchten, überlassen oder verkaufen sollen. Da sich aber zutrüge, daß wehrend obgemelten Marck-Zeit die hierhin gebrachten Victualien, nachdem sie wenigstens eine halbe Stunde öffentlich für billigmäßige Preiß feyl ausgelegt gewesen, zum Theil oder zumahlen nicht verkaufft würden, solle des Sommers nach zehn Uhren, des Winters aber nach elf Uhren, wann zuvördrist von den Marek-Meisters Diener vermittels Läutung eines sicheren Glöckleins ein Zeichen gegeben seyn wird, solche Sachen zu verhandeln, denen Vorkäuffern ohwerbotten seyn.«

Über die Vorkäuferunsitte auf dem Wochenmarkt hat schon manche Hausfrau geklagt. Wenn sie noch so früh aufstand und schon in der Morgendämmerung auf den Markt lief, die Vorkäufer waren immer schon dagewesen und hatten ihr das Beste an Gemüse und Obst weggeschnappt und dabei zu einem viel billigeren Preise, als sie für den Rest zahlen mußte. In früheren Jahren war es so, daß die Vorkäufer, das sind solche Leute, die ein Gemüsegeschäft in der Stadt haben, morgens in der Frühe die mit hochbeladenen Karren ankommenden Bauern schon erwarteten, um das beste Gemüse für ihren Laden aufzukaufen. Dabei kam es oft um einen Korb Kappes zu einer lauten Zankerei, wenn der eine Vorkäufer, dem der dicke Kappes in die Augen stach, den andern im Angebot übertrumpfte. Sie rissen sich dann um den Korb, der eine zog an dem einen, der andere an dem andern Korbhenkel, und der Bauer stand dabei und zeterte: »Ehr rießt mich de Korf kapot!« Manchmal sogar, wenn das Gemüse nicht gut geraten war, blieben die Vorkäufer in der Nacht vor dem Markttage auf dem Markt, weil einer dem andern zuvorkommen wollte. Den Schlauesten von ihnen war auch das noch nicht genug, sie fuhren in der Morgendämmerung mit einem Wägelchen den Bauern auf der Landstraße entgegen und erhandelten sich schon da einen Korb Gemüse oder zwei. Wenn dann am Vormittage die Hausfrauen auf den Markt kamen, hatten sie das Nachsehen, sie mußten mit den winzigen Gemüseköpfen vorlieb nehmen und sie obendrein teurer bezahlen, teurer als beispielsweise auf dem Markt in Elberfeld, wohin die Vorkäufer gern das Gemüse brachten.

Unter Karl Theodor waren die Bedürfnisse der Stadt größer geworden. Die drei Markttage genügten nicht mehr, und am 2. September 1774 wurde angeordnet, daß von nun an der Wochenmarkt täglich, mit Ausnahme der Sonn- und Feiertage, abgehalten werden sollte.

Durch alle Jahrhunderte hindurch blieb der Wochenmarkt auf dem Rathausplatze. Aber nach dem Ausbau der Karlstadt plante man eine Verlegung des Wochenmarktes nach dem Karlplatz. Darüber entstand ein jahrelanger Streit zwischen den Altstädtern und Karlstädtern, der manchmal in Schlägerei ausartete. 1802 aber wurde der Wochenmarkt endgültig auf dem Rathausplatze belassen, und da blieb er bis in die jüngste Zeit. Als 1864 der Severinsmarkt auf dem

Karlplatze abgehalten werden sollte, hielt es die Behörde für nötig, durch Anschlag zu versichern, »daß man solche Polizeimaßregeln getroffen habe, daß Käufer und Verkäufer Sicherheit und Schutz finden.«

Um dieselbe Zeit gab es auch einen Weihnachtsmarkt am Nikolausabend, der die ganze Nacht hindurch dauerte und den Altstädtern zu allerhand Allotria diente. Er wurde später wegen der vielen »Ungebühren« auf die Abendstunden beschränkt.

Bis in die 90er Jahre des vorigen Jahrhunderts gab es auf dem Karlplatze einen Nikolausmarkt, im Oktober einen Pelzmarkt, auf St. Martin einen Lampenmarkt und einen Halbfastenmarkt. Da wurden Buden aufgebaut, Schießbuden und Karussells. Jeder dieser Märkte dauerte drei Tage. Da war alles zu kaufen: Spielsachen, Pfefferkuchen, Spitzen, irdene und blecherne Töpfe, Porzellan, Tuch, kurz alles, was es überhaupt gibt. Ganze Berge von Spitzen und Tuchresten lagen da, in denen die Hausfrauen herumsuchten, bis sie ein Endchen Spitze »för Besätzkes« für ein paar Pfennige gefunden hatten. Die Stände mit dem Ausschußporzellan waren ständig umlagert. Ein Milchkännchen »met en Blötsch an de Schnut« kostete drei oder fünf Pfennige. Der »Moppe-Schulte« aus Bilk pries seinen Pfefferkuchen mit naiven Reimen an. Wir Jungens spielten »Räuber und Schanditz« zwischen den Buden, tuschten uns aufs Karussell und sammelten nachher die Bleikugeln aus den Luftbüchsen. Es war eine richtige Kirmes. Straßenweit hörte man den Lärm, ein Gemisch von Geschrei, Drehorgeln, Geklapper, Geklingel, Getute. Bis sich eines Tages die Anwohner bei der Regierung beschwerten, weil ihnen der Markt keine ruhige Stunde am Tage ließe und weil er den Geschäftsleuten zuviel Konkurrenz machte. Da wurden die Märkte auf dem Karlplatze verboten. Als ständiger täglicher Wochenmarkt ist der »Karlstädter Markt« in den letzten Jahren wieder aufgelebt. Auf dem alten Marktplatze am Rathaus sind bloß die Stände mit Obst und die Blumenverkäufer übriggeblieben, und Jan Wellm, der in der Mitte des Marktgetriebes thronte, ist vereinsamt.

Der Hofgarten

Die Festungswerke der kurfürstlichen Residenzstadt Düsseldorf haben bis in unsere Zeiten Spuren hinterlassen, wie man sie schöner sich nicht denken kann. Es sind die heute mitten in der Großstadt liegenden öffentlichen Gartenanlagen am Rande der Altstadt. Sie werden einst für kommende Geschlechter der einzige und schönste Rest des alten Düsseldorf sein. Als vor mehr als hundert Jahren der älteste Teil des Hofgartens angelegt wurde, dachte man dabei nur an eine öffentliche Promenade außerhalb der Stadt. Nach seiner Glanzzeit als Residenz Jan Wellms war Düsseldorf ein langweiliges Beamten- und Spießernest geworden. Das einzige, was hie und da Fremde anzog, war die berühmte Gemäldegalerie im alten Schlosse. Das wurde anders, nachdem der junge Kurfürst Karl Theodor mit seiner Gemahlin Elisabeth Augusta im Jahre 1746 Düsseldorf besuchte, um sich von den Ständen feierlich huldigen zu lassen. Karl Theodor fand einen solchen Gefallen an der Stadt, daß er sich vornahm, sie zu vergrößern und zu verschönern. Das Schloß ließ er im Renaissancestil umbauen, in der Mühlenstraße entstand die »Residenz«, der neue Jägerhof – ein alter bestand schon – wurde gebaut, und zuletzt dachte Karl Theodor daran, große Gartenanlagen zu schaffen. Er beauftragte den Gartenarchitekten Nikolas de Pigage, den Schöpfer des heute noch berühmten Schloßparkes zu Schwetzingen, einen Plan zur Einrichtung einer öffentlichen Promenade »zu mehrerer Verschönerung und Ansehen« Düsseldorfs zu entwerfen.

Damals lag zwischen dem Ratinger Tore und dem Jägerhofe schon ein »Hofgarten«. Dieser ursprüngliche Hofgarten, der sich bei dem unter Karl Theodor (1742 bis 1799) erbauten Jägerhof ausdehnte, war um 1771 erweitert worden. Als »Hofgarten« galt eigentlich der Teil der Anlagen, der südlich von der Düssel, westlich von dem Teich an der Hofgartenstraße, nördlich von der Jägerhofstraße und östlich vom Jägerhof begrenzt war. Damals aber war der Hofgarten weiter nichts als ein Durcheinander von Ackerland, Sträuchern und Wiesen, die von Hecken umzäunt waren. Hie und da standen ein paar Obstbäume, Linden und wilde Kastanien. Der Boden war außerdem hügelig und hatte viele Löcher. Als Karl Theodor im Jahre 1769 den von Pigage entworfenen Plan genehmigt hatte, wurden die Sträucher und Hecken ausgerodet und die Bäume abgehauen. Das Holz sollte öffentlich versteigert werden, aber daraus wurde nicht viel, denn damals war die Spitzbüberei in Düsseldorf so groß, daß kein Mensch Holz kaufen wollte aus Sorge, es könne über Nacht gestohlen werden. Und so wurden bei der Versteigerung bloß 204 Taler gelöst.

Die Umwandlung dieses Geländes in eine Promenade war eine ziemlich kostspielige Sache. Die Gegend hatte einen ganz ländlichen Charakter. Das Terrain der jetzigen fiskalischen Anlage umfaßte nach einer uns vorliegenden Zeichnung im Jahre 1771 folgende Gebäude und Grundstücke: 1. den alten Jägerhof, 2. den großen Platz davor, 3. das Bauholzmagazin, 4. den herrschaftlichen Hundezwinger, 5. den Fasanengarten (damals Obstgarten und Bleiche, jetzt die Fläche zwischen der Goltsteinstraße und der den Hofgarten abschließenden Düssel), 6. die Zuckersiederei, 7. das Eigentum von Leseque-Erben, 8. das Stück Garten, das einem gewissen Hamann als Ersatz gegeben war, 9. dessen Haus, Stall und Garten. Diese Grundstücke mußten zur Herstellung der neuen Anlagen teilweise erworben werden.

Während der Gartenbaudirektor Weyhe die Anlagen später erweitert, ergänzt und verschönert hat, ist als deren Urheber der Oberbaudirektor von Pigage zu betrachten, wie dies aus folgendem Aktenstück hervorgeht:

»Im Jahre 1769 gefiel es Ihrer Churf. Dchlt. meinem ggstn. Herrn per speciale Cm. Rescriptum an den

Herrn Statthaltern Gr. v. Goltstein Exzell. zu verordnen, daß aus dem in Heggen und Sträuchen, Ackerland, Garten und Wiesen bestehenden also genannten ehemaligen Hofgarten zur öffentlichen Promenade nach dem vom Ober-Baudirektor Nicola de Pigage gefertigten Grundriß auszulegen sey in der ggstrn. Zuversicht, wie Gouvernement und Magistrat hierzu concurrieren würden. Am 10. Nov. a. i. wurde mir die Vollziehung und Ausführung des Plans aus der Churffürstl. Hofkammer aufgetragen, wes Endes Heggen und Sträucher, die große Linden-Allee nach dem Jägerhof auswarf, den in Hügeln und Thälern bestehenden Grund, soviel möglich applaniren und alles, wie aus dem kleinen Plänchen zu sehen, in einem Jahre zusammt dem Haus verfertigen lassen.

Ex mspto des Oberkellners C. P. Brosy de 1771.«

Um den Plan von Pigage auszuführen, mußten einige Stücke der Besitzungen angekauft werden, der Boden mußte zwei Fuß tief umgegraben und mit neuen Bäumen bepflanzt werden. Die Bäume für die große Allee vom Jägerhof bis zum »runden Weiher« und für die Seufzerallee bezog man aus Holland, das Untergehölz, das heute leider stark gelichtet ist, nahm man aus dem Eller Forst. Der Hofschlosser Cronenberg lieferte ein eisernes Gitter mit Tor, womit die Promenade nach Osten abgeschlossen wurde. Es war für bloß 340 Taler akkordiert.

Bis zum Jahre 1770 war die Regulierung der Düssel neben der Seufzerallee fertig. Die Anlagen waren angepflanzt, und das Gartenhaus an der Ecke der heutigen Jägerhof- und Kaiserstraße, das als Wohnung für den Garteninspektor dienen sollte, stand fertig da. Es hatte zwar noch nicht seine heutige Gestalt, sondern war ein einfaches, kleines Haus. An den Wegen hatte man 32 steinerne Bänke aufgestellt, von denen bis vor kurzem noch in der Seufzerallee und in der Jägerhofallee einige erhalten waren.

Vier Jahre später waren die Anlagen bereits so herangewachsen, daß man hier jeden Sonntagnachmittag Konzerte veranstaltete. Siebzig angesehene Düsseldorfer Bürger stifteten jeder einen Taler zur Erhaltung dieser Konzerte. Die Musikanten erhielten als Herzstärkung für einen Taler und vierzig Stüber Wein vom Hofgärtner Behrens, der neben seinem Amt als Garteninspektor auch eine Wirtschaft in dem Gartenhause betrieb. Die Konzerte dauerten nachmittags von fünf bis acht Uhr. Hier stolzierten unsere Urgroßväter in ihren bunten Fräcken und gestickten Seidenwesten, in Kniehosen, Seidenstrümpfen und Schnallenschuhen mit hohen Absätzen. Der zierliche Galanteriedegen blitzte an der Seite, und unter der Weste buckelte sich die dicke Sackuhr, und beim Hin- und Herpendeln klimperten die Anhängsel der Uhrkette. Die Damen wiegten sich auf den Stöckelschuhen in ihren Reifröcken und wischten sich mit dem zierlichen Sacktüchlein die Puderstäubchen fort, die von der kunstvollen hohen Frisur auf die Schulter gefallen waren. Das zarte, empfindsame Geplauder verschmolz mit den weichen Melodien der Musikanten.

Vielleicht ist es ein Glück für den Hofgarten, daß alle die architektonischen und figürlichen Kinkerlitzchen, mit denen man in der damaligen Zopfzeit die Gärten auszuschmücken liebte und mit denen man auch die neue Düsseldorfer »Promenade« verschönern wollte, sich nicht bis auf unsere Zeit erhalten haben. Alle die Meergötter, Nymphen, Putten, Herkulesse, der ganze mythologische Krimskrams ist in den Kriegswirren der folgenden Jahre wieder verschwunden oder gar nicht ausgeführt worden. Das eine oder andere an figürlichem Schmuck nach dem Plane der Architekten, die den Hofgarten zu einer Art Schwetzinger Park machen wollten, würde man sich aber heute noch gefallen lassen. Dem Bildhauer Bäumgen, Professor an der von Karl Theodor im Jahre 1767 gegründeten Düsseldorfer Kunstakademie, von dem auch die putzige Jan-Wellm-Statue stammt, wurden im Mai 1774 vier Gruppen für die Promenade bestellt. Ferner erhielt er einige Jahre später den Auftrag, eine Statue der Göttin Hebe und zwölf »mythologische Köpfe« auf Piedestalen mit Lorbeergehängen für die Jägerhofallee zu liefern. Sie wäre also so etwas wie die Berliner Siegesallee geworden. Die zwölf Kinderstatuen sollten rings um den runden Weiher aufgestellt werden. An den vier Ecken des Weihers sollten auch die vier Löwen Platz finden, die Grupello noch für das Reiterstandbild Jan Wellms entworfen hatte. Der Schreinermeister Eisermann wurde im Jahre 1779 mit der Herstellung eines chinesischen Pavillons beauftragt, der zwischen dem runden Weiher und der Landskrone, also auf der heutigen Hofgartenstraße, stehen sollte, um der Jägerhofallee einen guten Abschluß zu geben. Dieser Pavillon war ein quadratischer Bau von 24 rheinischen Fuß Länge und Breite und 13 Fuß Höhe. Er hatte einen laternenförmigen Aufsatz. 16 kupferne Glocken und allerhand Getier zierten das Dach. Im Juli 1780 war der Pavillon äußerlich fertig. Die Ausschmückung des Innern dauerte noch zwei Jahre. Der Maler Feldmüller malte für 418 Taler die Decke. Bunte chinesische Vögel, von greulichen Drachen gejagt, flogen in der himmelblauen Luft herum. Der chinesische Pavillon hat nicht lange dagestanden. Im Frühjahre 1797, als die Franzosen, die seit dem 6. September 1795 im Besitze der Stadt waren, die Festungswerke vergrößerten und viele Landhäuser, die im Bereiche der Kanonen lagen, abrissen, wurde der chinesische Pavillon in die Luft gesprengt. Die Franzosen zerstörten auch bei der Belagerung im Jahre 1794 das mittlerweile vergrößerte und verschönerte Gartenhaus. Dieses Haus war seinerzeit vergrößert worden, weil es für die Spaziergänger und Gäste, besonders aber für größere Gesellschaften und Ballfestlichkeiten, die dort oft abgehalten wurden, zu klein geworden war. Das Gebäude, wie es jetzt noch dasteht, ist etwas mehr als hundert Jahre alt. Es wurde nach dem Frieden von Luneville nach dem Entwürfe des Hofbaumeisters Huschberger erbaut.

In seiner damaligen Gestalt umfaßte der Hofgarten ein Gebiet von etwas über dreißig Morgen. Er war von Gitterwerk, Hecken und Zäunen vollständig eingeschlossen, und wenn die Düsseldorfer Bürger dort promenieren wollten, dann war das für sie gleichzeitig ein Ausflug aufs Land. Düsseldorf war eine kleine Festung, und die Promenade lag in Pempelfort, das damals noch ein kleiner Ort für sich war. Der Hofgarten hieß darum früher auch die Pempelforter Promenade.

Die Besetzung Düsseldorfs durch die Franzosen war insofern von Nutzen für die neuen Anlagen, als nach dem Luneviller Frieden die Festungswerke geschleift wurden und das freiwerdende Terrain nicht allein zur Weiterführung der Straßen, sondern auch zur Vergrößerung der Promenade dienen sollte. Eine besondere Schleifungskommission mit dem Staatsrat G. A. Jacobi an der Spitze wurde für diese Arbeiten eingesetzt. Jacobi veranlaßte auch, daß 1803 aus Köln der kurfürstliche Gärtner Maximilian Friedrich Weyhe berufen wurde, der sich in Düsseldorf dann zu dem genialen Gartenbaumeister entwickelte, dessen Schöpfungen Düsseldorf den Ruf einer Gartenstadt eingebracht haben. Zunächst ließ Weyhe im Jahre 1804 die Allee vom Ratinger Tore bis zum Jägerhof mit 370 schweren Waldbuchen bepflanzen (das noch erhaltene Stück vom Ratinger Tor bis zur Kaiserstraße hat man in jüngster Zeit auf Veranlassung der Bürgergesellschaft »Düsseldorfer Jonges« zu seinem Andenken Maximilian-Weyhe-Allee genannt), gleich darauf die Landstraße vom Flinger Tore bis zur Neustadt mit 238 Pappeln und das Gelände vom Flinger Tore am Hauptfestungswalle entlang bis zur Karlstadt mit italienischen Pappeln und holländischen Linden.

Dies ist die heutige Königsallee. Die berühmten Kastanienbäume sind erst viel später angepflanzt worden, als die Linden und Pappeln aus Mangel an genügender Nahrung verkümmerten. Weyhe hatte zwar die Landskrone vertiefen und den so gewonnenen Schlamm in den Alleen anfahren lassen, aber es war doch für die Menge der Bäume zu wenig.

Als im Jahre 1806 das Bergische Land in das französische Großherzogtum Berg umgewandelt und Düsseldorf die Residenz Joachim Murats wurde, bewilligten die Landstände für die Ausführung der Pläne Weyhes 40.000 Franken jährlich. Murat selbst unterstützte auch, wo er konnte, diese Arbeiten, weil er, der den Prunk so liebte, seine Residenzstadt repräsentabel machen wollte. Und so kam es denn, daß in den ersten Jahren der Regierung Joachim Murats bereits die ehemaligen Festungswerke zwischen dem heutigen Hindenburgwall vor dem Ratinger Tore und der Landskrone bis an die alte kurfürstliche Promenade mit ausländischen Bäumen und Sträuchern bepflanzt wurden. Auch die Anlagen um den Ananasberg entstanden in dieser Zeit. Daß aber die Düsseldorfer Gartenanlagen so schön und groß werden konnten, wie sie heute sind, das verdanken wir dem Kaiser Napoleon, der vom 2. bis 5. November des Jahres 1811 in Düsseldorf weilte. Am 17. Dezember 1811 erließ er von Paris aus das berühmte Verschönerungsdekret für Düsseldorf, dessen dritter Artikel lautet: »Die alten Festungswerke und das Glacis werden der Stadt geschenkt, um nach dem Verschönerungsplane mit Bäumen bepflanzt und zu öffentlichen Spaziergängen eingerichtet zu werden.« Die hohe Bedeutung dieses Dekrets für die Düsseldorfer Anlagen bestand eben darin, daß diese dadurch Eigentum der Bürgerschaft wurden, wogegen sie früher, als der Staat die Mittel zu ihrer Ausgestaltung gab, auch diesem gehörten. Napoleon bewilligte außerdem noch 100.000 Franken jährlich aus dem Staatsschatze zur Vollendung der Arbeiten. Und wenn wir uns und die kommenden Geschlechter sich an der Pracht unserer alten Anlagen erfreuen, so haben wir und sie die Pflicht, dankbar des großen Kaisers zu gedenken.

Der frühere Botanische Garten lag hinter dem Stadttheater. Noch bis in die neunziger Jahre hinein konnte man hier große und kleine Beete sehen mit allerhand Blumen, die alle ein Holzschildchen mit ihrem lateinischen Namen trugen. Mit der Anlage eines Weges hinter dem Stadttheater und der Umwandlung der Anlagen verschwanden die Reste des Botanischen Gartens, der längst seine alte Bedeutung verloren hatte. Ursprünglich nämlich war der Botanische Garten im Jahre 1764 gemäß Artikel 16 der Stabs-Chirurgen-Instruktion als Zubehör der chirurgischen Akademie angelegt worden, und zwar in der sogenannten Extension der Karlstadt zwischen Militärlazarett und Artilleriekaserne, nämlich in der Benrather Straße, da, wo früher die Ulanen lagen. Der Garten hieß damals »jardin botanique« und stand unter der Leitung des Hofkammerrats Beuth. Im Mai 1789 machte dieser öffentlich bekannt:

»Da nunmehro der in der Carlstadt gelegene Churfürstliche Botanische Garten mit einer beträchtlichen Anzahl sowohl aus- als inländischer Pflanzen versehen ist, als wird solches einem geehrten Publikum mit dem Zusatz bekannt gemacht, daß künftighin sothaner Garten alle Montag, Mittwoch und Samstag von Morgens neun bis zwölf Uhr und Nachmittags von zwei bis sechs Uhr zu eines jeden Belehrung offen steht. Zweige, Blumen und Samen dörfen aber nicht abgebrochen werden.«

Der Hofkammerrat Beuth veranlaßte, daß 1804 der Botanische Garten in den Garten des kurz vorher aufgehobenen Kapuzinerklosters vor dem Flinger Tore an der jetzigen Klosterstraße verlegt wurde. Von da ab übernahm Weyhe die Leitung des Botanischen Gartens. Es ist von ihm auch ein Bericht, datiert vom 6. November 1804, vorhanden, der genaue Angaben über Anlage und Einrichtung des neuen Botanischen Gartens enthält. Mit dem Garten sollte auch eine Baumschule verbunden werden. Mit Rücksicht auf die vielen Forststudenten bewilligte die französische Regierung eine Summe zur Vergrößerung des Botanischen Gartens, der auch von der napoleonischen Universität benutzt werden sollte. Weil das Gelände an der Pflanzenschoppen-, jetzigen Klosterstraße, nicht mehr ausreichte, wurde 1812 der Garten auf dem Gelände zwischen Alleestraße und Landskrone eingerichtet. Er war mit Hecken und Türen abgeschlossen. In den vierziger Jahren stand an der Lattentüre, die in der Nähe des Stadttheaters war, mit seiner Kiepe der

»Taate Mattes«, der mit Apfelbrötchen handelte. Seine besten Kunden waren die Gymnasiasten.

Die »Goldene Brücke«, die heute noch über die Landskrone führt, entstand im Jahre 1814. Sie sollte den Botanischen Garten mit den neuen auf dem Festungsgelände angelegten Hofgartenanlagen verbinden. Das eiserne Geländer hatte der in der Baugeschichte Düsseldorfs hervorragende Baumeister v. Vagedes entworfen. Als das »neue« Stadttheater gebaut wurde, mußte der Botanische Garten einen großen Teil opfern, bis er schließlich in unserer Zeit ganz verschwand.

Vor etwa zehn Jahren hat der alte Corneliusplatz ein anderes Gesicht bekommen. Der Landskrone hat man einen Zipfel abgeschnitten, und Meister Cornelius hat um dreißig Meter zurückweichen müssen.

Es ist nicht das erstemal, daß die Landskrone in Gefahr war. Vielleicht 25 Jahre liegt es zurück, daß man die Königsallee über den Corneliusplatz hinaus verlängern und die Landskrone zuschütten wollte, um so eine gerade Straße quer durch den Hofgarten zur Kaiserstraße zu führen. Die Landskrone sollte auch einmal dem Bahnhofe der Köln-Mindener Bahn geopfert werden. Das war im Jahre 1842. Die Stadtverwaltung wollte den Köln-Mindener Bahnhof in der Nähe der Bergisch-Märkischen Bahn haben, und zwar in der Gegend der heutigen Landesversicherungsanstalt, wo er auch tatsächlich gebaut wurde – zum Glück für die Stadt. Die Altstädter hatten die Anlage des Bahnhofes in der Nähe des alten Sicherheitshafens empfohlen, die Anwohner des Steinwegs, der jetzigen Schadowstraße, wollten ihn am Wehrhahn haben. Was wäre geworden, wenn die Bahnlinie nach den Vorschlägen der Altstädter von Köln her über die Königsallee bis auf den Corneliusplatz geführt worden wäre und von dort durch den Hofgarten oder durch die Hofgartenstraße nach dem Bahnhof, der zwischen dem Ratinger Tore und dem Napoleonsberg oder Hofgartenhaus vorgesehen war. Der Hofgarten wäre dadurch für alle Zeiten ruiniert worden.

Aber die damaligen Altstädter Stadtväter hatten dafür nicht den geringsten Sinn. Sie behaupteten im Gegenteil: »Statt den Hofgarten zu entstellen, würde dieser Bahnhof, den man von der Höhe (Napoleonsberg) übersehen könnte, eine wahre Zierde für Stadt und Promenade sein, daß die Fahrbahn den Hofgarten entlang den Fremden viel Spaß machen muß.« Wenn man es in den alten Protokollen nicht schwarz auf weiß lesen könnte, würde man es nicht glauben, daß damals die Stadtverwaltung einen Antrag an die Regierung stellte, ihr zu gestatten, den Teil der Landskrone zwischen dem Ratinger Tore und dem Platze des jetzigen Opernhauses zuzuschütten und zur Bebauung freizugeben, weil es ja »ohnehin totes Wasser, dessen Vertilgung schon in medizinalpolitischer Hinsicht sehr zu wünschen wäre«. Die Regierung aber – und das muß man ihr heute noch danken – lehnte diesen verständnislosen und kurzsichtigen Antrag ab und verlangte mit aller Entschiedenheit, daß »der Umfang und die Gestalt der öffentlichen

Anlagen unter jeder Bedingung voll erhalten werden müßten«.

Die Gegend an der Landskrone und an der Hofgartenstraße war in den vierziger Jahren des vorigen Jahrhunderts noch in einem beinahe ländlichen Zustande. Derendorf und Pempelfort lagen weit außerhalb der Stadt, und wer nach dem Jägerhofschlößchen oder nach der kleinen Brauerei »Zum Hirsch« einen Ausflug machen wollte, mußte durch die zwar schon angelegte, aber noch nicht bebaute Hofgartenstraße, an der Landskrone vorbei und durch die Hofgartenallee gehen oder durch die Elberfelder Straße über eine kleine Brücke, die über den Stadtgraben führte, zum Kälbermarkt, dem heutigen Schadowplatze, dann weiter über die Schadowstraße, die damals Flinger Steinweg hieß. Dieser Steinweg war aber eine regelrechte Landstraße. Steinweg hieß die Straße deshalb, weil sie in alter Zeit zum »Stein«, zum Hochgericht, führte. Die Hohe Straße in Köln soll aus demselben Grunde früher Steinweg geheißen haben, Steinweg am Domkloster. Andere erklären den Namen Steinweg damit, daß die vielbefahrene Landstraße zum Teil gepflastert war. Zwischen Wieland- und Schirmerstraße war ja auch das Galgengäßchen, wo der Galgen stand. Das Galgengäßchen führte zu einem Hügel, auf dem sich in der Nähe des Adershofes der Galgen befand. Es ist die Gegend, wo heute die Ulmenstraße verläuft. Das jetzige Gefängnis, die »Ulmer Höh'«, steht also an einer, seiner Bedeutung entsprechenden historischen Stelle. Als der Wirt Linden Ende des vorigen Jahrhunderts sein altes Haus abbrach, fand er in den Fundamenten große Steine, auf denen der Galgen gestanden hatte. Außerhalb des Flinger Tores, das von 1620 ab am Ende der Kommunikationsstraße war, begann der Flinger Steinweg, der über die Elberfelder Straße nach dem Kälbermarkt – so hieß bis 1851 der Schadowplatz – ging von da über die Schadowstraße nach dem Wehrhahn und weiter nach Elberfeld. Der Flinger Steinweg war bis um die Mitte des vorigen Jahrhunderts noch eine mit Kies und Basaltbrocken befestigte Landstraße, in deren Mitte eine Rinne für das Regenwasser lief und zu deren beiden Seiten Ebereschen standen. Der Flinger Steinweg war zwischen 1840 und 1860 durchweg von gebildeten und wohlhabenden Bürgern bewohnt; darunter sind Namen, die in der Geschichte, insbesondere der Kunstgeschichte Düsseldorfs, den besten Klang haben. Andreas und Oswald Achenbach wohnten hier, der Akademiedirektor v. Schadow, die Maler Friedrich Wilhelm Preyer, Kaspar Scheuren, Karl Sohn, Wilhelm Camphausen, Mücke; auch Vertretern der ersten Düsseldorfer Gesellschaft begegnet man auf dem Steinweg. Der Adjutant des Prinzen Friedrich von Preußen, Rittmeister v. Knobelsdorf, Fabrikbesitzer v. Gahlen, Karl Henoumont, der Juwelier Stüttgen, der Zeitschriftenhändler C. F. Scherl, der Vater des Begründers der großen Berliner Verlagsfirma – sie hatten ihre Wohnung auf dem stillen Flinger Steinweg, dessen Ruhe nur gestört wurde von den reitenden und fahrenden Posten auf dem Wege nach und von Elberfeld.

Es werden wohl nicht viele wissen daß auch die Anlagen des »Speeschen Grabens« von Weyhe angelegt worden sind. Der Speesche Graben ist ein Stück des ehemaligen, die ganze Stadt umfließenden Festungsgrabens. An der Stelle, wo jetzt die riesigen Ulmen und Ahornbäume des Speeschen Grabens stehen, war früher die Bastion Diamantstein, die Kurfürst Johann Wilhelm bei der sogenannten Extension in die Erweiterung der Festungswerke mit einbezog. Bastion Diamantstein hieß es hier deshalb, weil in der Nähe die Besitzung des Reichsgrafen von und zu Diamantstein oder Dimentstein lag. Das heute noch stehende große Gebäude an der Bäckerstraße ist diese Besitzung. Der zu der Besitzung gehörende Garten ist nicht sehr groß, aber er verrät seinen Meister und Schöpfer. Er ist ein Hofgarten im kleinen. Gewundene Wege mit wechselnden herrlichen Ausblicken führen an mächtigen Baumgruppen vorbei und verschwinden hinter hohem Gesträuch. Die Mauer, die heute den Garten nach dem Graben hin abschließt, ist die alte Bastionsmauer. Sie ist aus Ziegeln gebaut und überall beinahe zwei Meter dick. In bestimmten Abständen sind schmale Schießscharten freigelassen, durch die das Sonnenlicht grell in die unterirdischen, dunklen Kasematten fällt. Das Mauerwerk ist noch so kerngesund wie zur Zeit Jan Wellms, und es wird uns und unsere Kindeskinder überleben. Auf der Mauer steht ein alter steinerner Herkules, der sich müde auf einen Baumstumpf lehnt. Von weitem schimmert sein bleicher Leib durch das Laub. Er ist schon sehr alt. Die Verwitterung hat ihm manches Stück vom Leibe abgefressen. Der Herkules ist noch eine Erinnerung aus dem alten herzoglichen Garten, der bis Ende des 16. Jahrhunderts in der Gegend zwischen Damm- und der nach ihm benannten Orangeriestraße lag. In diesem Garten standen eine Menge Götterstatuen. Mehrere von ihnen wurden später in den Garten des Grafen von Diamantstein versetzt, wo aber die meisten von ihnen, weil sie in ihrer griechischen Ungeniertheit den Herrschaften nicht anständig genug waren, zerschlagen wurden. Nur der Herkules rettete sich, und jetzt steht er auf der alten Bastionsmauer und träumt von seiner Vergangenheit.

Ein unsterblicher Theaterverein

Die Stätte, die ein guter Mensch betrat,
Ist eingeweiht; nach hundert Jahren klingt
Sein Wort und seine Tat den Enkeln wieder.

Als am 23. Januar 1827 Karl Immermann als Landgerichtsrat nach Düsseldorf versetzt wurde, ahnte niemand, welche Bedeutung diese an sich belanglose Tatsache für die Theatergeschichte Deutschlands und insbesondere für das Düsseldorfer Theater haben sollte. Im März verließ Immermann seine Vaterstadt Magdeburg und kam nach mehrtägiger Reise in Düsseldorf an.

»Als ich hier ankam«, erzählt er in den Düsseldorfer Anfängen, »hatte ich an *einem* Tage den vertracktesten Kontrast zu schauen. Mittag war's; mein erster Gang war auf die Akademie. Hallende Gänge, massiv gebaute Räume empfingen mich. Schadow führte mich umher und zeigte mir junges, versprechendes, wenn auch noch unentwickeltes Leben in anständiger Wiege. Nachmittags hörte ich in meinem Gasthofe, es sei hier auch ein Theater. Der Name der Gesellschaft wurde mir genannt, die, im Herbst zusammengestoppelt, den Winter durch sich für das Wohl der Menschheit bemühe und im Frühling, wenn die Schwalben kommen, wieder auseinanderfliege. Der zweite Gang war also abends ins Schauspielhaus. Es war nicht leicht, in das Allerheiligste dieses Tempels vorzudringen, denn dunkel waren die Korridors, denen hin und wieder die Bedielung fehlte, so daß man in dieses und jenes Loch trat, und gegen manchen rohen Pfosten stieß man in der Dunkelheit. Ein nichtswürdiges Lokal war's, das alte Gießhaus am Markt, worin sie damals spielten. Man wußte gar nicht, was man im Parterre unter den Füßen hatte, ob es noch Bruchstücke von ehemaligen Bohlen waren oder der reine Mull. Einmal bricht ein dicker Mann mit seinem Beine durch den Fußboden seiner Loge durch. Eine Dame, die in dem Räume darunter sitzt, fällt in Ohnmacht vor Schreck über den dunklen Körper, der da so plötzlich vor ihrem Gesichte hängt. Der arme Mann aber renkt sich das Bein aus. Indessen saß sich's doch recht hübsch darin, und man war einmal daran gewöhnt. An den

Logenbrüstungen umher standen auch die Namen der Theaterschriftsteller und der Komponisten angeschrieben; die Theaterschriftsteller schwarz und die Komponisten rot. Das sah recht gut aus, wenn man sie nur hätte deutlich lesen können. Sie gaben an jenem Abende ein Stück, ich weiß nicht mehr, welches. Darauf folgte eine Merkwürdigkeit. Ein Gastwirt aus der Nähe, der sich bewußt war, daß die Ader des Schönen in ihm rinne, deklamierte den ›Ausbruch der Verzweiflung‹ von Kotzebue. Ich kann nicht beschreiben, mit welcher Empfindung ich mich nach diesem Kunstgenuß niederlegte, während meine Gedanken zwischen der Akademie und der sogenannten Bühne hin- und hergingen.«

Immermann war 31 Jahre alt, als er diesen entweihten Kunsttempel, den er bald darauf zur bedeutendsten Bühne Deutschlands machte, zum ersten Male betrat. Er hatte schon einen Namen als Dichter, und der Ruhm seiner Jugendwerke »Der Prinz von Syrakus«, »Cardenio und Celinde« und »Andreas Hofer« war ihm vorausgeeilt. Mit solchem Ruhme spekulierte der Direktor des Düsseldorfer Theaters, der geschäftstüchtige, aber künstlerisch bedeutungslose Derossi, als er sich im Jahre 1829 entschied, den noch nicht gespielten »Andreas Hofer, ein Trauerspiel in Tirol«, aufzuführen. Und er bat den Dichter, das Stück selber einzustudieren. Immermann nämlich, der schon als Student der königlich-westfälischen Universität Halle die größte Neigung für das Theater empfand, hatte in den zwei Jahren seines Düsseldorfer Aufenthalts bei den festlichen Veranstaltungen des geistig und künstlerisch hochstehenden Kreises um Schadow sich als Regisseur, Schauspieler und Vorleser bewiesen. Er kam bereitwillig der Bitte Derossis nach und studierte selbst sein »Trauerspiel in Tirol« ein. Und diese engste Verbindung mit dem Theater ließ in ihm die schon lange keimenden Pläne einer Theaterreform reifen. Es bedurfte nur eines äußeren Anstoßes, und der ließ nicht lange auf sich warten. Der Stadtrat hatte am 1. Juni 1832 zehntausend Taler für die Erneuerung des gänzlich verwahrlosten Theatergebäudes bewilligt. Das Theater erhielt nach dem Plane Schinkels einen Portikus mit ionischen Säulen, das Parkett und die Logen wurden instand gesetzt, die Sitze und Lehnen mit rotem Tuch überzogen, Galerie und Decke mit einem freundlichen Anstrich versehen, die Beleuchtung verbessert, und so entstand aus der »Scheune, die selbst zum Saustall nicht geeignet war, weil sie alljährlich einmal unter Wasser stand und immer feucht blieb«, ein leidliches Theater. Welche Wirkung auf ihn diese Erneuerung des Theaters hatte, erzählt Immermann selbst:

»Eines Sommers zogen Maurer und Zimmerleute in die scheußliche Rumpelkammer ein, deren Gerüst auch hier die Welt bedeuten sollte. Sie warfen Balken, Sparren, Bänke, Pfeiler hinaus und ließen nichts als die vier nackten Wände stehen. Darauf mauerte der Maurer, und der Zimmermann hieb zu. Ihnen folgte der Polierer, der Tüncher, der Meister in Schnitzwerk, der Maler, der Vergolder. Es sägte, raspelte, hämmerte und rumorte binnen jener Mauern. Man tat hier, was man an vielen Orten letzthin getan: man baute ein neues Theater. Die ganze Stadt interessierte sich, wie das immer in solchen Fällen geschieht, auf das lebhafteste für das entstehende Werk. Daran, was denn nun sich in den neuen Räumen zutragen sollte, dachte freilich niemand, wie das auch meistenteils in solchen Fällen zu geschehen pflegt. Ich ging auch viel ab und zu, ohne zu denken, was mir alles da noch begegnen sollte. Eines Tages im Oktober war ich ganz allein im Gebäude. Schon stiegen die Säulen mit goldenen Knäufen am Proszenium empor, ringsum sah ich Vergoldung, an der Decke bunte Arabesken, auf der Szene standen die zierlichsten Dekorationen. Auf einmal und blitzartig tat ich mir die Frage: ›Soll denn hier abermals nur das hübsche Gefäß gemacht worden sein, aus demselben aber der alte saure Krätzer immer und immer wieder ausgeschenkt werden?‹ Es kam mir so albern vor, meine Seele geriet in eine große Bewegung. Ohne nachzudenken über Hindernisse und mögliche üble Folgen, faßte ich den Entschluß, etwas zu stiften, was so hübsch sei wie die Säulen, die Dekorationen, die Vergoldungen und Arabesken. Wenn ich daran zurückdenke, so muß ich sagen: Es war der abenteuerlichste Einfall. Denn ich war fremd am Rhein, dem großen Publikum so gut wie unbekannt, bei der Bühne ohne Hebel und Handhabe, und manches, was ich andere lehren wollte, das sollte ich selbst erst noch lernen.«

Immermann, sonst nicht von raschen Entschlüssen, sondern stets bedachtsam und sorgfältig abwägend, »wahr, fest, beharrlich, eisern-eichenhaft« wie sein Hofschulze im »Oberhof«, überstürzte sich diesmal geradezu in der Ausführung seines »abenteuerlichsten Einfalls«. Er eilte sogleich zu seinen einflußreichen Freunden und kunstverständigen Bekannten, die sich von seiner Begeisterung anstecken ließen und auf seinen Vorschlag einen »Theaterverein« gründeten, dessen erste Aufgabe es sein sollte, seine Mitglieder zu einem mehrjährigen Abonnement zu verpflichten, um damit dem Direktor Derossi, der noch für mehrere Jahre die Theaterkonzession hatte, einen finanziellen Rückhalt zu geben. Er aber sollte dem Theaterverein als Gegenleistung das Recht einräumen, auf die gesamte künstlerische Gestaltung des Theaters bestimmend einzuwirken. Das war am 16. Dezember 1832.

»Noch an demselben Abend –« des Tages nämlich, an dem er sich das halbfertige Theater angesehen hatte, »– berief ich einige Freunde zusammen. Sie gingen mit Feuer auf meinen Vorschlag ein, sagten mir jeden Beistand zu, und wir stifteten einen Theaterverein. Der sollte das Organ der Gebildeten bei der Bühne sein, den Direktor und die Truppe in Schule und Regel nehmen. Aber als die Sache angefangen war, da zeigten sich erst die Schwierigkeiten. Die ehrsamen Väter der Stadt machten die erstauntesten Gesichter über diese von einem Tage zum anderen hervorgetretene Oligarchie von zum Teil ganz einflußlosen Leuten. Im Volke erhob sich eine Opposition unter den Freunden des Alten. Wir selbst begingen in dem neuen Geschäfte Fehler, ich nicht die kleinsten. Alles das war aber noch nichts gegen die Hemmnisse, die sich aufstauten, als der Impresar mit seiner Truppe anlangte. Zwar in Worten mußte er sich willfährig bezeigen, denn wir bezweckten ja das Heil der Kunst, welches er auch im Munde zu führen hatte. Aber im Herzen hegte er den innigsten Abscheu gegen so aufdringliche Veredlungsversuche, und selten sind wohl die Musen jemandem so durchaus fatal geworden, als wie wir sie unserem ergrauten Schüler machten. Wir ließen uns indessen durch nichts abschrecken. Mein Gedanke war, ein Experiment anzustellen, eine Reihe von Aufgaben an bedeutenden Werken praktisch zu lösen, so vollkommen, als es möglich sei. So entstanden in zwei Wintern die Vorstellungen, welche wir Subskriptionsvorstellungen nannten. Das Publikum nannte sie Mustervorstellungen, und die Schauspieler hießen sie Kunstvorstellungen, wodurch sie vielleicht andeuteten, daß in den anderen die liebe Natur waltete. Es waren aber folgende: ›Emilia Galotti‹, ›Stille Wasser sind tief‹ ›Der standhafte Prinz‹, ›Der Prinz von Homburg‹, ›Don Juan‹, ›Egmont‹, ›Nathan‹, ›Der Wasserträger‹, ›Die Braut von Messina‹, ›Andreas Hofer‹.«

Immermann war anfangs nicht geneigt, die Oper in den Spielplan aufzunehmen, mußte sich aber schließlich den Wünschen der Theatervereinsmitglieder fügen. Er berief den jungen Felix Mendelssohn, den Leiter des rheinischen Musikfestes, Pfingsten 1833, als Operndirektor. Mendelssohn begann mit Mozarts »Don Giovanni« und Cherubinis »Wasserträger«. Er schrieb auch die Musik zum »Standhaften Prinzen« und »Andreas Hofer«.

Zu den Mitgliedern des Theatervereins gehörten die besten und einflußreichsten Bürger der Stadt, vor allem der kunstverständige Oberlandesgerichtsrat Schnaase, der Oberbürgermeister Schöller, Assessor von Uechtritz, der sich in seinen Mußestunden erfolgreich auf dem Pegasus tummelte, der Archivrat Lacomblet, der Akademiedirektor Schadow, der Maler Hildebrandt. Prinz Friedrich von Preußen, der im Jägerhof residierte, übernahm das Protektorat. Und damit erhielt der Theaterverein seine mächtigste Stütze, weil der Name des Prinzen dem Verein bei den Behörden und in der Gesellschaft alle Türen öffnete.

»Auf diese Weise sind jene Vorstellungen entstanden, und aus dem Interesse an ihnen ging nachmals das ›Düsseldorfer Stadttheater‹ hervor, welches ich drei Jahre lang geleitet habe. Denn es trat durch sie in dem Schönheitsgefühle einer großen Menge wenigstens ein glücklicher Moment ein, indem sie nichts als das Gute, Feine und Würdige zu schauen begehrte, was denn eben die Anstalt realisieren sollte. Uechtritz verfuhr ebenso.

Wir waren nicht im Besitz einer Geheimlehre, aber wir hatten Sinn und Begeisterung für das Ganze eines Werkes und den festen Mut, unseren Sinn durchzusetzen. Und so habe ich mir von unseren damaligen Versuchen die Grille abstrahiert, daß die *Palingenesie der deutschen Bühne,* wenn sie noch einmal erfolgen soll, keineswegs von einer zu entdeckenden neuen Weisheit, sondern von Entschließungen *moralischer* Art abhängig sein möchte. Die Mittel sind ganz einfach, und Intendanzen und Schauspieler führen sie beständig im Munde. Aber die Ausführung ist schwer, denn sie widerspricht dem Leichtsinn, der Eitelkeit, dem Egoismus, der natürlichen Trägheit der Menschen, und darum unterbleibt sie.«

Zum letzten Male hob der Vorhang sich
Von diesem Schauplatz, der des Lebens Bilder,
Die heitern wie die ernsten, wechselvoll
Seit dreien Wintern Euch entgegentrug.
Die Stunden eilen, und es naht die trübe,
Die unser Bündnis löst. Nach allen Winden
Zerstreut das Schicksal, was, gesellt im Fleiß,
Einträchtig, schaffend hier zusammenstand.
Die Hoffnung geht mit uns, der Dank bleibt hier.
Im Namen aller bring' ich allen Guten,
Die freundlich uns auf unserm Pfad begleitet,
Aus voller Seele besten, reinsten Dank.
Des Dichters Wort, des Künstlers Red' und Zeichen
Erstehen erst zum vollen, ganzen Leben,
Wenn sie die ewige Melodie erwecken,
Die in dem Busen jedes Edlen schläft. –
Für jeden Abend, wo ihr uns ins Dasein
Bedeutende Gebilde rufen halft,
Bleibt unser Herz euch immerdar verbunden.
Und so, im Nachgefühle guter Stunden,
Hört unsern Ruf des Abschieds: Lebet wohl!

Das war Immermanns Epilog nach der letzten Vorstellung seiner Musterbühne, der »gelehrten Bühne«, wie

Flachköpfe sie spöttisch nannten. Er hatte sie aufgerichtet aus dem Schutt veralteter Komödienspielerei und Hanswurstiaden zu einem herrlichen Tempel der Kunst. Dietrich Grabbe schrieb von Immermanns Bühne: »Begierig zu erfahren, wie in dieser Mittelstadt ein Theater entstand, welches als eine Musteranstalt gelten kann, forscht' ich nach Mitteln, wodurch dies möglich geworden. Ich fand zwei: Geist und kräftigen Willen.«

Diesen Geist, diesen kräftigen Willen hat Immermann gewissermaßen dem Schauspielhaus der Louise Dumont vererbt. Die Geschichte des Düsseldorfer Schauspielhauses ist ein ruhmvolles Kapitel Kunstgeschichte der Stadt Düsseldorf. »Wir spielen euch nur Theater«, so lautet das Bekenntnis dieser Bühne, »wir zeigen euch das Leben, nur in eine Form gebracht, die zu gleichen Teilen aus der Seele des Dichters und den Gesetzen unseres Bretterbodens erwuchs. Wir wirken mit allen Mitteln dieses Bodens auf euch, mit Worten und Farben, die nicht die Worte und Farben eures Alltags draußen sind. Und durch diese Form von allem Kleinen frei geworden, zeigen wir euch wieder große Menschen und große Leidenschaften, bauen euch wieder eine Welt über eurer Welt auf.«

Ein alter Chorist, der noch auf der Bühne des alten Theäterchens am Markt gestanden und die Eröffnung des neuen in der »Allee« am 29. November 1875 mitgemacht hat, erzählte mir aus seinen Erinnerungen. Ich lasse ihm das Wort:

»Was im alten Theater am Markt geboten wurde, war nicht immer hohe dramatische Kunst – es war in den sechziger Jahren des vorigen Jahrhunderts – aber es war immer gemütlich, und meine liebsten Erinnerungen sind mit dem alten Theater, dem ehemaligen Gießhause Grupellos, verknüpft. Ich erinnere mich noch gut an den Direktor Franz Kullock, der vor Scherbarth das Theater leitete. Ich sehe ihn heute noch, obschon bereits mehr als sechzig Jahre vergangen sind, deutlich vor mir. Es war ein kleiner, lebendiger Kerl, stets aufgeregt. Er lief meist mit sorgenvoller, mißmutiger Miene herum, denn die finanziellen Verhältnisse des Theaters ließen ihn manche Nacht nicht schlafen; wegen der künstlerischen ließ er sich keine grauen Haare wachsen. Unter Direktor Kullock wurde ein ›Vaterländisches Schauspiel aus Düsseldorfs Vergangenheit, Jàkobe von Baden, in fünf Akten nebst einem Vorspiel von Jean Baptist Zahlhaas‹ aufgeführt, in dem ich als kleiner Junge unter dem Volk mitwirkte. Vor meinem geistigen Auge steht noch die schöne Jakobe. Die Darstellerin hatte rotblondes Haar, zu zierlichen Zöpfchen geflochten und kunstreich um den Kopf gelegt. In diesem Haar glitzerte ein kleines diamantenes Diadem. Ich werde es nie vergessen, einen solchen Eindruck hat diese Jakobe auf mein Knabenherz gemacht. Überhaupt sind meine Erinnerungen an das alte Theater so frisch, als hätte ich gestern alles erlebt. Ich brauche mein Gedächtnis gar nicht anzustrengen, um müden Zuschauerraum mit allen Einzelheiten vorzustellen. Merkwürdigerweise habe ich bloß von dem Vorhang gar keine Vorstellung mehr. Es war ein ganz kleines Parkett mit rotgepolsterten Sitzen. Auch die Brüstung des Ranges war rot gepolstert, aber nicht mit Samt, sondern mit rotem Fahnentuch. An manchen Stellen war dieser Bezug verschlissen, und das Seegras guckte heraus – zu unserem Vergnügen, denn wir beschäftigten uns in den Zwischenpausen damit, das Seegras immer mehr herauszuzupfen und ganze Stücke davon auf die dicknäsigen Plaateköpp im Parkett zu werfen. Auch nasse Papierkügelchen schossen wir hinab, Nußschalen, Käserinden und Wurstfelle, bis der eine oder andere Getroffene aufsprang und wütend nach den ihm unsichtbaren Schützen schrie und mit der Faust drohte. Der Zuschauerraum war so klein, daß man sich mit den Leuten auf der anderen Seite des Ranges bequem und ohne seine Stimme anzustrengen unterhalten konnte. Ebenso gemütlich wie im Zuschauerraum ging es auch hinter den Kulissen zu. Während auf der Bühne beispielsweise Romeo und Julia ihre zärtlichsten Verse flöteten, saßen die Theaterarbeiter in den Ecken des Bühnenraumes und aßen Blut- oder Leberwurst mit rohen Zwiebeln. Man konnte es oft im Zuschauerraum riechen, Überhaupt der Geruch im alten Theater! ›Müffig‹ ist das richtige Wort. Wer abends zuerst in den Zuschauerraum trat, dem konnte es schlecht werden. Allmählich gewöhnte man sich daran, und wenn ein paar hundert Menschen eine Stunde lang da gelacht oder geweint und – geschwitzt hatten, merkte man nichts mehr von dem ›Muff‹. Dieser stinkige, moderige Geruch rührte von dem Grundwasser her, das bei Hochwasser des Rheins bis ins Parkett stieg und die Balken des Fußbodens zum Faulen brachte. Und richtig austrocknen konnten die Balken im Sommer nicht, weil unter dem Fußboden nicht genug Durchzug war. Aber die Düsseldorfer Theaterfreunde störten sich durchaus nicht an dem Geruch, sie nahmen ihn hin, als müßte es so sein, und darum hat sich auch nie einer darüber beklagt. Damit die Blut- und Leberwurst besser rutschte, holten die Theaterarbeiter in der ›Lellich‹ oder ›Im goldenen Ring‹ eine ›Veedelskann‹ Bier, fünf Maß also. Und es fand sich öfter ein Wohltäter, der die irdene, weitbauchige Kanne mit der kleinen ›Schnut‹ und dem großen Henkel ein zweites und drittes Mal füllen ließ mit dem Erfolge, daß die Umbauten gegen Schluß der Vorstellung immer länger dauerten.

Die Beleuchtung des Zuschauerraums und vor allem der Bühne war so einfach, daß wir es uns heute nicht mehr vorstellen können. Ob im alten Theater gegen Ende seines Bestehens noch Gasbeleuchtung angelegt worden ist, weiß ich nicht mehr. Ich kann mich wenigstens nicht mehr entsinnen. Im neuen Theater in der Allee gab's Gasbeleuchtung, nachdem die Straßen schon Mitte der sechziger Jahre mit Gaslaternen ›taghell‹, wie ein zeitgenössischer Geschichtsforscher begeistert schrieb, beleuchtet wurden. In meiner Kindheit standen an der Rampe des alten Theaters etwa drei Dutzend Öllampen, deren Zylinder nicht alle in Ordnung waren. Einige waren immer zerbrochen. In jedem Zwischenakt mußten die Dochte geschneuzt werden. Das zu besorgen, war ein Amt, um das wir Jungen uns rissen, und mancher Kampf, der mit Beulen und Nasenbluten endete, entbrannte darum. Öfter ging ich als Sieger aus diesen Kämpfen hervor. Und so schritt ich, in einem roten Livreerock, der mir viel zu weit und zu lang war, an der Rampe entlang und schneuzte die Lampen mit der Lichtputzschere. Das war nicht einfach, denn die Zylinder waren heiß, und ich habe mir mehr als einmal die Finger verbrannt. Wenn es dann zu lange dauerte, rief der Bühnenmeister hinter dem Vorhang – jeder im Zuschauerraum konnte es natürlich hören! –: »Beste fädig, Jong? Et geht wieder.«

Daß ich in »Jakobe von Baden« als »viel Volk« mitgewirkt habe, wurde oben schon gesagt. Aber auch in manchen anderen Stücken stand ich auf den weltbedeutenden Brettern. Als Honorar gab's Freikarten für die Galerie. Doch meine jugendliche Bühnenlaufbahn endete sehr bald mit einer Katastrophe. In einem Ritterschauspiel wirkten zwei Dutzend Soldaten als Statisten mit. Es waren welche vom Regiment Nr. 13, das damals in Düsseldorf lag. »Drüzehner« nannte man sie wie das kupferne Geldstück, das 13 Pfennige wert war. Daher der Name. Wir Jungen spielten zwar nicht so sehr aus Kunstbegeisterung, als vielmehr, um Halunkerei zu treiben. Und das taten wir denn auch. Mich traf meist das Los, auszuführen, was die anderen ausheckten. Ich mußte hinauf auf den Schnürboden und einen nassen Schwamm mitten in den Monolog der Jungfrau von Orleans fallenlassen. Pätsch! klatschte er ihr vor die Füße, daß der Souffleuse das Wasser ins Gesicht spritzte. Ehe der Bühnenmeister, ein Lattenstück als Strafinstrument in der Hand, zum Schnürboden hinaufgeklettert war, stand ich längst wieder mit dem harmlosesten Gesicht in der Kulisse und lauschte hingerissen dem Versegeschmetter. Oder wir schnitten den »Dreizehnern« sämtliche Knöpfe von der Uniformhose und trennten zum Überflusse noch die Kreuznähte zwischen den Beinen auf, so daß die armen Soldaten die Hosen mit beiden Händen halten und im Trab nach der Kaserne laufen mußten. Diesmal konnten es nur die »Saujonges« gewesen sein, aber wir hatten uns früh genug verduftet und standen im Dunkel der Zollstraße, um die fluchenden Dreizehner in ihren mißhandelten Hosen laufen sehen zu können. Jedoch beim dritten Streich vollendete sich unser Geschick. In einem Zauberstück traten Wassergeister auf. Sie hatten lange weiße Hemden an und schmale grüne Nesselstreifen um den Kopf und um die Hüften. Das sollte Schilf darstellen. Ohne diese Schilfstreifen hätte man sonst die Wassergeister mit gewöhnlichen Menschenkindern verwechselt, die im Begriff waren, zu Bett zu gehen. Die Schilfstreifen knotete ich unbemerkt zusammen, so daß die Wassergeister, ohne daß sie es ahnten, unlöslich miteinander verbunden waren. Und als sie nach einer eindrucksvollen Szene wieder von der Bühne in feierlichem Gange abgehen mußten, die eine Hälfte in die rechte, die andere in die linke Kulisse, da ging das nicht; die verknüpften Schilfstreifen hinderten sie und hielten sie wie einen Rattenkönig miteinander fest, was dem Publikum und uns Halunken über alle Maßen gefiel, nicht aber dem Bühnenmeister, der diesmal ohne lange Verhandlung uns mit seinem Lattenstück aus dem Kunsttempel vertrieb.«

Die erste Ausstellung in Düsseldorf

In dem Großherzogtum Berg von Napoleons Gnaden gab es für die damaligen Verhältnisse bereits eine blühende Industrie, die aber unter der Kontinentalsperre und den harten Zollbestimmungen so zu leiden hatte, daß sie einer Katastrophe entgegenging. Und die Vertreter der bergischen Industrie wandten sich an den Großherzog Joachim Murat, Napoleons Schwager, um Verwendung bei dem Kaiser. Auf Murats Fürsprache hin erließ Napoleon am 12. Januar 1807 von Warschau aus ein Dekret, worin er die Gleichstellung der bergischen und französischen Waren verfügte. Aber die politischen Ereignisse warfen das Warschauer Dekret sehr bald über den Haufen, und die Bedrückung und Einengung des Handels wurde schließlich so stark, daß die bergischen Industriellen ihre Rettung nur in dem Aufgehen des Großherzogtums Berg in Frankreich sahen.

Auf Grund der Kontinentalsperre wurde im Großherzogtum Berg eine Menge englischer Waren, hauptsächlich Textilwaren, beschlagnahmt. Aber anstatt sie zu billigen Preisen an die arme Bevölkerung zu verkaufen, verbrannte man sie öffentlich und mit lächerlichem Pomp wie bei einem spanischen Autodafé. In Düsseldorf fanden die Verbrennungsfeierlichkeiten am 16. Dezember 1810 auf dem früheren Exerzierplatze statt, der damals Kasernenplatz oder Marsfeld hieß, »la place de casernet dite champ de Mars«, wie es in dem Protokoll hieß. Die beschlagnahmten Waren wurden im alten herzoglichen Schlosse am Burgplatze aufbewahrt. Mittags gegen zwölf Uhr packte man sie auf zwei Wagen und fuhr sie unter Begleitung der ganzen Garnison, die zu diesem Zwecke ausgerückt war, durch die Hauptstraßen der Stadt nach dem Exerzierplatze. Voran schritt eine Abteilung Gendarmerie, hinterher die Trommler und Pfeifer der Besatzung. Dann hoch zu Roß der Bataillonschef Hemskirch, wie er hieß, hinter ihm die beiden Wagen, rechts und links Soldaten mit aufgepflanztem Bajonett. Es muß sehr eindrucksvoll gewesen sein. Man darf sich nicht wundern, daß die beschlagnahmten Waren bloß zwei Karren füllten. Das meiste war eben, wie das in solchen Fällen immer so geht, vorher gestohlen worden. Jedermann wußte das, und darum sah man überall grinsende Gesichter und hörte Lachen und spöttische Bemerkungen. Mitten auf dem Exerzierplatze hatte die Zollbehörde einen schauerlichen Scheiterhaufen errichtet. »Die Stoffe wurden«, wie es in dem Protokoll hieß, »Stück für Stück entrollt und diese sowie alle andere Gegenstände ins Feuer geworfen, ohne daß das geringste davon entwendet werden konnte.« Um der Verbrennung das Ansehen einer Feierlichkeit zu geben, wohnten ihr folgende Beamte bei: Der Präfekt Graf Borcke, der Maire Freiherr von Pfeil, der Stadtkommandant Bonnet, die Präfekturräte von Sieger und von Collenbach, der Departementalrat Freiherr von Ritz, der Generalsekretär der Präfektur Jansen, die Beigeordneten der Mairie Schnabel und Sybenius, der Polizeikommissar Breitenstein, die Munizipalräte Castanien, Pampus und Jacobi, der General-Zolladministrator und großherzogliche Procurator bei der Verbrennungskommission David, die Zollinspektoren Wibekind, Schwarz und Koch und der Zollempfänger Frinken. Außerdem hatte sich natürlich eine Unmenge Volk eingefunden. Es war also sehr feierlich, und die Verbrennungsdekrete waren, wie es Graf Beugnot am 31. Oktober 1810 anbefohlen hatte, »nach dem bestimmten Willen Seiner Majestät mit Schnelligkeit, Festigkeit und ohne Auslegung (avec promptitude, avec fermeté et sans interprätation) in Vollzug« gesetzt worden, und er konnte, wie er es versprochen hatte, »die Beweise von Eifer, die jeder der Präfekten bei dieser wichtigen Gelegenheit geben werde, zur Kenntnis des Kaisers bringen«.

Die gegen England gerichtete und ihm auch sehr schädliche, aber, da England den längeren Atem hatte, in ihrer Wirkung doch verfehlte Kontinentalsperre traf den festländischen Handel viel mehr und brachte der bergischen Industrie Mangel und Not. Und diese Industrie war schon sehr beachtenswert. Es gab im Großherzogtum Berg 27 Hochöfen für Eisen und Stahl und sechs für Gußstahl, 139 Hütten für Stangeneisen, 95 für Stangenstahl und 52 für Sicheln und Sensen. Sechshundert Werkstätten fabrizierten Eisendraht mit einem Exportwert von 1.400.000 Francs, 6000 Arbeiter waren in der Fabrikation von Eisen, Stahl, Waffen usw. mit einem Exportwert von fünf Millionen Francs beschäftigt. 15 Werkstätten machten Fingerhüte, vierhundert Arbeiter Metallknöpfe. Es gab zehn Öfen für Kupfer- und Messingwaren. 4000 Arbeiter spannen Baumwollgarn; in Kettwig war eine Fabrik für Wollgarn. An 2500 Webstühlen webten 16.000 Arbeiter Bandwaren mit einem Exportwert von neun Millionen Francs. Baumwollgewebe wurde von 11.000 Arbeitern auf 8000 Webstühlen verfertigt für neun bis zehn Millionen Francs. Die Seidenindustrie beschäftigte 9000 Arbeiter, die Tuchwebereien 10.000 Arbeiter in sechshundert Werkstätten. Drei Fabriken stellten Tabakspfeifen her. Es gab 41 Papier- und 23 Pulvermühlen, neun Fabriken für schwarze Seife und vierzig Tabakmanufakturen.

Das war eine Industrie, die man unter Berücksichtigung der damaligen Verhältnisse in ihrer Vielgestaltigkeit, Zahl der Arbeiter und Kapitalwert durchaus respektieren muß. Sie hatte für das Großherzogtum Berg eine existenzerhaltende Bedeutung. Aber die hohen Zölle, die den Export nach dem Kaiserreich Frankreich, dessen östliche Grenze damals der Rhein war, erschwerten und schließlich ganz unmöglich machten, versperrten ihr das wichtigste Absatzgebiet.

Napoleon konnte sich im Interesse der französischen Industrie, die den Ruin der bergischen Industrie als eine Befreiung von einer lästigen und starken Konkurrenz gern gesehen hätte, nicht dazu entschließen, die Zölle aufzuheben. Zu diesen Schwierigkeiten kam noch, daß immer mehr Gewerbetreibende auf das linksrheinische französische Gebiet auswanderten, um dort eine neue Existenzmöglichkeit zu suchen.

Im Jahre 1813 gab es im Großherzogtum nicht ein Werk, das die Zahl seiner Arbeiter nicht um ein Drittel oder noch mehr verringern mußte. Die infolge der Knebelung der bergischen Industrie hervorgerufenen zahlreichen Arbeiterentlassungen waren die Ursache vieler Ausschreitungen und Plünderungen. »Von einem Arbeiter ohne Beschäftigung zum Vagabunden, ist nur ein Schritt«, hieß es.

Am 2. November 1811 besuchte auf seiner großen Inspektionsreise durch Belgien und Holland Napoleon auch Düsseldorf, die Hauptstadt des Großherzogtums Berg. Die bergischen Industriellen hatten sich sehr viel von der Anwesenheit des Kaisers versprochen. Sie hofften, ihn bewegen zu können, der immer mehr absinkenden Industrie wieder auf die Beine zu helfen. Um dies zu erreichen, wollten sie dem Kaiser zeigen, was die bergische Industrie leisten könnte, um ihm so eindeutig klarzumachen, welche wirtschaftlichen Werte und Kräfte in Gefahr wären. Der Minister Nesselrode kam ihren Wünschen entgegen und beauftragte am 18. Oktober 1811 den Handlungsagenten Gerhard Siebel, »sich mit dem Handelsstande der Fabrikorte im Rhein- und Ruhrdepartement in Verbindung zu setzen und zu besorgen, daß Muster von allen Produkten der inländischen Fabriken und Manufakturen nach Düsseldorf gebracht werden«, das hieß also, daß eine Industrieausstellung veranstaltet würde. Der Minister hielt dafür den Saal der alten Kanzlei am Markt für geeignet. Ende Oktober war bereits diese Ausstellung fertig, und sie muß nach allem, was uns darüber berichtet wird, hervorragend gewesen sein. Es waren ausgestellt Eisen- und Stahlwaren, Draht, Strick- und Nähnadeln aus Solingen und Remscheid, Webstoffe, Leinen, Bänder, Tücher aus dem Wuppertale.

Der Fabrikant F. Feldhoff aus Elberfeld berichtete über den Besuch Napoleons auf der Ausstellung an den Maire seiner Stadt folgendes:

»Mit Sehnsucht erwarteten wir des Kaisers Ankunft. Herr Siebel übernahm es, ihm das Kompliment zu machen. Wir standen alle auf unseren Posten, fest entschlossen, als freie Männer zu reden, wenn gleich eine ministerielle Verfügung uns sagte, dem Kaiser nur auf seine Fragen zu antworten.

Er kam um acht Uhr mit der Kaiserin, den Hofdamen und allen Ministern, freundlich und erstaunt über den imposanten Anblick der Ausstellung. Der Minister des Innern, Graf Nesselrode, empfing ihn.

Herr Siebel führte den Kaiser gleich am Eingange an das seitwärts liegende Papier von Gladbach. Herr Lang und ich folgten ihm. Wir hörten hier, was jeder sagte, und freuten uns einiger guten Antworten. Endlich kam er auch an unsere Waaren. Ich zeigte ihm zunächst unsere Cottonets. Er frug, von welcher Baumwolle sie gemacht wären. Kaum hörte er die Antwort, als er mich fast vorwärts drückte. Ich zeigte ihm die baumwollenen Tücher, die halbseidenen Tücher und sprach darüber. Am längsten weilte er bei den ostindischen Nanquins. Sie gefielen. Ich zeigte ihm mit Herrn Siebel, wie alles nachgeahmt sei, und bedauerte, daß uns aller Absatz verschlossen wäre. Napoleon schien es nicht zu hören. Bei den Wollencords nahm ich ein schönes Stück, sagte, daß dies sonst in England gemacht sei; wie jetzt unsere jenen Artikeln gleich wären, daß wir mit England darin concurriren könnten, wenn wir nur Débouché hätten. Der Kaiser besah das Stück und rühmte es. Endlich sagte er mir laut: »L'exposition à l'air d'un grand pays.«

Ich erwiderte: »Le pays n'est pas grand, Sir, mais l'industrie l'a été.«

Darauf ging er vorwärts zu anderen Waaren, und ich hatte noch das Glück, der Kaiserin einige schöne Sachen zu zeigen, die sich verwunderte, daß das alles in Elberfeld gemacht werde. Noch in der Thüre übersah der Kaiser unsere Ausstellung, sein Blick schien zufrieden damit zu sein. Er wiederholte gegen den Minister Nesselrode obiges: »Ha! L'exposition à l'air d'un grand pays«, nickte und stieg in den Wagen.

Die persönliche Anerkennung des Kaisers war der ganze Erfolg der Ausstellung. Der bergischen Industrie kam nicht die geringste Hilfe, es ging ihr vielmehr infolge der Verschlimmerung der wirtschaftlichen Verhältnisse immer schlechter. Ein Jahr später war der Krieg mit Rußland, der Napoleons Stern sinken und erlöschen ließ. Und erst in den folgenden Jahrzehnten konnte die bergische Industrie unter der Herrschaft Preußens sich erholen und zur Blüte emporwachsen.

Ostern

In meiner Kinderzeit war das kirchliche Leben noch so sehr mit dem bürgerlichen verknüpft, daß dieses sich ganz nach jenem richtete. Die kirchlichen Feste spielten eine entscheidende Rolle. Vor allem hatte das Osterfest eine große Bedeutung als Fest des Frühlings und der wiedererwachenden Natur. Wer das ganze Jahr »lans de Kerch« lief, er wagte es doch nicht, die »österliche Zeit« zu versäumen, und da war kein noch so verstockter Sünder, dem nicht um die Osterwoche das Gewissen klopfte. Er schlich zum Beichtstuhl, und am Ostersonntag, ganz in der Frühe, kniete er vor der Kommunionbank und »hielt seine Ostern«. Unser Hausherr, der als Kirchenvorstandsmitglied sich um das seelische Wohl seiner Hausbewohner kümmerte, fragte die Mieter um diese Zeit: »Hatt Ehr och als Öhr Ostere gehalde?«

Am Palmsonntag, damals auch noch allgemein das Ende der Theaterspielzeit, gingen die Kinder und holten in den Kirchen geweihten »Palm«. Das waren

Buchsbaumzweiglein wie auch heute noch. Zu Hause steckte der Vater hinter das Kruzifix, das über der Eingangstür der Wohnung hing, ein Sträußchen frischen Palm, auch über jedes Heiligenbild und über jede Tür, um so dem bösen Feind den Schritt über die Schwelle zu wehren. Die verwelkten und vertrockneten Palmsträußchen vom vorigen Jahre warf man nicht weg, denn da sie von Priesterhand geweiht und gesegnet waren, hatten sie ein Recht, mit aller Ehrfurcht behandelt zu werden, auch wenn sie ihre Pflicht getan hatten. Man warf sie in den Ofen, damit sie vom Feuer verzehrt wurden. Der geweihte Palm schätzte das Haus und die Wohnung vor Feuer und Blitz und die Bewohner vor Krankheit und Widerwärtigkeiten. Dem Toten steckte man ein Palmsträußchen in die gefalteten Hände, um die der Rosenkranz geschlungen war. So war er für den Himmel geschmückt.

Die Karwoche war die Zeit der Einkehr und Sammlung. Das öffentliche Leben beschränkte sich auf das Notwendigste. Es war stiller in den Straßen als sonst. Die Kirchenglocken »flogen am Gründonnerstag nach Rom« und blieben da bis Ostersamstag, wo sie in ihrer Heimat die Gläubigen wieder mit vertrautem Klange zum Feste der Auferstehung riefen. Die Chorknaben oder »Messejonges« gingen durch die Straßen mit riesengroßen hölzernen Knarren oder Raspeln, mit denen sie als Ersatz für die verreisten Glocken Lärm machten. Es war eine hohe und heißumstrittene Ehre für uns Jungen, mit einer solchen Knarre durch die Straßen zu ziehen, und blaue Flecken und Beulen waren oft die Folgen des Kampfes um diese Ehre.

Am Karsamstag holten die Kinder in den Sakristeien frisches Weihwasser in Töten und Flaschen. Da stand eine große Bütte mit Weihwasser, und der Küster verteilte es. Jedesmal habe ich mich mit meinesgleichen um die Bütte gedrängt, und oft gab es heimliche Püffe und Kniffe um den Vorrang. Der Küster – ist sehe ihn noch mit seiner lange Nase und den großen Füßen, die er wie zwei Kähne gewissermaßen hinter sich herschleppte – hatte seine liebe Not, wenn sich ihm zehn, zwanzig Flaschen, Fläschchen, Töten auf einmal entgegenstreckten. Der Steinboden der Sakristei war rings um die Bütte naß von verschüttetem Weihwasser, und der alte Dechant Kribben mußte öfter Ruhe stiften, wenn Lärm und Geschrei zu arg wurden. Auf der Straße verglichen wir unsere Flaschen, und wer mehr Weihwasser hatte als der andere, prahlte damit, bis daraus Streit und Balgerei entstanden. Die Mutter füllte die porzellanernen Weihwassertöpfchen mit frischem Weihwasser, tunkte ein Palmzweiglein hinein und segnete die ganze Wohnung. Stühle, Tische, Betten, Boden, Wände, alle bekamen ein Spritzchen Weihwasser, sogar der österliche Festbraten.

Der inneren Reinigung entsprach die äußere. Die Kälker und Anstreicher hatten vor Ostern ihren Hochbetrieb. Leitern standen an den Giebeln, vorne und hinten heraus. Die Straßengiebel wurden mit Ölfarbe gewichst, die Hofgiebel bläulich oder grünlich gekalkt. Es roch in den Straßen nach Ölfarbe und Kalkbrühe. In unserer kleinen Wohnung auf der Berger Straße beim Bäckermeister Fuhrwerk wurden jedes Jahr um die österliche Zeit die Zimmertüren und Fußböden gestrichen. Das war die Arbeit meiner Mutter. Da ließ sie meinen Vater nicht heran. Beim »Materialist« Langensiepen holte sie in einer alten Blechbüchse braune Ölfarbe und strich damit abends spät, wenn der Papa und der Männje – das war ich – schon im Bett lagen, die Treppe und die Fußböden. Aber einen ordentlichen Pinsel kaufte sie nicht; das war ihr zu teuer. Ein alter, wollener Strumpf tat es auch. Meine Mutter zog den Strumpf über die Hand und tunkte ihn in die Ölfarbe und strich damit über den Fußboden und über die Treppenstufen. Meine Mutter hatte nachher Hände wie ein Indianer und ihr Gesicht zeigte sich in brauner Kriegsbemalung. Der Anstrich brauchte Tage zum Trocknen, denn mit dem teuren Sikkativ wurde gespart.

»Wie soll ich fädig wede, wenn ehr Mannslütt eenem öwerall em Weg stoht!«

Mit diesen Mannslütt waren Vater und Sohn gemeint, die aus einer Ecke in die andere geschubst wurden. Der Vater, der in Ruhe das Blättchen auf dem Kanapee lesen wollte, mußte die Beine in die Höhe ziehen, um nicht mit dem Schrubber oder Aufnehmer in kriegerischen Konflikt zu kommen. Die Goldfische schwammen verdutzt in der Suppenterrine herum, weil ihr Aquarium für das österliche Großreinemachen trocken gemacht worden war. Die dicken Kieselsteine und die Tigermuscheln, die so schön rauschten, wenn man sie ans Ohr hielt, mußten unter der scheuernden Bürste ihre grüne Algenpatina hergeben. Unser alter »Möhr« hatte sich auf den Glasschrank geflüchtet, von wo herab er mit blinzelnden Augen dem für ihn unverständlichen Treiben meiner Mutter zuschaute, über dem runden Trommelofen, auf dem schon die Rindfleischsuppe für Ostersonntag verbrodelte, hing das frischgewaschene Faltenhemd des Vaters. Männies neuer Trikotanzug, aufs Wachsen berechnet, hing über dem Stuhl im Schlafzimmer, wo auch Vaters neuer steifer, schwarzer Hut über das gipserne Kindlein Jesu gestülpt war, um so vor allzu frühen Beulen geschützt zu sein.

Vor Ostern mußten sich die Kinder die Haare schneiden lassen. Meine Mutter tat das meist selber, wenn auch der Barbier bloß zwanzig Pfennige dafür nahm. Aber das konnte man wieder sparen. Das gab für den Vater ein »Mößke Bier«. Wenn sie auch Treppen schnitt, das schadete nichts. Das wuchs bald wieder bei. Der Männie bekam für Ostern einen neuen Trikotanzug mit einem Flötchen dran. Das Kaufgeschäft besorgte stets meine Mutter, die eine wahre Virtuosität im Handeln hatte. Eine Stunde zankte sie sich mit dem armen Kleiderhändler herum, ging dreimal, viermal zur Ladentür, um scheinbar den Laden zu verlassen, ließ sich von dem vor Angst und Eifer schwitzenden Händler immer wieder hereinziehen, bis sie ihren Willen durchgesetzt und das Kastemännchen oder gar fünf Groschen runtergehandelt hatte.

Die Kiepenbauern, die noch in meiner Kinderzeit die Eier in die Stadt brachten, sind wohl ausgestorben. Sie hatten einen weiten blauen Leinenkittel an, der auf den Schultern und auf der Brust in Kreuzstich weiß bestickt war. Auf dem Rücken trugen sie eine große, aus Weidenzweigen geflochtene, weißgescheuerte Kiepe, in der, eingepackt in Heu, frische Eier lagen, oft viele hundert Stück. Es war eine schwere Last. Damals gab es noch keine Eiereinfuhr aus Holland oder Ungarn. »Kisteneier« mochte man nicht. Um die Osterzeit konnte man den blauen Kittel der Kiepenbauern zu Dutzenden in den Straßen sehen. Woher die Kiepenbauern kamen, weiß ich nicht. Aber keinesfalls aus der engeren Nachbarschaft, denn sie sprachen keinen heimischen Dialekt. Sie gingen an den Häusern entlang und verkauften die Eier, meist ein Viertel, nämlich 25 Stück. Um sie schön goldgelb zu färben, kochte man sie mit Zwiebelschalen zusammen. Auch Kaffeesatz gab eine schöne Farbe, aber eine dunklere. Die gekochten Eier rieb man mit einer Speckschwarte. Davon bekamen sie einen angenehmen Glanz. Die heute allgemein üblichen Eierfarben kannte man damals noch nicht. Man wickelte auch die Eier in bunte Läppchen aus Kattun oder Baumwolle und kochte sie so. Die Farbe der Läppchen lief beim Kochen aus und drang in die Eierschalen. Die Eier sahen nachher aus wie aus buntem Marmor. Wer eine künstlerische Ader hatte, bemalte die Eier mit geometrischen Figuren, Sternen, Gesichtern und sogar Landschaften oder schrieb Sprüche drauf oder den Namen der Liebsten mit einem flammenden Herzen. Damals staunten wir in den Schaufenstern der Bäcker die ersten künstlichen Eier aus Schokolade oder aus weißem, glitzerndem Zucker an. An der Spitze dieser Zuckereier war ein kleines Loch mit einem Stückchen Glas dahinter. Wenn man hindurchsah, erblickte man bunte Landschaften, biblische Szenen oder allerhand Tiere. Diese glitzernden Wundereier waren zu schade zum essen. Sie wurden von einem Jahre ins andere als Prunkstücke im Glasschrank verwahrt, bis sie schwarz vor Staub waren und vor Alter von selbst auseinanderfielen.

Die gefärbten »Pooscheier« – so hießen damals die Ostereier – wurden im ganzen Hause versteckt, und die Kinder, die sie am Ostersonntag suchen mußten, erfüllten das Haus mit Lärm und freudigem Geschrei, wenn sie eins in Pappa seinen Schluffen fanden oder im Körbchen von Möhr oder im Kohlenback oder in sonst einem verschmitzten Versteck. Waren alle Eier gefunden, dann ging's auf die Straße, um mit den Nachbarskindern zu »kippen«. Dabei hielt man das Ei fest in der Hand, so daß die Spitze herausguckte, und stieß gegen das ebenso gehaltene Ei des Gegners. Zerbrach dabei das Ei des andern, so war es »geblötscht« und man hatte gewonnen. Es gab Jungens, die auf diese Art alle Taschen voll Eier gewannen. Aber es war ein Trick bei dem Kippen. Man konnte dabei die Eier nämlich widerstandsfähiger machen, wenn man durch festes Pressen einen Gegendruck gegen das Kippen ausübte.

Der Ostersonntagnachmittag war für die ersten Ausflüge freigehalten. In Botanisiertrommeln – ein heute längst verschollener Gegenstand – trugen wir Butterbrote und die gekippten Eier. Der Papa führte den neuen steifen Hut zum ersten Male an die frische Luft, und die Mama schwänzelte in ihrem neuen Kleide und wußte vor lauter Vornehmheit nicht, wohin mit den Händen, die in neuen schwarzen Spitzenhandschuhen staken. Diese Handschuhe ließen die Finger frei, die ganz unvornehmen, verarbeiteten Finger, die sonst, Sommer wie Winter, keine Handschuhe kannten und sich nun rührend-komisch spreizten, als ob sie nie etwas anderes gewohnt gewesen wären als feine Spitzenhandschuhe. So sehe ich uns noch, den Papa rechts, die Mama links, den Männie in der Mitte, ins erste Grün pilgern, ganz langsam, Schrittchen für Schrittchen, damit man lange etwas von dem Ausfluge hatte. Die gekippten Pooscheier rappelten in meiner Botanisiertrommel, bis der Papa es nicht mehr aushalten konnte und die Eier in seinen Rocktaschen verstaute. Für mich waren diese Osterausflüge meist eine Qual, denn ich durfte ja in dem neuen Trikotanzuge nicht auf die Schaukel, ich durfte auch nicht herumspringen, sondern mußte nett, artig und gemessen einhergehen, damit der neue Anzug nicht litt. »Jev acht, Männie!« rief mein Vater unterwegs, »do litt ene Strühhalm!« Er wollte damit sagen, daß ich die Nase auf den Weg halten sollte und nicht in die Luft, denn ich stolperte alle zehn Schritte. Bums! lag ich schon wieder im Dreck. »Ha, de Jong es met nix Jodes bedennt!« klagte meine Mutter. –

Die harmlosen Spiele und die noch harmloseren Ausflüge sind vorbei, aber die Erinnerung daran ist so stark geblieben, daß ich mich mit meinen Kindern immer wieder auf das Osterfest freue, das Fest des Frühlings und der Auferstehung.

Zint Mätes

Die bunten Laternchen sehe ich leuchten, die alten, treuherzigen Liedchen höre ich und den Duft der Hefeküchelchen habe ich in der Nase. Mein Laternchen fertigte ich mir selber an. Die einige Tage vor dem St.-Martins-Abend begonnene Arbeit war die angenehmste Vorfreude. Die Mutter kaufte auf dem Markt einen mittelgroßen Kürbis. Ich höhlte ihn mit einem Küchenmesser mit einer Sorgfalt aus, die desto größer wurde, je mehr sich das Messer der äußeren Haut näherte. Die Fetzen und Schnitzel des Kürbisfleisches flogen umher und bedeckten den Fußboden rings um mich herum zum Schmerze und Zorn meiner Mutter.

»Han ich doför de Bodem gester noch geschrubbt, dat ich hüt noch Ping em Krütz han? On du, Saujong, mäcks mich alles Widder en Onstand! Mer soll et äwer vör Gott nit für mögelich halde. Woför öwerhoup de ganze Ambrasch? Koof dich doch för ene Grosche oder zwei en Latern beim Rings op de Berger Stroß. Opgehöt oder jank met de Dreck op dr Hoff!«

Diese Zornesrede meiner guten Mutter hörte ich jedes Jahr. Aber jedes Jahr kaufte sie mir vorher auf dem Markt einen Kürbis. Sie hätte es nicht übers Herz gebracht, mir die Freude zu verderben und von dem »papiere Krom«, so nannte sie die Papierlampions, hielt sie nichts. Die Kürbisse mußten so weit ausgehöhlt werden, daß nur die dünne, äußere Schale stehenblieb. Hie und da ließ ich die Schale dicker stehen und schnitt einfache Figuren hinein, Ringe oder Sterne, die dann als Schattenrisse zu sehen waren, wenn inwendig das Kerzchen brannte und das Licht goldgelb durch den Kürbis drang. Waren aber einmal Kürbisse zu teuer, dann tat's eine große Karotte auch. Unter Karotte oder »Karohte«, wie man in Düsseldorf sagt, versteht man die rote Rübe, die man kocht, in Scheiben schneidet und in Essig, Lorbeer und Nägelchen einmacht. Ausgehöhlt leuchten sie wie Rubinen.

Nach dem Mittagessen, wenn »et Gespölls op Sit« gebracht war, gab sich meine Mutter sogleich ans Teigmengen. Früher nahm man Buchweizenmehl zu den Martinsküchelchen, aber das mochten wir nicht, wir waren »zu fein geknöcht«. In den Teig kamen Rosinen und Korinthen. Für fünf Pfennige Hefe, unten, beim Hausherrn und Bäckermeister, gekauft, quoll in einem Milchkännchen in warmer Milch. Wenn die Hefe über den Rand des Kännchens wollte, war meine Mutter mit dem Teigkneten fertig, und jetzt wurde die Hefe noch eingemengt. Nun kam der wichtigste Abschnitt des Kuchenbackens. Der Teig mußte richtig »gehen«. Zu dem Zwecke stellte meine Mutter den Teig in einer

Blechschüssel, die mit einer weißen Schürze zugedeckt war, auf den Ofen, aber nicht unmittelbar auf die Platte, sondern auf eine blankgescheuerte Feuerzange. Nun konnte der Teig – wenn er wollte! – gehen. Öfter tat er es nicht und blieb platt in der Blechschüssel liegen, aber er wurde doch zu Kuchen verbacken. Und die schmeckten auch, wenn sie noch so hart und platt waren wie ein Stück Pappe. Schuld an dem Nichtaufgehen des Teigs war etwa nicht die Hefe, sondern ich. Ich war dann wieder zu hart durchs Zimmer gegangen, und das konnte der Teig nicht vertragen. Das störte ihn. Ich mußte still auf dem Fußbänkchen sitzen und durfte mich nicht rühren.

Wissen die Hausfrauen übrigens, daß der Teig viel besser geht, wenn man ihn, zu einem Klumpen geballt, in kaltes Wasser wirft? Ein paar Minuten, und er steigt an die Oberfläche und bläht sich, erfüllt von auftreibenden Gasen.

Zu den braun und knusprig gebackenen Martinsküchelchen gab es rotgoldig schillerndes Möhrenkraut, also das aus roten Möhren gekochte, nicht das heutige Rübenkraut. Das kannte man in meiner Kinderzeit noch nicht. Das Möhrenkraut war nicht so dick wie Apfelkraut, es wurde auf dem warmen Kuchen immer dünner und lief in dünnen Fäden über die Hand. Ein Genuß mehr, es abzulecken. Damals wurden, vor allem auf dem Lande, noch Kuchen aus Buchweizenmehl gebacken. Die waren aber so dick, daß sie wie Brötchen durchgeschnitten wurden. Das Möhrenkraut strich man auf die beiden Hälften, die man wieder zusammenlegte. Ein besonderer Spaß war es, die beiden Hälften so zusammenzupressen, daß das Möhrenkraut sich herausquetschte.

Welche Bedeutung die Buchweizenkuchen hatten, beweist eine Redensart, die heute noch in Düsseldorf gebräuchlich ist: »Hä es eso dick oder hä geh op wie ene Bookweezepannekooke.«

Das Backen von Martinskuchen ist uralt. Es ist eine Erinnerung an das Erntedankfest unserer germanischen Vorfahren, die dem obersten Gott Wotan von den letzten Früchten des Jahres opferten. Dazu gehörte auch der Buchweizen, der zu runden Fladen gebakken wurde. Ebenso wurde Obst geopfert. Die Erinnerung daran ist festgehalten in dem Liedchen, das man immer seltener hört:

Mätesmann well Kooke han,
Äppelche, Beerke on e Nößke han.

Die Martinslämpchen sind ein Symbol der beim Erntedankfeste lodernden Freudenfeuer. Um sich vor Krankheiten zu schützen, sprang man, wie das auch heute noch bei einigen Völkern üblich ist, durch das Feuer. In dem alten, von dem Düsseldorfer Lehrer August Stapper im Jahre 1855 gedichteten Martinsliedchen wird die Erinnerung an diese Freudenfeuer wachgehalten in der Strophe:

Springen wir die Kreuz und Quer
Über das liebe Kerzchen her,
Lustig, lustig, trallerallala,
Nun ist Martinsabend da.

Die christliche Religion verdrängte die alten germanischen Götter, aber das Volk hielt fest an seinen Gebräuchen und ließ nicht ab von seinen Opfergaben und heiligen Feuern, die heute noch auf St.-Martins-Abend in Gestalt von Kerzchen in Laternen und Fackeln brennen. Mit dem heiligen Martin, weiland Bischof von Tours, hatten und haben die Gebräuche nichts zu tun. Diese sind auf die christliche Martinsfeier, die auf den Tag des germanischen Erntedankfestes verlegt wurde, übertragen worden.

»Der liebe Sankt Martin«, so erzählt »Der Heiligen Leben und Leiden, anders genannt das Passional«, »war eines reichen Ritters Sohn, der war ein Heid und hätt tausend Ritter unter sich. Und da Sankt Martin zehn Jahr alt war, da gewann er große Liebe zu Gott und zu Christlichem Glauben. Und da er 15 Jahr alt war, da macht man ihn zu einem Ritter gegen seinen Willen. Einesmals ritt Sankt Martin mit viel Reutern. Da sah er einen armen Menschen an dem Weg, der ging nackend. Und war das Wetter gar kalt. Da er das sah, nahm er sein Schwert und schnitt den Mantel voneinander und gab dem Armen den halben Teil. Da ward er froh und wand sich selber in den andern Teil und ritt mit seinen Gesellen und litt viel Gespött um das Kleid.«

Diese Legende des heiligen Martin hat also keinerlei innere Beziehungen zu dem Lichtertragen und Kuchenbacken und dem »Gripschen« von Äpfeln, Nüssen und Spekulatius am Abend des 10. November, es sei denn, daß man ihn damit als Vater der Armen, als Freund der Kinder und als Spender milder Gaben verehren will.

Vor 1500 Jahren starb St. Martin als Bischof von Tours. Nach seinem Tode errichteten die Franken zu seiner Ehre Kirchen, und als das Christentum in das benachbarte Germanien drang, entstanden auch hier viele Martinskirchen. Suitbertus baute in Bilk bei Düsseldorf, das damals noch aus einigen Fischerhütten bestand, ein dem heiligen Martin geweihtes Kirchlein, auf dessen Grundmauern die heute noch stehende kleine Pfarrkirche an der Martinstraße gebaut wurde.

Die zu unserer Zeit gesungenen Martinsliedchen sind verhältnismäßig jung. Sie sind auch eigens als Martinsliedchen gedichtet worden, wogegen die alten mundartlichen Liedchen keine oder nur eine ganz lockere Verbindung mit dem Martinsfeste haben. Dafür sind sie aber urwüchsig und derb, und es wäre schade, wenn sie, wie es leider den Anschein hat, immer mehr in Vergessenheit geraten würden wie beispielsweise folgendes Liedchen:

Zint Mäte! Zint Mäte!
De Kälwer hant lang Stäte,
De Jonges esse gebacke Fesch,
De Weiter werfe mer onger de Desch,
De Jonges esse Taate,
De Weiter lecke de Plaate.

Oder das von jedem Schulkind meiner Zeit gesungene Liedchen:

Kömmt de Lehrer en de Scholl,
Setzt hä sich op sine Stohl,
Nömmt de dicke Knöpel in de Hank,

Schläht dene Jonges öwer de lange, lange Strank.
Leewe Lehrer, ich donn et nit mieh,
Donn et mi Leewegottsdag ni mieh,
Lustig, lustig tralleralla,
Hut es em Mätes sine Namensdag.

Der »reiche Mann«, von dem das »Gripsch«-Liedchen behauptet, daß er vieles geben kann, war für meine Begriffe unser Baas, der Hausherr und Bäckermeister. Auf Zint Mätes spielte er den heiligen Mann. Er puderte das Gesicht mit Mehl, hängte sich einen Bart aus Watte um und steckte den Kopf durch die ein wenig geöffnete Tür. Der Geselle Felix machte den Pluto, den höllischen Knecht des heiligen Mannes. Der Geselle hatte sich das Gesicht mit Ruß schwarz gemacht. Im selben Augenblicke, wenn der Baas seinen weißen Kopf durch die Tür steckte, erschien unter ihm der schwarze Kopf des Pluto mit rollenden Augen und bleckenden Zähnen. Es war ein Anblick von großer dramatischer Wirkung. Um diese letzte Wirkung vorzubereiten und zu verstärken, hatte vor seinem Auftreten der Baas im Hausflur gegen die Wand gebumst und Pluto mit einer langen Kette gerasselt. Es klang schaurig auf dem Steinboden.

Die Kinder der Hausbewohner kamen jedes Jahr am St.-Martins-Abend unten beim Baas zusammen, um beschert zu werden. Wenn Zint Mätes bumste und Pluto mit der Kette rasselte, verkrochen wir uns hinterm »Büfett« oder unterm Sofa, denn wir hatten wirkliche Angst, die zwar im selben Augenblick verschwunden war, wenn Zint Mätes einen ganzen Korb voll Äpfel, Nüsse, Spekulatius und Printen ins Zimmer schüttete. Dann fing mit Gebrüll eine Balgerei an, bei der es oft blaue Augen und blutige Nasen gab. Nach einer Viertelstunde kam der Baas wieder als »Baas« ins Zimmer, in seiner grauen, gestrickten Jacke mit Perlmutterknöpfen, auf Plüschpantoffeln, die mit Teigkrusten bedeckt waren. Jedesmal stellte er sich dumm und fragte: »Oh, wor d'r Zint Mätes schon dogewese?«

Der Abschluß dieses jedes Jahr in derselben Art wiederkehrenden Abends waren allerhand Spiele, die der Baas leitete. Eines Spieles erinnere ich mich. An einer Kordel, die über einem Arm des Gaskronleuchters lief, hing ein Spekulatiusstückchen. Die Hände auf dem Rücken und auf dem Boden kniend, mußten wir versuchen, dieses Stückchen mit dem Munde zu erhaschen. Der Baas ließ die Kordel so weit nach, daß das Stückchen um unsere Nase pendelte. Schwapp! fuhr es wieder in die Höhe.

Das heute noch geübte »Gripschen«, dem die Düsseldorfer Jugend mit soviel Eifer huldigt, ist auch uralt. Es geht wohl zurück auf den alten Brauch der Vaganten und Scholaren, der fahrenden Schüler, die mit Gesang Zehrgeld und Eßwaren bettelten. Das im Jahre 1545 von Konrad von Heresbach gegründete Düsseldorfer Gymnasium auf dem Stiftsplatze bekam unter Heinrich von Monheim, der von 1545 bis 1564 das Gymnasium leitete, einen solchen Aufschwung, daß es zeitweise 2000 Schüler gehabt haben soll. Viele von ihnen waren so arm, daß sie sich ihren Unterhalt ersingen mußten. Die Bürger, vor deren Häuser sie ihre lateinischen Lieder sangen, schenkten ihnen Eier, Brot und Speck. Die Schüler hatten ausdrücklich die Erlaubnis, mit Singen Lebensmittel zu erbitten.

Die Umzüge auf St.-Martins-Abend werden schon im 15. Jahrhundert Sitte gewesen sein, wenigstens geht aus einer Rechnung des »Gasthauses« (Hubertusspitals) aus dem Jahre 1431 hervor, daß das Martinsfest damals schon in Düsseldorf gefeiert wurde. Die Mertens-, das heißt Martinsgasse, erinnert an die Verehrung, die St. Martin in Düsseldorf genoß. Daß auch in alter Zeit der St.-Martins-Tag ein Fest der Jugend war, wissen wir aus alten Verordnungen der hohen Obrigkeiten. In unserer Nachbarstadt Neuß zum Beispiel zogen im 16. Jahrhundert die Schüler in einem festlichen Zuge mit Lichtern durch die Straßen und stellten sich zum Schlusse vor dem Rathause auf, wo sie gemeinsam Martinslieder sangen. Und wie in Neuß, so werden auch in Düsseldorf die Umzüge am Martinsabend in dieser Zeit Brauch gewesen sein. Schwarz auf weiß haben wir, daß auch im 18. Jahrhundert die Jugend mit Fackeln durch die Straßen Düsseldorfs zog. Im Jahre 1781 nämlich erließ die kurfürstliche Regierung eine Verordnung, laut der es der am Martinstage »abends mit Flambauen auf den Straßen herumlaufenden Stadtjugend« verboten wurde, solche Fackeln zu tragen und gar damit auf die Kellertüren zu schlagen und sonstige »Ausschweifungen« zu begehen. Die Kinder, so hieß es in der Verordnung, sollten sich statt der Fackeln kleine Handlaternen anschaffen. Die damalige Düsseldorfer Jugend muß also wohl ziemlich ausgelassen gewesen sein, wenn sich schon die hohe Obrigkeit veranlaßt sah, gestrenge Verordnungen gegen ihr Treiben zu erlassen. Diese »Flambauen« werden sicher keine harmlosen Fackeln mit Kerzen gewesen sein, sondern Fackeln mit offener Flamme wie unsere heutigen Pechfackeln.

Eine anschauliche Schilderung des Martinsfestes in den 70er Jahren des vorigen Jahrhunderts verdanken wir dem fruchtbaren und seiner Zeit vielgelesenen Jugendschriftsteller, dem Lehrer Wilhelm Herchenbach:

»Vom Zint Mätes, wie man den Heiligen in Düsseldorf nennt, wurde lange im voraus gesprochen, besonders in der Kinderwelt. Schon im Sommer sahen die Kleinen in den Gärten fleißig nach, ob die Kürbisse gut gediehen, denn diese spielten eine Hauptrolle bei dem Feste. Einige Tage vorher brachten die Milchverkäuferinnen aus der Nachbarschaft in die Häuser ihrer Kunden so viel Kürbisse, als Kinder da waren. Sie wurden besonders geschätzt, wenn sie eine recht goldgelbe Farbe hatten. Auch auf dem Markte war diese Frucht in diesen Tagen massenhaft zum Kauf ausgestellt. Selbst die Ärmsten kauften davon, aber sie dienten nicht zum Verspeisen, sondern sie wurden von den Kindern sorgfältig ausgehöhlt. Je dünner man innen die Schale machen konnte, desto besser war es. Das eine Ende mit dem Stiele wurde abgeschnitten und diente als Deckel. An langen Kordeln wurde der Kürbis in der Art eines Weihrauchfasses getragen. Sobald der Abend des 10. November herankam, befestigten die Kinder auf dem Boden des Kürbisses eine Kerze, zündeten sie an und wanderten auf die Straße. Zu Hause blieb keines, und wenn es auch getragen werden mußte. Im Anfang sah man nur hier und dort einen grüngelb oder rot schimmernden Kürbisballen, aber in wenigen Minuten belebten sich die Straßen und man schaute gleichsam in ein anheimelndes Zauberbild hinein. Tausende und aber Tausende von diesen wandernden Lampen machten die Nacht zum fröhlichen Tage. Auf den meisten Kürbissen war irgend etwas eingeschnitten, sei es die Sonne oder ein Heiliger oder der Name des Trägers. Über diesen nahe an der Erde wandelnden Lichtern erhoben sich, von größeren Knaben oder Mädchen getragen, farbige, reichverzierte und von innen erleuchtete Papierlaternen, auch Ballons in allen möglichen Formen. Wie es deren mitunter wahrhaft riesige gab, so kroch in der niederen Region auch zuweilen eine blutrot leuchtende Karotte einher. Obwohl den Kindern an diesem Abend eine größere Freiheit als sonst gestattet war, so befanden sie sich doch in Begleitung ihrer Eltern. Auch die höchsten Stände schlössen sich nicht aus. Man sah an diesem Abende viele Väter ihre Kinder selbst durch die Menge tragen, damit die kleinen Füßchen in der großen Kinder- und Volksmenge nicht getreten wurden. Man glaubte in einer großen Stadt von Kindern zu sein und konnte gar nicht begreifen, wo sie alle herkamen. Da es ohne Unfug von größeren Knaben, die den Kleinen die Kürbisse abnahmen oder verdarben, selten herging, so kamen die Lehrer auf den Gedanken, mit ihren Schülern zu ziehen. Eine Schelle pflegte dann wohl die Schüler zusammenzuhalten, damit sie in dem furchtbaren Gedränge sich nicht verloren.«

So feierten unsere Großeltern und Eltern das St.-Martins-Fest. So feierten wir es, bis wir selber Eltern waren und Kinder hatten, die mit dem Lämpchen durch die Straßen zogen. Und es wird nicht lange währen, so sind unsere Kinder so weit und feiern mit ihren Sprößlingen das liebe St.-Martins-Fest.

Die alte Pädsbahn

Ja, mer fährt gemütlich
Op de Ferdebahn,
Dat eene Päd, dat well nit,
Dat angere trickt nit aan.
Dr Kutscher es besoffe,
Dr Konduktor es scheel,
On kömmt de Bahn gekroffe,
Dann steht se widder stell.

Dieses Spottliedchen sangen wir Rabauen, wenn die alte Pferdebahn – tripp, trapp, tripp, trapp – herangerollt kam. Wer ein halbes Jahrhundert auf dem Buckel hat und auch so lange in Düsseldorf lebt, der kann sich ihrer noch erinnern und ist auch sicher als Kind mit ihr gefahren. Auf mich machte sie stets den Eindruck einer alten Jungfer, die in Filzschuffen dahertrippelt. Es war eine gemütliche Bahn, ganz in die Stadt hineinpassend, deren Verkehr sie angeblich beschleunigen sollte, angeblich; denn es fiel keinem ein, mit der Pferdebahn zu fahren, wenn er es eilig hatte. Deshalb sah man fast nie junge Leute als Fahrgäste, sondern dicke, ältere Herren, denen drei Schritt zu Fuß schon den Schweiß auf die Stirne trieben, und wohlgenährte Bürgerfrauen, die schnell einsteigen mußten, weil sonst die Bahn an der anderen Seite aus den Schienen gehoben worden wäre. Es waren leichte Wägelchen, die auf kleinen Rädern dahinrollten. Ich glaube, es gingen bloß zwölf Fahrgäste hinein. Hinten stand der »Konduktör«, der die Fahrkarten verkaufte, und vorne der Kutscher mit der Peitsche, mit der er manchmal dem Pferdchen über den dicken Hintern strich, aber nicht, um es anzutreiben – das hätte keinen Zweck gehabt, denn diese Pferdchen liefen immer im gleichen Trab –, sondern mehr, um ihnen die Fliegen zu verjagen. Am Dach hing die Schelle, mit der der Kutscher jedesmal, wenn die Bahn sich wieder in Bewegung setzte, einen langanhaltenden Lärm erzeugte. Feste Haltestellen gab es keine, wer einsteigen wollte, winkte, und dann hielt die Bahn. Und so kam es, daß sie eigentlich mehr hielt als fuhr. Diese Tatsache verspottet ja auch das Liedchen, das wir zum Ärger der Kutscher sangen. Wenn die Bahn vom Markt abfuhr, dann »deuten« wir hinten und riefen »Ui, ui!« um das Pferdchen anzutreiben. Das erboste – und das war ja unsere Absicht – den Kutscher so, daß er oft uns nachlief und mit der Peitsche nach uns schlug. Aber wir waren schneller als er, und wenn er dann, die Nutzlosigkeit seiner Strafexpedition einsehend, kehrtmachte und wieder seinem davonrollenden Pferdebahnwägelchen nachlief, brüllten wir hinter ihm drein: »Habuh!«

Das Fahren mit der alten Düsseldorfer Pferdebahn gehörte nicht zu den Annehmlichkeiten des Lebens. Daß es eng war in den Wägelchen und der Konduktor über die Beine der Fahrgäste hinwegklettern mußte, wäre nicht das Schlimmste gewesen, aber das Geräusch, das beim Fahren in den leicht gebauten Wägelchen entstand, war eine Qual. Es war ein Lärm wie in der Bockmüllerschen Spinnerei am alten Schlachthof. Man hatte noch eine Stunde lang nach der Fahrt das »Gedüsch« im Kopfe. Die meisten Fahrgäste bevorzugten darum den Platz neben dem Konduktor oder neben dem Kutscher. Aber der Platz auf dem vorderen »Perrong« hatte wieder andere Begleiterscheinungen, die empfindlichen Nasen unangenehm werden konnten. Wenn das Pferdchen nämlich gut zu Mittag gegessen hatte, dann machte es keinen Hehl aus seiner guten Verdauung. Die Pferde waren im übrigen nette Tiere, gut im Futter, rundlich, gutmütig und nicht aus der Ruhe zu bringen. Ihre Arbeit war nicht übermäßig schwer. Nur beim Anziehen mußten sie sich anstrengen. War aber das Wägelchen einmal in Gang, dann brauchte das Pferdchen bloß zu traben. Ziehen war nicht mehr nötig, das Wägelchen lief von selbst.

Ob es mehrere Linien gab, weiß ich nicht mehr, auch der Linienführung kann ich mich nicht mehr entsinnen. Ich weiß nur, daß am Köln-Mindener Bahnhof am Ende der Königsallee die Pferdebahnwägelchen zusammenliefen. Sie fuhren vom Bahnhof über die Königsallee zum Marktplatz, über die abschüssige Mittelstraße nahmen sie weiter ihren Weg, das weiß ich noch genau, und dann in die Flinger Straße hinein. Am Köln-Mindener Bahnhof wartete die Pferdebahn lange, sehr lange, bis ein Zug ankam. Dauerte es zu lange, dann fuhr das Wägelchen – tripp, trapp, tripp, trapp – leer in die Stadt. Es machte den Eindruck, als wäre sich das Pferdchen, das mit hängendem Kopfe trabte, und als wäre sich der Kutscher der Zwecklosigkeit seines Tuns bewußt.

Die Pferdebahn hatte mehrere Dutzend Pferdchen, die schichtweise arbeiteten. Meist waren es Schecken oder Apfelschimmel. Ein Teil war immer auf einem großen Hofe an der Ecke der – wenn ich nicht irre – Nord- und Kaiserswerther Straße. Da standen zu jeder Zeit Leute und betrachteten teilnahmsvoll die Pferdchen, die gleichmütig Gras zupften.

Eines Tages war es mit der Düsseldorfer Pädsbahn zu Ende. Da kam die Elektrische. Das war kurz vor 1900. Die Wägelchen und die Pferdchen wurden verkauft, die alten erhielten das Gnadenbrot. Einige von ihnen standen noch jahrelang in den Ställen des Fuhrparks an der Nordstraße und langweilten sich.

Wie alles Neue, so hatte es auch die Elektrische im Anfange nicht leicht, sich gegen die alten Gewohnheiten durchzusetzen. Sie fuhr den Leuten zu rasch, sie machte mehr Krach als die Pädsbahn, sie sprühte manchmal blaues Feuer, sie »verschängelierte« mit ihren Drähten die Straßen. Es gab lange und heftig bewegte Beratungen der Stadtverordneten wegen dieser Drähte. Man wollte die Drähte in die Erde verlegen, in eine schmale Rinne, in die hinein der Stromabnehmer der Wagen ragte. Man hat auch tatsächlich die Strecke von der Breite Straße bis zum Ratinger Tore mit einer solchen unterirdischen Stromzuleitung ausgestattet. Jedesmal mußte der Bügel von der Oberleitung abgezogen und der Schlitten, der auf den Schienen nachgeschleppt wurde und über die Unterleitung schleifte, heruntergelassen werden. Am Ende der Strecke wiederholte sich dann das Manöver. Aber bald sah man ein, daß diese Unterleitung ebenso zwecklos wie kostspielig war, und man riß sie wieder aus der Erde heraus.

Nebenbei war diese Unterleitung nicht ungefährlich; denn die Jungens, die ja ihre Finger von nichts lassen können, hatten bald heraus, daß sich ein hübsches Feuerwerk machen ließ, wenn man einen Draht in die Rille am Boden warf. Berührte dieser Draht zugleich Schiene und Unterleitung, dann gab es ein bläulich-gelbes Funkengestöber. Daß nicht einmal ein Unglück auf diese Art entstanden ist, muß man ein Wunder nennen. Ein gewichtiger Grund gegen die Oberleitung, zu der man sich nach dem verunglückten Versuch der Unterleitung entschloß, war zum Beispiel, daß der Rosenmontagszug von diesen Drähten zu sehr behindert würde und daß die Prunkwagen dann nicht mehr wie früher bis zum zweiten Stockwerk könnten gebaut werden, sondern nur knapp bis zum ersten Stock. Ja, Sorgen hatten die Leute damals!

Die 39er, die Knüfkes

Mit diesem Zärtlichkeitsnamen nannten unsere Eltern und nannten wir selber, die wir heute unsere Sechzig auf dem Buckel haben, die 39er. Die Düsseldorfer waren stolz auf ihre Knüfkes, denn sie waren es, die 1870 die Spicherer Höhen erstürmt hatten. Und das war ein Heldenstück, ein um so größeres, als die 39er kleine Kerls waren, die knapp das Militärmaß hatten. Der Spottname Knüfkes will ja das Kleine und Gedrungene andeuten. Aber in den Spott, der den Namen Knüfke erfand, mischte sich immer ein gut Teil Stolz. Die Knüfkes waren dem Düsseldorfer ans Herz gewachsen. Die Knüfkes gehörten zu Düsseldorf wie der Mostert, wie die Radschläger. Und mancher Radschläger hat ja auch später bei ihnen gedient.

Mich selber verknüpften manche Kindheitserinnerungen mit den Knüfkes. Für uns Jungen war es ein großes Vergnügen, zuzusehen, wie die Knüfkes auf dem Exerzierplatze an der Benrather Straße gedrillt wurden. Das ganze Stück zwischen Kasernenstraße und Stadtgraben war ja Exerzierplatz mit Sprunghügeln, Hürden und Gräben. An der Benrather Straße war der Platz eingefriedigt mit einem einfachen Geländer aus Basaltpfählen, die durch eine eiserne Stange miteinander verbunden waren. Diese dicken Stangen waren aber samt und sonders nach unten durchgebogen, weil wir sie als Turnstangen benutzten. Da standen dann die Knüfkes in Reih und Glied und mußten sich anschnauzen lassen von den, ach, so gefürchteten Unteroffizieren, die damals alle mächtige, ehrfurchtgebietende Schnurrbärte trugen. Und wenn eine Übung nicht klappte oder einer eine Kehrtwendung rechts herum machte, dann riefen wir rotzigen Kritiker höhnisch: »Habuh!« Wir äfften auch die kommandierenden Unteroffiziere nach: »Das Gewärrr übb!« Das konnten wir genau so brüllen wie der beste Unteroffizier, auch mit dem Umkippen des Brusttons des »Gewärrr« in den Diskant des »übb«. Zwar war das Vergnügen nie von langer Dauer, denn sehr bald kam im Laufschritt ein Gefreiter heran, um uns wegzujagen und womöglich den einen oder andern von uns zu verbleuen. Aber wir waren flinker als alle Knüfkes zusammen.

Oder wenn der Doppelposten vor dem breiten Eingange der – von Jan Wellm erbauten – Kaserne abgelöst wurde, dann waren wir dabei und machten alle kommandierten Wendungen mit einer Exaktheit nach, daß die Knüfkes bald vor Neid platzten. Und wo sich auf der Straße eine Postenablösung von zwei Mann sehen ließ, waren wir dahinter, in der Erwartung, daß ein Offizier entgegenkam. Wir hatten auch öfter das Glück. »Achtung! Die Augen rrrechts!« und mit dem vorgeschriebenen Ruck warfen wir den Kopf nach rechts und marschierten im Paradeschritt an dem erstaunten Offizier vorbei.

An schulfreien Nachmittagen trieben wir uns am Kaserneneingange herum und erbettelten uns Kommißbrot, das uns besser schmeckte als »Taat«. Manch Viertel Kommißbrot habe ich so erworben und im Laufschritt nach Hause getragen, denn meine Altersgenossen waren hinter mir her, um einen Anteil daran zu erkämpfen. Aber wenn ich auch der Kleinste von ihnen war, so konnte ich dafür am schnellsten laufen. Später habe ich aus Dankbarkeit, wenn ich am »Bau«, dem Gefängnis an der Akademiestraße, vorbeikam, dem Posten heimlich ein Zigärrchen ins Schilderhaus gelegt.

Ich sehe die Knüfkes noch über die alte Schiffbrücke am Zolltore stolpern in Drillichanzügen und Krätzkäppken. Einer trug ein langes Seil und einer eine Stange. Das waren die Hilfsgeräte, um den Knüfkes das Schwimmen im Rhein beizubringen. Die Badeanstalten lagen an der alten Schiffbrücke in der Nähe des Oberkasseler Ufers. Die runden Gesichter der Knüfkes waren alles andere als freudig bewegt, denn das Schwimmenlernen war damals ein gefürchtetes Erziehungsmittel. »Wer muß, der muß, und wenn's zum Galgen geht.« Das stand auf manchem bangen Knüfkesgesicht unzweideutig zu lesen. Aber schwimmen haben sie alle gelernt, wie die jungen

Hunde, die man einfach ins Wasser wirft, und siehe da!, sie können schwimmen.

Bevor die 39er nach Düsseldorf kamen, lagen hier die 13er. Die 13er waren auch kleine Kerle. Der Volkswitz bemächtigte sich sogleich der 39er und nannte sie »Kastemännches«. Sie waren keine »Drüzehner« – so hießen damals die alten Fünfgroschenstücke –, sie waren noch kleiner, im selben Verhältnis wie die winzigen silbernen Fünfundzwanzigpfennigstücke zu den »Drüzehnern«. Kastemännches hießen die Fünfundzwanzigpfennigstückchen, weil sie wegen ihrer Kleinheit niemand mochte und sie infolgedessen immer wieder in die Kasten, also Regierungskassen, zurückflossen. Den Spitz- und Kosenamen »Knüfke« erwarben sich die 39er erst später, als sie in Düsseldorf heimisch und beliebt geworden waren.

Die ältesten Düsseldorfer Zeitungen

Es gibt in Düsseldorf zwei Gewerbebetriebe, die das ehrwürdige Alter von zweihundert Jahren haben: die Mostertfabrik von A. B. Bergrath und der Verlag von Droste. Er setzt ein Zeitungsunternehmen fort, das in Düsseldorf das älteste ist und mit zu den ältesten in Deutschland gehört.

Düsseldorf war das kulturelle und wirtschaftliche Zentrum des Bergischen Landes, und die Anfänge einer periodischen Zeitung unserer engeren Heimat sind im 18. Jahrhundert naturgemäß in Düsseldorf zu finden.

Für die Geschichtsforschung ist es ein unersetzlicher Verlust, daß man früher in Verkennung des Wertes der Zeitungen auf kulturellem, wirtschaftlichem und gesellschaftlichem Gebiete die Zeitungen nicht gesammelt hat, wie das heute in den wissenschaftlichen Bibliotheken mustergültig und lückenlos geschieht. Die meisten Zeitungen und Zeitschriften aus früheren Jahren sind entweder gänzlich verschollen oder nur in wenigen Exemplaren übriggeblieben.

Bis vor einiger Zeit glaubte man, daß im Jahre 1745 die erste Düsseldorfer Zeitung erschienen sei, weil man nur ein Exemplar der »Stadt Düsseldorffer Post-Zeitung« aus diesem Jahre kannte. Der Zufall brachte aber eine einzelne Nummer dieser Zeitung vom 26. Januar 1723, und zwar Nummer 12, ans Licht. Der Drucker und Verleger war Tilman Liborius Stahl, der im November 1723 zum Hofbuchdrucker ernannt wurde. Da aber sein Betrieb bereits im Jahre 1715 bestand, darf man mit aller Wahrscheinlichkeit annehmen, daß die erste Düsseldorfer Zeitung früher als 1723 erschienen ist.

Die Nummer 12 vom 26. Januar 1723 hat vier Seiten und ist ein Doppelblatt von 15 x 18 Zentimeter. Den Kopf der Zeitung bildet ein Holzschnitt, der die (zusammengedrängte) Rheinansicht von Düsseldorf darstellt. Man sieht in der Mitte das herzogliche Schloß, links die Lambertuskirche und dazwischen die Windmühle am Ratinger Tore. Man sieht die Düsselmündung, die heute noch an derselben Stelle ist, und den ersten Hafen, an den die Hafenstraße erinnert. In der Luft schwebt ein Engel, der eine mit einer Wappenfahne geschmückte Trompete bläst. Die »Stadt Düsseldorffer Post-Zeitung« war keine Tageszeitung: sie erschien anfangs dreimal und später nur zweimal wöchentlich. Sie brachte wochenalte Nachrichten aus aller Welt, und nur auf der letzten halben Seite standen Düsseldorfer Lokalnotizen.

Im Jahre 1745 erhielt der Hofkammerrat von Steinhausen das Privileg für ein »Wöchentliches Frag- und Kundschaftsblatt«, von dem zwar keine einzige Nummer erhalten ist, dessen Existenz wir nur aus der Privilegerteilung kennen.

Die bedeutendste und wichtigste Zeitung Düsseldorfs und des ganzen jülich-bergischen Landes im 18. und bis ins 19. Jahrhundert hinein sind die »Gülich- und Bergischen Wöchentlichen Nachrichten«, deren erste Nummer am 16. Mai 1769 »mit Ihro Churfürstl. Durchlaucht zu Pfalzt gnädigst erteiltem Privilegio« erschien. Diese Zeitung, die es auf 52 Jahrgänge gebracht hat, wird in zwei, bis auf wenige Seiten vollständigen und gut erhaltenen Jahrgängen in der Landes-und Stadtbibliothek aufbewahrt. Ihr verdanken wir zum größten Teile unsere Kenntnis der wirtschaftlichen, kulturellen und gesellschaftlichen Verhältnisse Düsseldorfs aus jener Zeit. Die Erhaltung der Jahrgänge ist um so wertvoller, als die meisten behördlichen Akten nach dem damaligen Brauche eingestampft oder sonstwie vernichtet worden sind. Die Zeitung erschien jeden Dienstag. Man nannte sie kurz »Düsseldorfer Wochenblatt«. Ihr Begründer und Herausgeber war der Steuerkanzleiverwandte Zehnpfennig. Noch im Jahre 1793 redigierte er auch selbst seine Zeitung. Im Düsseldorfer Stadtarchiv sind noch seine mehrfachen Anträge auf Erblichmachung des Privilegs oder wenigstens Erneuerung für weitere 24 Jahre erhalten. Sie wurden aber abgelehnt. Das Privileg erhielt vielmehr der Wirkliche Hofkammerrat Stahl, der von 1790 ab Verleger des Wochenblattes war. In der Franzosenzeit wurde der Titel umgeändert in »Großherzoglich Bergische Wöchentliche Nachrichten« und 1814 in »Wöchentliches Bergisches Intelligenzblatt«. Bis 1821 bestand die Zeitung als »Düsseldorfer Intelligenzblatt«, stellte aber dann, weil sie nicht mehr lebensfähig war, auf Befehl der Regierung ihr Erscheinen ein.

Das Wochenblatt war in ganz Jülich-Berg verbreitet und hatte seine besondere Bedeutung als Organ der Regierung, die darin alle Verordnungen und Bekanntmachungen veröffentlichte. Seine Auflage war fünfhundert Stück. Dreiviertel dieser für unsere heutigen Begriffe winzigen Auflage wurde aber in Düsseldorf selbst verbreitet. Es erschien in Quartformat in einem Bogen zu acht Seiten. Das Einzelexemplar kostete zwei Stüber (acht Pfennige), der jährliche Bezug zwei Gulden, ins Haus gebracht einen Reichstaler und zehn Stüber, beim Verleger abgeholt einen Reichstaler.

Die Einteilung des Lesestoffes, wie sie uns heute in Politik, Lokales, Feuilleton, Vermischtes und Anzeigen als selbstverständlich erscheint, war bei dem Düsseldorfer Wochenblatt ziemlich willkürlich; es stand alles wie Kraut und Rüben durcheinander. Erst allmählich kam Ordnung und Übersichtlichkeit hinein. Am Anfange des Blattes standen die amtlichen Nachrichten, Verordnungen der kurfürstlichen Regierung, Ankündigungen, gerichtlichen Verkäufe usw. Daran schlossen sich die nichtamtlichen Anzeigen der Immobilien-Verkäufe und Lotterien. Unter »Vermischte Nachrichten« fand man alles an Angeboten und Nachfragen von Mobilien, Kapital, Pacht und Miete, Dienstboten usw., auch Geschäftsreklame und die Vergnügungsanzeigen. Zuletzt standen Übersichten über Reiseverkehr, Rheinschiffahrt, Personenstand. Manchmal kamen dahinter spärliche politische Nachrichten und stets auf der letzten Seite die Wechselkurse und die Viktualien- und Früchtepreise. Erst nach 1790 gab es Familiennachrichten und noch später Theater- und Konzertnachrichten.

Alle diese Anzeigen und Anpreisungen sind für die Geschichte unserer engeren Heimat um so wertvoller, als es keine andere Quelle gibt, aus der die Kultur- und Wirtschaftsforschung dieses Zeitabschnittes schöpfen könnte. So erhalten wir Kenntnis davon, daß beispielsweise im Jahre 1790 in Düsseldorf 2532 Reisende gezählt wurden, von denen die Hälfte Kaufleute waren. Zehn vom Hundert waren Ausländer, aber gewiß nicht im heutigen Sinne, denn die Untertanen des Kurfürsten von Köln zum Beispiel galten schon als »Ausländer«. Wir erfahren aus den Rheinschiffahrtsnachrichten, daß im letzten Viertel des 18. Jahrhunderts durchschnittlich im Jahre achthundert Schiffe in Düsseldorf ankamen und abgingen. In den Viktualien- und Früchtepreisen spiegeln sich die Teuerungsjahre 1770/71, 1789/90 und 1794/95 wider. Nach den Personenstandsregistern muß das damalige Durchschnittsalter 25 bis 30 Jahre gewesen sein. Sehr interessant sind die oft marktschreierischen und ungewollt-komischen Anpreisungen der Zahnärzte, Kurpfuscher, Tanz- und Sprachlehrer, Zauberkünstler und Virtuosen.

Die erste ausgesprochen politische Düsseldorfer Zeitung, die jedoch nur für die Gebildeten gedruckt wurde, weil sie in französischer Sprache erschien, war die »Gazette Intéressante«. Sie wurde seit 1772 von dem Generalpolizeikommissar v. Neorberg herausgegeben. Sie hatte keine lange Lebensdauer, ebensowenig wie die »Kriegs- und Friedenszeitung«, die im Jahre 1799 bei Bögemann erschien, aber schon ein Jahr später von den Franzosen unterdrückt wurde. Derselbe Bögemann gab dann im Jahre 1800 eine »Niederrheinische Zeitung« heraus. Im selben Jahre hatte der Buchhändler Daenzer den sonderbaren Mut, eine Zeitung unter dem gleichen Titel herauszubringen. Beide Zeitungen mit dem gleichen Namen bestanden vier Jahre nebeneinander, bis 1804 die von Daenzer einging. Die von Bögemann hielt sich bis 1807.

Die Nachfolgerin der »Niederrheinischen Zeitung« war das »Echo der Berge«, das, wenn es auch nur von 1808 bis 1813 erschien, doch insofern eine nicht geringe Bedeutung hat, als es die erste politische Zeitung in deutscher Sprache war, die sich nicht darauf beschränkte, politische Nachrichten objektiv und ohne persönliche Stellungnahme zu bringen, sondern den – in der Franzosenzeit gefährlichen und um so mutigeren – Versuch machte, die politisch teilnahmslose Bevölkerung zu beeinflussen, und so etwas wie die »öffentliche Meinung« vertrat. Schon 1811 wurde das »Echo der Berge« von der französischen Regierung für einige Zeit und 1813 gänzlich verboten, weil es seine eigene Meinung zu äußern wagte im Gegensatze zu den Bestimmungen des napoleonischen Dekrets vom 29. Mai 1811, wonach »jedes Blatt unterdrückt wird, das andere politische Nachrichten bringt, als die dem Moniteur (dem französischen Regierungsblatte) entnommen«. Der Herausgeber des »Echo vom Berge« war der »Profeß« zu Heisterbach Niward Crämer, der in seinem Konzessionsgesuch erklärte, eine »gute deutsche Zeitung« ins Leben zu rufen.

Einige Monate nach dem Abzüge der Franzosen gab Bögemann die »Niederrheinischen Blätter« heraus und Hofkammerrat Stahl die »Düsseldorfer Zeitung«. Beide Zeitungen vereinigten sich 1827 und führten ab da den Titel »Düsseldorfer Zeitung«. Das neue Blatt wurde von Lorenz Stahl, dessen Mutter Franziska Stahl an der Verschmelzung der beiden Zeitungen maßgebenden Anteil hatte, verantwortlich redigiert, und zwar viele Jahrzehnte hindurch bis zum Jahre 1878. Ihm folgte sein Sohn Heinrich, der die Schriftleitung bis 1889 führte. Die Familie Stahl ist die eigentliche Düsseldorfer Zeitungsfamilie; sie ist von 1715 bis 1891 im Düsseldorfer Zeitungswesen an erster Stelle zu nennen. Die von ihr gegründete »Düsseldorfer Zeitung« hat eine große Bedeutung für die Geschichte Düsseldorfs und des Rheinlandes und damit der großen politischen und geistigen Strömungen, die vom Rheinlande aus Deutschland befruchtet haben. Während der Zeit ihres Bestehens hatte sie eine führende Rolle. Die Kämpfe um die Verfassung, das Ringen um die Einigung Deutschlands, die Abwehr der Rheinlande gegen französische Herrschergelüste, das Heraufkommen des Bismarckreiches und seine äußere und innere Entwicklung, die Entstehung der modernen Arbeiterbewegung, das alles hat in der »Düsseldorfer Zeitung« nicht allein eine treue Widerspiegelung gefunden, die »Düsseldorfer Zeitung« hat vor allem selbst Anteil an den Geschehnissen genommen und das Gesicht der Zeit mitgeformt. Unter den Mitarbeitern der »Düsseldorfer Zeitung« fehlt keiner jener klangvollen Namen, die für immer mit der Gestaltung des deutschen Schicksals verbunden sind: Ein Laube, ein Immermann, Lasalle, Heinrich v. Sybel, die Redakteure Lindau und v. Perfall wirkten tonangebend für das künstlerische Leben. Die Wirtschaft ist durch Kommerzienrat Henkel vertreten, der dem früheren Aufsichtsrat angehörte.

Zu Beginn der vierziger Jahre ist sie das offizielle Organ des Rheinischen Landtages, die Revolution

1848 findet in ihr eine geistige Bannerträgerin. Die »Düsseldorfer Zeitung« hatte infolge ihrer freimütigen Kritik und infolge ihrer liberalen Tendenz und ihres Eintretens für die bestehenden besonderen freiheitlichen rheinischen Institutionen oft Zensurschwierigkeiten, die einem offenen Kampfe gleichkamen, als sie eine Artikelreihe veröffentlichte mit dem Titel »Patriotische Phantasien«, die »dem Deutschen das Gefühl eines großen, gemeinsamen Vaterlandes lebhaft erneuern« wollten. Als dann die Reaktion folgte, betont die Zeitung den ständischen Gedanken. Sie entscheidet sich für die Politik der liberalen Mitte. Immer aber nimmt sie eine gut bürgerliche und deutsche Haltung ein. So bleibt sie sich selber treu im Wechsel der Zeiten.

In den zwanziger Jahren des vorigen Jahrhunderts erschienen in der »Düsseldorfer Zeitung« regelmäßig Theateranzeigen, Theaterkritiken aber nur als »Eingesandt«. Erst seit 1880 werden Kritiken von einem eigenen Rezensenten geschrieben. Was wir heute unter Feuilleton verstehen, waren im ersten Drittel des vorigen Jahrhunderts nur Anekdoten, die als Füllsel dienten. »Städtische Nachrichten«, die heute einen wesentlichen Bestandteil einer Tageszeitung bilden, kamen bei der Düsseldorfer Zeitung« erst in den neunziger Jahren des vorigen Jahrhunderts auf. Seitdem ist auch ein ständiger Telegraphendienst eingerichtet, und das Feuilleton entwickelt sich allmählich zu der Bedeutung, die man von ihm fordert.

In den Jahren 1848 bis 1850 hatte die »Düsseldorfer Zeitung« eine auf einer 1830 angeschafften

Schnellpresse hergestellte Auflage von rund 1400 Exemplaren und war, wie die amtlichen Presseverzeichnisse sagen, »in allen Bildungsstufen« verbreitet. Von dem ursprünglichen kleinen Quartformat von 21 x 26 Zentimeter der ersten Jahrgänge vergrößerte sie sich zum Format der »Kölnischen Zeitung«.

Im Jahre 1923 fand man hinter dem Wandspiegel eines alten Düsseldorfer Hauses einige Nummern eines bis dahin als verschollen angenommenen »Fremdenblattes der Stadt Düsseldorf«, das vor allem für die Grabbe-Forschung von Bedeutung ist. Während bei der »Düsseldorfer Zeitung« erst seit 1880 regelmäßige Theaterkritiken von einem eigenen Rezensenten geschrieben wurden, erschienen in dem »Düsseldorfer Fremdenblatte« in den dreißiger Jahren die für die Geschichte des Theaters so bedeutsamen Kritiken Grabbes, die entweder von ihm selbst oder von Immermann eingeführt worden sind. Es sind achtunddreißig Nummern des 14. Jahrganges (1834) und fünf Nummern des 16. Jahrganges (1836) gefunden worden. Dieses Fremdenblatt muß seit 1821 bestanden haben. Es erschien täglich und kostete im Abonnement 23 Silbergroschen für das Vierteljahr. Der Bezugspreis war damals gar nicht billig; die »Düsseldorfer Zeitung« zum Beispiel kostete damals fünf Taler im Jahre. Diese verhältnismäßig hohen Bezugspreise sind damit zu erklären, daß die Zeitungen nur eine ganz geringe Einnahme aus Anzeigen hatten. Ihre Haupteinnahme bestand eben im Abonnement.

An der Spitze des »Fremdenblattes« befand sich immer, seinem Namen entsprechend, die Fremdenliste. Zum ersten Male erschienen in dem »Fremdenblatt« meteorologische Beobachtungen mit täglichem Barometer- und Thermometerstand. Das erinnert mich an meine eigene, sehr kurze Redaktionstätigkeit bei der »Düsseldorfer Zeitung« – ich glaube, es war im Jahre 1910. Gustav Stoffers, der damalige Chefredakteur, schickte mich jeden Morgen hinaus, um nach dem Wetter zu sehen und darüber ein »nettes Pöstchen« zu schreiben, das an der Spitze des lokalen Teils erschien.

Im Revolutionsjahre 1848 entstanden in Düsseldorf fünf politische Zeitungen, von denen jede eine besondere Schattierung der revolutionären Ideen und Forderungen aufwies. Die meisten überlebten nicht das Jahr ihrer Gründung. Die von dem Verlagsbuchhändler Engels herausgegebene »Volksstimme«, freies Organ für Stadt und Land, ist erhalten. Das Blatt kündigte sich mit folgenden Worten an: »Die Gründung einer Zeitschrift bedarf heute weniger denn je einer Rechtfertigung, denn die bisher zum Schweigen verurteilten Bedürfnisse der menschlichen Gesellschaft drängen jetzt in mannigfachen Formen nach vielseitiger Mitteilung und Abhilfe.« Das Blatt erschien zweimal wöchentlich und brachte viele Aufsätze, die das Verständnis für die 1848er Bewegung erleichtern. Engels wohnte am Markt in dem la Combletschen Kaffeehause, wo damals alle politischen Heißsporne verkehrten.

Am 6. Oktober 1867 erschien die erste Nummer des »Düsseldorfer Sonntagsblattes«, das, wie sein Titel sagt, einmal wöchentlich ausgetragen wurde. Es war zunächst ein Erbauungblatt auf katholischer Grundlage, mußte aber sehr bald Tagesereignisse berichten und sich mit Gegnern kirchlicher Einrichtungen auseinandersetzen. Die großen kirchenpolitischen Auseinandersetzungen unter Papst Pius IX., die ganz Deutschland bewegten, fanden natürlich in dem katholischen »Sonntagsblatt« ihren Niederschlag und gaben ihm einen solchen Auftrieb, daß es im Jahre 1871 zweimal und kurz darauf dreimal wöchentlich erscheinen konnte. Zugleich änderte es seinen Titel in »Düsseldorfer Volksblatt«, das am 1. Januar 1873 als Tageszeitung erschien. Es war die Zeit des sogenannten Kulturkampfes, der dem neuen Volksblatte und seinem redaktionellen Leiter, dem klugen und gewandten Dr. Hüsgen, einer damals in Düsseldorf sehr bekannten Persönlichkeit, große politische und weltanschauliche Aufgaben und Kämpfe brachte.

Im Mai 1876 wurden in Düsseldorf an alle Unterhausbewohner, an alle Reisenden, Pferdebahnen, Wirtschaften ein neues Blatt gratis verteilt. Es nannte sich »General-Anzeiger für Düsseldorf und Umgebung«. Gustav Jockwer gründete es nach englischem Beispiel als reines Inseratenblatt, dessen Herstellungskosten (mit entsprechendem Gewinn natürlich) aus dem Ertrag der Anzeigen gedeckt wurden. Jockwer hatte Glück: die neuartige Zeitung bürgerte sich rasch ein. Zwar mußte sie sehr bald Unterhaltungsstoff zwischen den Anzeigen bringen, Neuigkeiten usw. Im Jahre 1878 ließ sie politische Nachrichten folgen, ohne aber eine politische oder Parteizeitung zu werden. Sie blieb bewußt unparteiisch wie alle in jener Zeit entstandenen »General-Anzeiger«. Im Jahre 1883 hatte der »Düsseldorfer General-Anzeiger« schon 10.000 Bezieher und am Ende des Jahrhunderts, dem schnellen Wachsen der Stadt entsprechend, 40.000.

Während bis 1899 die lokalen Artikel, das Feuilleton und die Nachrichten nach der (nachgeahmten) englischen Art von Anzeigen eingerahmt und durchsetzt waren, hielt man jetzt für den redaktionellen Teil die ersten drei Seiten frei und schob die Anzeigen auf die letzten drei Seiten. Im Jahre 1903 verkaufte Gustav Jockwer, der Sohn des Begründers, sein Unternehmen an den Verlag von W. Girardet, in dem auch die seit 1885 bestehenden »Neuesten Nachrichten«, eine beliebte und in 25.000 Exemplaren verbreitete Zeitung, aufgingen. Meine ersten literarischen Sporen habe ich mir bei den »Neuesten Nachrichten« verdient, die 1904 bis 1905 in ihrer Sonntagsbeilage »Rhein und Düssel« meine »Düsseldorfer Geschichtchen« veröffentlichten.

Zum Schlüsse sei noch der »Bürgerzeitung« gedacht, die 1892 erschien und zehn Jahre bestand. Es war eine ganz besondere Zeitung, die »als das einzige unabhängige Tagesorgan in objektiver Weise berichten« wollte. Sie tat aber gerade das Gegenteil: ihre Lokalberichterstattung war durchaus subjektiv und eben dadurch fesselnd und interessant. Die Seele dieser Zeitung war der bekannte und hervorragende Düsseldorfer Journalist Gottfried Stoffers, dessen mit Xantippus unterzeichneten lokalpolitischen Betrachtungen berühmt und gefürchtet waren. Die »Bürgerzeitung« erschien als das erste Abendblatt.

Damit ist die Reihe der ältesten Düsseldorfer Zeitungen zu Ende. Von ihnen und ihren heutigen Nachfolgerinnen gelten die Verse aus dem Vorspiel von Goethes Faust, die ich auch diesem Buche als Nachwort anhänge:

Die Masse könnt ihr nur durch Masse zwingen,
Ein jeder sucht sich endlich selbst was aus.
Wer vieles bringt, wird manchem etwas bringen,
Und jeder geht zufrieden aus dem Haus.

Droste Klassiker

Hans Müller-Schlösser

Schneider Wibbel

255 Seiten, Festeinband, ISBN 978-3-7700-1276-3

Wie sich die Rheinische Frohnatur Schneider Wibbel mit Humor und Bauernschläue immer wieder aus der »Predulje« windet – das ist auch heute noch mit Vergnügen zu lesen.

Wegen der Beschimpfung Napoleons soll der Schneidermeister Anton Wibbel in Arrest. Er überredet seinen Gesellen Zimpel die Strafe anzutreten, der verstirbt jedoch noch während der Haft. Wibbel hält sich versteckt und kommt in das zweifelhafte Vergnügen, seiner eigenen Beerdigung beizuwohnen.

Mit »Schneider Wibbel« schuf der Düsseldorfer Mundartdichter Hans Müller-Schlösser sein bekanntestes Bühnenstück. Es war lange Jahre die meistgespielte deutsche Komödie und gehört auch heute noch zum Repertoire vieler Boulevardtheater.

Droste Klassiker

Sigrid Wachenfeld

Meine Kindheit in Düsseldorf

143 Seiten, Festeinband, ISBN 978-3-7700-1372-2

Die lebendigen Erzählungen der Künstlerin bilden ein unvergessliches Zeitdokument über Düsseldorf – ein Muss für jeden Liebhaber der Stadt am Rhein

Sigrid Wachenfeld erzählt anschaulich von dem ersten und einzigen Süßigkeitenautomaten in Mönchenwerth, Madame-Pompadour-Kostümen zur Karnevalszeit und dem Pitter Muggel von Oberkassel.

Vor den Augen des Lesers entsteht ein authentisches Bild Düsseldorfs vergangener Jahre. Heitere Kindheitserinnerungen werden ebenso geschildert wie bewegende Ereignisse der Kriegs- und Nachkriegszeit.